无面屠夫

尸沦街

黑眼圈 著

四川文艺出版社

图书在版编目（CIP）数据

尸冷街：无面屠夫 / 黑眼圈著 . -- 成都：四川文艺出版社，2020.6
ISBN 978-7-5411-5671-7

Ⅰ . ①尸… Ⅱ . ①黑… Ⅲ . ①侦探小说—中国—当代 Ⅳ . ① I247.5

中国版本图书馆 CIP 数据核字 (2020) 第 067969 号

SHI LENG JIE：WUMIAN TUFU

尸冷街：无面屠夫

黑眼圈　著

出 品 人　张庆宁
责任编辑　陈雪媛
责任校对　汪　平

出版发行　四川文艺出版社（成都市槐树街 2 号）
网　　址　www.scwys.com
电　　话　028-86259287（发行部）　028-86259303（编辑部）
传　　真　028-86259306

邮购地址　成都市槐树街 2 号四川文艺出版社邮购部　610031
印　　刷　河北鹏润印刷有限公司
成品尺寸　166mm × 235mm　　开　　本　16 开
印　　张　17.5　　字　　数　260 千
版　　次　2020 年 6 月第一版　　印　　次　2020 年 6 月第一次印刷
书　　号　ISBN 978-7-5411-5671-7
定　　价　45.00 元

目录

01 西岸分局……001
02 无孔尸……009
03 杀手……017
04 裁缝匠……027
05 人体艺术……035
06 暴戾……043
07 封孔的变态……053
08 改变的DNA……061
09 半侧空间忽略……069
10 病态强迫症……077
11 缉凶策略……085
12 不相关的失踪案……093
13 魔怔的疯子……101
14 可怕的执念……109
15 木乃伊……117
16 女大学生和精神病医生……127

17 谁在说谎……135
18 惨遭毒手……145
19 迷奸药水……153
20 强奸未遂……161
21 三好男人……171
22 身败名裂……181
23 消失的妻子……189
24 禁锢之爱……199
25 第三具木乃伊……209
26 无差别犯罪……217
27 主犯和共犯……225
28 拦截警车……235
29 帮凶落网……243
30 锁定真凶……251
31 谁是神经病……259
32 世界疯了……267

01

西岸分局

岛区，一个繁华的大都市，与陆地隔着一道海峡南北相望。岛上东、西、南、北分局错立四岸，遥相呼应，这里是我最厌恶的地方。

这一切要从数年前我被丢到西岸分局大门外说起。

事发前，我还睡在温暖奢华的大床上，次日一睁眼，却躺在西岸分局的大门外，被捆得严严实实，冻得瑟瑟发抖。

一刹那，我以为自己被绑架了。很快，我看到从西岸分局里涌出来不少警察，松了一口气，至少我是安全的。我被松绑后带进了分局审讯室，里面已经坐着几位警察，他们眼神凌厉，像要把我看透一般。

“名字。”有个警察为我做笔录。

“警官，你们与其在这里调查我，倒不如查查是谁把我绑到这里来的。”

“老实点！没有你的信息，没法立案。”

警察的眼神里透露着对我的怀疑，他想调查我。

整件事都很古怪。绑匪既不要钱也不为命，仅仅把我扔到警局门外；西岸分局态度怪异，我分明是受害者，他们却像审问嫌犯一样审问我。

“他叫鹿远，毕业于岛区高级警察学院，二十五岁，是已故富商鹿唯天的独子。在校期间，成绩极差，人品恶劣，还不学无术。从警校毕业后，没有通过警察招考，靠着挥霍父亲留下的巨额财产度日，经常出没于酒馆、夜店等地，是个不折不扣的无业游民。”

一大串刺耳的评价从一个身着便衣的警察口中蹦出。我认得他，我们曾同窗四年，他有个与职业谐音的名字：邢井。

“喂，小子，警校长官没有告诉你做笔录的时候要客观？你带着这么多主观印象，什么意思？”

邢井留着清爽的寸发，脸如雕刻般轮廓分明，英挺的鼻梁上，一双眼睛冷傲且孤清。他的身材修长健硕，缓缓向我走来，步履间踩着凌人的盛气。他拖过一把椅子，端正地坐下，面无表情地看着我：“鹿远，原来你还记得在警校里学的东西。”

我讥嘲道：“臭警察，赶紧查查是谁把我绑到这地方来的。你既然有我的信息，我先回去了。”

邢井把我拦下：“做完笔录才能离开。”

我气急了，抬手瞄了一眼手表：“晚上我还有一个舞会。我都说了不知道怎么回事，我也没得罪过谁，我在家睡得好好的，莫名其妙就到了这儿。”

“你得罪的人还少吗？做笔录要走程序，你对我说没用，对他说。”说着，邢井指向给我做笔录的警察。

警校毕业后，我已经三年没有见过邢井了。听说他在这三年的时间里屡破奇案，成了西岸分局重案第二小组的组长，也被称为西岸分局的“破案王”。在警校的时候，邢井就是优等生，专业和警校技能课程门门都是满分。但他为人死板，最爱多管闲事，我和他有不少的过节。

毕业之后，我以为不会再与他有任何交集，却没想到，今日以这样的方式再见。

我气冲冲地坐了回去，做完笔录就到了中午。我火急火燎地回了家，发现门锁被撬，家里什么东西都没少。看来绑匪破门只为绑我，但我绞尽脑汁也没想明白为什么会被绑到警局外。

出门的时候，我发现有一男一女鬼鬼祟祟地跟踪我，我在脑海里搜索一番，想起来了，做笔录时这两个人也在场，他们是警察。我在街区绕了好几圈，还是没能把他们甩掉。

快要发飙时，一个神色匆匆的女人撞上了我。她的包掉在地上，我从地上捡起包，女人说了声“谢谢”，抓住包就想走。我没有松手，女人改用双手使劲拽包，我上下打量这个女人，长发，细腰，长腿，长得还不错。

我轻轻抚摩着女人的脸，她顿时惊慌失措，压低声音：“快放开我，你干什么，我告你非礼！”

“现在的人哪，动不动就谈法律。”我扬着嘴角，“告啊，你敢找警察吗？”

她果然不敢声张，更加用力拽包，跟着我的便衣警察忍不住冲了上来，高声喝道：“住手！”

我紧紧地抓着女人的手，没有松开。

“老板说的果然没错，鹿远，你还真是流氓！”冲上来的女警察恨不得将我抽筋扒皮，“快松手，否则我们抓你回去！”

“老板？是指邢井吧，这称呼还真有意思。”我笑道，“你们这些当警察的就这么闲，连我泡妞都要管了？”

女人见警察来了，马上做出一副委屈的模样。只是，她的眉眼间闪过一丝惊慌。

“你再不松手，我真的把你抓回分局去了！”女警察再次警告。

我这才松手，女人拽包用力过猛，一个踉跄跌倒在地上。她急匆匆地捡起包要走。

“这个女人神态慌张，被我调戏也不敢求助，甚至都不敢正眼瞧你们，不觉得很有问题吗？你们在警校有没有学过犯罪心理学！她手上的名牌包，连标签都没有撕下来，你们难道不该先怀疑她这包是怎么来的吗？”

女人背影僵住了。

“根据本少爷对犯罪心理学和行为学的精湛研究，这包，是她偷来的。你们去这条街区尽头那家包饰店问问有没有丢包。”我笑道。

话音一落，女人骤然朝前猛跑，女警察还在发愣，男警察立刻追了上去。

女警察打量我的神情有些古怪：“看不出来，你还挺有两下子。”

“警官，你叫什么，有空和我去喝个下午茶呗。”说罢，趁她愣神的时候，我拔腿就跑。出乎我意料，女警察跑起来比我快多了，没两步，我就被她逮住了。我索性不跑了：“警官，我到底犯什么事了，你们非得跟着我？”

“老板交代要盯紧你。”女警察说，“你不是要和我喝下午茶吗？走吧，省得你到处溜达干坏事。”

我带着她走进一家茶餐厅，苦思冥想着如何把她甩掉。

她坐在我对面，告诉我她全名汪晓雨，大家都叫她小汪。

“小汪？”我脱口而出，“狗啊？”她甩了我一白眼。接下来我屡次问她为什么跟着我的时候，小汪总是以“邢井有交代”为理由搪塞。

扫了一眼餐厅里的时钟，我说道：“汪警官，我晚上还有一个舞会，你不会也要跟我一起去吧？虽然你长得还不错，不过出入高级场所，是不是还差了点？”

小汪的短发遮颈，粉嫩的嘴唇，露着两颗可爱的小虎牙，她不接我的话，反而十分好奇：“听老板说，警校学科里你门门不及格，你是怎么知道她是小偷的，还知道包是从哪里偷的？”

我指着自己的眼睛，把脸凑近小汪，小汪一脸嫌弃，往后挪了挪座椅。我冲她招手：“你凑近点，看看我的眼睛，不觉得有点特殊吗？”

小汪天真地凑近了。我心里暗笑，把嘴贴了上去。

小汪一巴掌打得我眼冒金星，她的手扣住我的半边脸，把我的脑袋死死地按在桌子上。她看上去文文弱弱，动起手来还真下狠劲。

小汪气急败坏：“你干什么？！”

“开个玩笑。”

“玩笑，好笑吗？”她立马翻脸，厉声呵斥，“我告诉你，你双眼浮肿，除了眼角上没擦干净的眼屎，我看不出你的眼睛有任何特殊！”

餐厅里爆发出一阵哄笑，我颜面尽失，被她气得说不出话来，过了好一会儿，我才又笑出了声。

“你笑什么？”

“我笑你们警察没一个好东西，偷偷摸摸跟踪我，鬼鬼祟祟地办事，这和刚刚那个小偷有什么区别？”

“我们在办案。”听到我的话，小汪不乐意了，“鹿远，不就是没考上警察吗，有必要对所有警察的怨念都这么深吗？”

我冷冷一笑：“我告诉你，如果我要考，随时可以考上，但是我对警察这职业深恶痛绝。”

面对我的气势汹汹，小汪反而嘲讽道：“一个警校所有学科都不及格的人，还说大话。你真那么讨厌当警察，当初就不会上警校。”

我愤而起身，把桌子掀翻了，餐盘碎了一地。小汪惊呆了，她没想到她说的这些话，让我暴跳如雷。

“鹿先生，什么事值得你生这么大的气？”男警察这时候回来了。

“我最后问你们一遍，为什么跟着我？”我不想跟他们兜圈子了。

男警察没有回答我，反而朝着我伸出手：“不知道小汪有没有向你提起我，巧的是我也姓汪，分局里的人叫我大汪。”

“一个小汪，一个大汪，你们还真是邢井手底下的两条狗。”我怒火中烧，不顾他们的阻拦，走出茶餐厅。

他们见状，索性光明正大地跟着我。直到快天黑的时候，我才好不容易把他们甩开。

我的心情变得很糟，从多年前开始，我就痛恨每一个警察。

夜晚，岛区繁灯似锦。舞会地点定在岛区最大的酒店，出入这里的人，全是岛区有头有脸的富商。

下车时，一张小卡片从我身上掉下来。我疑惑地捡起了卡片，看到上面的几个字时，惊讶得一哆嗦。我赶紧将它塞进口袋，若无其事地走进酒店。

进了酒店，就见一个女人快步朝着我走来。我再熟悉不过了，女人快五十岁了，名叫袁珊。她走到我身边，把红酒杯递给了我，一脸笑意地说：“我还以为你不会来。”

我伸出了手，在袁珊以为我要接过红酒的时候，搂住一个与我擦肩而过的女人，袁珊的表情僵住了。这女人娇嗔道："鹿少爷。"

"陪我跳舞去。"我连看都没看袁珊一眼，拉着女人走了。到没人的地方，女人的手妖娆地攀上我的双肩，我厌恶地把她打发了。这样的女人，我见得多了，她们和袁珊一副德行，巴不得勾搭上富人。

舞会上的人越来越多，华丽的吊灯下纸醉金迷，袁珊和一个外国人站在舞台上。外国人说："感谢大家来参加我的舞会，今天还有一件事和大家宣布，我和袁珊小姐相恋了八年，下个月准备结婚。"

外国人名叫史蒂芬，是岛区的一个商业大佬，这场舞会实际上是他和袁珊的订婚舞宴。听到他的话，酒店里的人都在鼓掌，除了我。

"袁珊小姐，你的前夫才死了三年不到，你就已经和史蒂芬相恋了八年，这时间……有意思。"

大厅里鸦雀无声，所有人的目光聚焦在了我的身上。我慵懒地靠在墙边，轻轻摇晃着红酒杯。史蒂芬的脸色青白不定，袁珊的表情尴尬万分。

气氛凝固之际，又有一群人走进酒店。带头的是邢井，他的身后跟着一帮警察，其中也包括才被我甩开不久的小汪和大汪。我把红酒放下，走到了邢井的面前："小子，我什么地方得罪了你，非要这么阴魂不散？"

邢井把我推到了一边："不好意思，我不是来找你的。"说完带着人浩浩荡荡地从我身边穿过。

"史蒂芬先生，我是西岸分局重案第二小组组长邢井，我们怀疑你与岛区一起重大贩毒案有关系，想请你回去协助调查。这是检察官开出的逮捕令。"邢井手里拿着一张逮捕令说。

袁珊讪笑着上前，客气道："警官，你们会不会搞错了？"

邢井不理她，挥手让人把史蒂芬扣住了。

看着袁珊慌神的样子，我心里很痛快。

史蒂芬不肯走："你们有什么证据，凭什么抓我？"

我指着酒店上方的吊灯："说不定那吊灯上，有什么东西呢！"

话音刚落，史蒂芬的双腿忍不住一抖，看到史蒂芬的异样，大汪将信将疑地让人把吊灯卸下来。

几十包白色粉末状的东西从吊灯的夹缝里被搜了出来。

史蒂芬被带走了，袁珊转头把所有怨恨都发泄到了我这儿来。

她指着我，身形飘忽声音颤抖："鹿远，你是不是故意的？"

"袁珊，罪证都被搜出来了，你还这么问我，该不会，你是史蒂芬的同谋吧？"我得意道。

袁珊还想说些什么，就有警察要求她一起去协助调查，我心满意足地目送被带走的袁珊。

"鹿远，你那么开心？袁珊好像是你的妈妈吧？"小汪问我。

我懒得搭理她，正准备离开，肩膀就被邢井按住了："你跟我回分局协助调查。"

"公报私仇到这个份儿上，也只有你邢井了。"我怒极反笑，"你告诉我，我跟你们回去协助调查什么？"

大汪打着圆场："鹿远先生，你需要解释一下，你是怎么知道吊灯上藏着那些东西的。"

小汪也拽住我的胳膊，我足足高了她一个头，却挣脱不了她的钳制。

夜深了，西岸分局重案二组的办公大厅却灯火通明，不知邢井给手下打了什么鸡血，他们加班到这么晚，非但没有埋怨，反而一脸兴奋。

邢井亲自给我做笔录，他端端正正地坐在我的面前，第一句话就是："名字。"

"邢井，你玩我是吧？"我忍不住拍桌。

邢井没有抬头看我，手里拿着笔，回答道："你想早点回去，就好好配合，现在做的是立案笔录。"

"白天不是立过了吗？"经过一天的折腾，我控制不住脾气了。

"两起完全不同的案子。"邢井回答。

警局里明亮的灯光、桌上摆放整齐的文件，都让我很不舒服。我花了好几年的时间，才终于逃离纪律严明的警校，我不想再在这种环境里待上一分一秒。为了尽快离开，我老老实实地把无聊的程序都走了一遍。

常规问讯完毕，大汪说："回答清楚接下来的两个关键性问题，你就可以走了。第一，你为什么要揭发你妈妈的爱人？"

"她不是我的妈妈。"

"你否认没有用，你是她生的。告诉我，为什么要揭发她的爱人？"

我攥紧了拳头，脑海里闪过袁珊的脸，她越是痛苦，我就越开心。

"为了钱不择手段和鹿唯天在一起，生下我，却任我自生自灭，这样的女人，她配当妈妈吗？"我极力地控制自己，可是对袁珊的恨意无法抑制。

我对于鹿唯天和袁珊为数不多的好印象，都在我很小的时候。那时，我还叫他们爸爸和妈妈。不知道从哪一天开始，袁珊就开始彻夜不归，这些年我见她的次数屈指可数。

鹿唯天也不知道发什么疯，他放弃了事业，积极投身慈善。他不仅毫不吝啬地给穷人砸钱，还毫无缘由地强迫我读警校。我被逼在那鬼地方，度日如年般地煎熬了好几年。直到三年前鹿唯天因病去世，我才重获自由。

鹿唯天死的时候，我没有掉一滴眼泪，反倒是这些年对我和鹿唯天不闻不问的袁珊，许是怕众口铄金，在他的葬礼上哭得死去活来。她的每一滴眼泪，都虚伪得让我无比恶心。

我没有从这两个人身上感受过温情。这些事，我不想记起，更不可能对外说出口。

邢井并未在意这个问题，一旁的大汪见状又问："鹿远先生，第二个问题：你是怎么知道吊灯上藏着那些东西的？"

02

无孔尸

我收起思绪，从身上掏出了那张小卡片，丢在桌上。当看清卡片上的小字时，邢井神情复杂，仿佛他早料到会有这么一张卡片，可偏偏又表现得无比震惊。

卡片上寥寥几笔，写着吊灯藏毒的线索。进入酒店后，我时不时地偷瞄吊灯，发现吊灯是新的，像是刚被更换过。

“卡片是谁给你的？”

“我不知道，它在我兜里，无意间掉下来才被我发现。”

“老板，会不会是L？”小汪问。

“L是谁？”

没人回答我的问题，都忙工作去了。

出了警局，已是凌晨，突如其来的暴雨伴着电闪雷鸣，从天穹降下，我被大雨拦住了去路，而衣服的内兜里，又出现一张卡片：到北西小区来。

我满心疑惑，决定前去查探小卡片的来历。刚上车，小汪飞快地钻了进来。

“下这么大的雨，去哪儿？”她问。

我不解释，也没赶她下车，带个警察，我心里踏实多了。

北西小区地处岛区西岸和北岸的交界处，是一处破旧的住宅区，楼屋在风雨中摇摇欲坠，看上去有几十年的历史了，小区很大，有十几栋住宅楼。

“鹿远，你带我来这儿干什么？”小汪四处张望着。

我翻了一个白眼：“不是你非要跟着我的吗？”

小汪不情愿地回答：“要不是老板派我来保护你，我才不想跟着你呢！”

“把监视说成保护，你们这些臭警察讲话都这么冠冕堂皇吗？”

与小汪争辩的时候，我发现远处有人！那人一身黑衣，撑着黑伞，离得太远，我没看清他的脸。他远远地冲我勾了勾手指，而后转身进了小区最里面那栋孤楼。不顾小汪茫然的叫声，我立刻追了上去。

大雨顷刻间将我浇透，天色已晚，楼道里漆黑一片。也不知多久没有清理过，楼道里充斥着灰尘和垃圾混杂的难闻气味，我屏住呼吸，紧跟那道仓促的脚步声，爬上了顶楼。雨停了，有月光照在狭长的走廊上，我总算能看清脚下的路了。

那人却不见了，我小心翼翼地寻找着他的踪影。顶楼这层有八间出租屋。在走廊的另一端，是第二条楼道。我快速走过去，紧挨着楼道的房屋引起了我的注意。

房门半掩着，地上有几个近乎椭圆形的血印，长二十多厘米，宽约十厘米。血迹已干，从房门外延伸到楼道，颜色逐渐变浅，最后消失。

“这……这是血！”小汪捂着嘴惊呼。

“你不是警察吗？怕什么血？”我嘴上虽然这样说，却隐隐不安。

深吸一口气，我故作镇定地推开嘎吱作响的房门，随手开了灯，看见地上有一串血印。

屋里飘着一股怪异的味道，像是血腥味，又像是颜料味。我顺着地上的血迹，缓缓朝前走去。出租屋的墙很脏，家具老旧，我跟着血迹，一直走到了厨房里。

见我一动不动地站在厨房里，小汪凑了过来。“啊”的一声，小汪瘫在了地上，吓得脸色发白。

厨房的地上，趴着一具尸体，尸体下洇出一片快要干涸的血泊。

身上雨水一滴滴坠地的声音和我骤然加速的心跳声交织在一起，我的头皮发麻，轻轻踢了踢惊魂未定的小汪，哆嗦道："你还是警察吗，这就被吓傻了？"

"我不办杀人案。"小汪战战兢兢地掏出了手机，打电话通知西岸分局。

我浑身的力气仿佛被抽空，大约半个小时，我都无法挪动脚步，始终像个木头桩子似的戳在尸体旁。

好不容易缓过劲儿来，我开始一点一点地往小汪身边挪。

"你怎么知道这里有尸体？"小汪刻意侧着脸，不让尸体进入她的视线。

"我不知道啊！"我立刻撇清了关系，否则，以邢井食古不化的个性，非得把我带回分局里重新立个案，从问名字起做笔录。

"那你这么晚来这儿干什么？"

我把卡片递给了小汪："我又发现了一张卡片。"

"为什么要瞒着我们？你早该把卡片给我们！"

"我也是刚发现。再说，给了你们老板又怎么样，他会在意我的死活吗？"

小汪替邢井辩解："如果老板不在意，就不会派我跟着你了。"

警笛声打破了小区的宁静，邢井来了，他的身边还跟着出现场的法医师。邢井的手下办事效率很高，现场立刻拉起了隔离带。警察一到，小汪便逃也似的溜下了楼，邢井默许了，没有阻拦她。

他却不让我离开："鹿远，你和我们分局杠上了是吗，哪里都有你？"

顾不上听我解释，邢井见我之后扔下这句话，进了厨房。

我又想到小汪，觉得她今晚的举动有点奇怪，就去问大汪。大汪解释道，小汪看到尸体就头晕，所以就算她比很多男警察都能干，却唯独办不了命案，至少不能直接接触尸体。至于原因，大汪没有多说。

我在厨房外观察邢井和法医师们的动作。一名戴着口罩的女法医引起了我的注意，她有一头乌黑顺直的头发，两只眸子清澈得仿佛在发光。她戴上手套，掀起了死者的衣服，尸体的后腰处，密密麻麻地分布着四五道伤口，尸身下的血迹，全是从这些伤口里渗出来的。更怪异的是，这些伤口，每一道又都被普通的针线缝合了起来。

女法医轻轻地将尸体翻了过来。

不少警察惊呼出声，我则倒吸了一口凉气，就连见惯了尸体的女法医也忍不住蹙眉。

这具尸体的脸一片灰蒙蒙的，我扫了一眼尸体旁封闭的颜料罐，看来有人用颜料给尸体的脸上了色。灰色的颜料下还掺杂着几点猩红，尸体的上下眼皮、上下嘴唇，甚至两个鼻孔也被人用针织线缝合成了一条线！

除此之外，尸体的两只耳朵的耳孔，也被缝合住了。

针线穿肉而过，线条整齐有序。这具尸体的五官处，所有带孔的器官，全被人用针线缝上了。

多么古怪的一具尸体！

死者身上围着一件围裙，身旁掉了一把锅铲，可以推测，他是在做饭时遭到偷袭，被刺中后腰而死。女法医站起来，在灶台上观察了一番，锅盖的手柄上，有灰色的颜料。女法医拿起锅盖，锅里是还没有炒熟的肉。

现场骚动了起来，女法医留下了几名现场勘查人员，就将包括我在内的人都赶了出去。在门外，大汪得知我被卡片信息引到这儿之后，立刻带着数名警察离开了。很快，大汪又火急火燎地回来，还带来了坏消息：几分钟前，L打伤了几名警察，离开了这片小区，目前不知所终。

“又是L？他到底是谁？”我忍不住问。

邢井没回答，带着两名警察走了，看样子是去调查死者的身份。大汪忧心忡忡，一直催促着女法医：“结束了吗？我们得尽快带尸体回西岸分局。”

现场勘查耗费的时间不短，天快亮了。邢井带人回来了，大汪很焦急：“老板，怎么样了？”

邢井身旁的一名警察回话：“这个小区名为北西小区，是楼龄四十多年的旧小区。小区的基础设施很差，没有监控探头。我们挨家挨户询问了小区居民，没有人发现这两天有什么异常。案发的这栋住宅楼是危楼，除了死者，其他人都已经搬离了。”

死者名叫钱涛，不到三十岁，非岛区本地人，在附近打工，几个月前租下这间出租屋。为了配合住宅楼改建，这栋住宅楼的其他租户早在一个月前都已搬离，只有钱涛以租期未满为由，死赖着不走。无论是小区的物业员工，还是出租房的主人，都劝不动钱涛。

女法医终于从出租屋里出来了，她为尸体测了尸温，并根据尸僵程度和尸斑状态推测：“死亡时间在一两个小时前。除了后腰处，尸体上没有发现其他明显的致命性伤口，推测死者是被人从身后捅了数刀而死的。现场没有发现凶器，伤口被缝合了，要等检验过伤口之后，才能确定凶器类型。”

“痕迹都提取了吗？”大汪问。

“肯定没提取到有价值的痕迹。”我指着地上一团团近椭圆形的血迹说，“这是戴了脚套之后留下的血足迹。凶手是有备而来的，怎么可能会留下太多痕迹？”

女法医点头道：“我们只在屋里提取到了一些指纹，没有其他发现。”

“来不及了，先把尸体带回分局吧。”大汪又一次催促道。

警方将案发现场封锁了起来，把尸体抬下楼。

正要离开之际，又有警笛声传来，四五辆警车拦在前面。警车的车灯，把黑漆漆的小区照得通亮如昼。

从车上下来了不少身着警服的警察。

“那是谁，还敢拦邢井？”我问在楼下久候的小汪。

小汪的神色凝重：“是北岸分局的人。”

为首的是一个看上去三十出头的男人，和邢井一般高，脸上有不少刀疤，看上去成熟老练。男人把邢井拦下，正说着什么，邢井双手插兜，脸上一点表情都没有。

“那是北岸分局综合重案第一小组的组长，雷厉。”小汪对我说。

“综合重案小组？”

综合重案小组是混合职能的警察小组，是岛区警方设置的功能性试验小组。综合重案组，顾名思义，无论是刑事案件、治安案件抑或是交通案件，只要是重案，在综合重案组的辖区内，小组都有立案管辖权。

“刚成立不久，算是特别小组，整个岛区，只有北岸这么一个综合重案小组。”小汪担忧道，“怕是雷厉要找老板麻烦了。”

西岸分局的警察们面面相觑，神色中带着彷徨。雷厉的警衔和行政级别都和邢井一样，西岸分局的人应该很有底气才对。

思考片刻，我明白了，这里是西岸和北岸的交界处，严格来说，北西小区是北岸分局的管辖区域。大汪早就猜到雷厉会找他们麻烦，才再三催促收队。

人都围了上去，界限分明地对峙着。果然，雷厉要求邢井把尸体交给北岸分局。邢井自然不会同意，雷厉说了一大堆，邢井愣是一句话都没有。

“邢井！不说话是什么意思？”雷厉大怒道，“你深夜带人到我的地盘上办案，事先也不通知一声，如果不是附近的区警汇报，今天尸体还真让你带走了！”

“雷厉，你知道我办的什么案子吗？”邢井面无表情地回答。

雷厉想了想，底气十足道：“和L有关？看来，我也能分一杯羹了。”

邢井说道：“L的案子，一开始便是西岸分局负责的。”

“但这里是北岸！”雷厉的声音提高了好几个分贝。

大汪站了出来：“雷组长，立案管辖权本来就存在争议，各个辖区在实践中，跨区管辖权出现争议时，一般默认先立案者管辖。”

雷厉皮笑肉不笑：“如果我今天非要夺呢？”

邢井跨区域查案，带了这么多人来，却没有事先通知北岸分局，难怪雷厉会生气。

“案发现场已经由西岸分局全权勘查结束，我局已经立案，命案又与L有关系，雷组长，这人，你不能带走。”大汪强硬道。

“那今天，你们也别走了。”雷厉的暴脾气被大汪点燃。

我压低声音，问小汪：“我怎么感觉，雷厉是有意刁难邢井？”

我从雷厉的眼神里，看出了他对邢井的厌恶。小汪的回答又佐证了我的推测。雷厉和邢井之间的确有过节，而且还不是一般的小矛盾。

一年前，邢井奉命调查一起绑架案，最后查到了雷厉亲弟弟的身上。雷厉在岛区警察系统内，向来以铁面无私著称，名声也不小，自己的弟弟涉案，为了避嫌，没有参与和过问那起案子。

直到最后实施抓捕前，雷厉才拜托邢井，要把他的弟弟平安带回。

他弟弟，最后邢井是带回来了，不过已经是一具尸体。

人是邢井亲手击毙的，当时，邢井追着雷厉的弟弟进了一条空巷。当其他警察赶到的时候，雷厉的弟弟已经倒在了血泊中。事后，邢井对警方解释，当时雷厉的弟弟已经失控暴走，手里又持枪，巷子后面就是拥挤的人群，一旦雷厉的弟弟进入人群中，后果将不堪设想，所以邢井在鸣枪示警无效的情况下，击毙了雷厉的弟弟。

雷厉则控诉，邢井不应该如此轻易地击毙犯罪嫌疑人。

两个人的梁子，就这么结下了。

邢井和雷厉还在僵持，这时，雷厉的手机响起，接过电话之后，雷厉才冷哼道："邢井，这次算你运气好。上头说人你可以带走，再有下次，别怪我翻脸不认人。"

邢井下了命令："把尸体带回去，留人在现场取证。鹿远，你也得跟我回分局，做笔录。"

女法医见我一脸无语，笑出了声。

"好吧，还好有美女跟我一起走。"我对着女法医眨眼睛。

刚要跟着她上车，大汪把我拉了下来："鹿远，你开自己的车；小汪，你跟着他。"

邢井一言不发，转身上了车。

雷厉突然叫住了我，我愣道："你认识我？"

"鹿唯天和袁珊的儿子嘛，怎么会不认识？"雷厉阴阳怪气地笑着，"交个朋友？"

“邢井的对头，本会是我的朋友，可惜，你是警察。”我淡漠回应着。

雷厉朝着我走了过来，对我伸出了手：“鹿远先生，警察怎么了？话别说得那么早，谁说我们不能成为朋友？”

我没有和雷厉握手，他也不甚在意地耸了耸肩：“看来你不是很想认识我，不过有一个不幸的消息告诉你，不久后，你可能会成为北岸分局的常客。”

雷厉仿佛话里有话，我没理会，带着小汪上了车。雷厉没有让开。按了几声车笛无果后，我开着车子朝雷厉撞了过去。雷厉本以为我是想吓吓他，非但没有让开，还对我挥手，见我没有减速停下来的意思，他才猛地跳开。擦车而过后，雷厉在车后大吼道：“你疯了吗？”

车子开出很远，小汪才惊魂未定：“你刚刚真想撞死他？”

“你以为他坐到这个位置身手能差？”我反问，“哪那么容易就被撞死。”

03

杀手

我不情愿地躺在西岸分局的椅子上，昏昏沉沉地睡了很久。直至中午，才终于有人来给我做笔录。短短两天里，这已经是我第三次做笔录了。

我非常不耐烦地把卡片的事又对警察说了一遍。

做完笔录后，我又在第二小组的办公大厅里看到了那名女法医。这一次，她没有戴口罩，穿着白色大褂，长发及腰，面容清秀。邢井主动迎上去，脸上难得有了一丝笑意。

女法医言简意赅："史蒂芬案的化验结果已经出来了，在毒品包装膜上，发现了史蒂芬的指纹，一起发现的其他人的指纹，也都已经锁定目标了。"

"刚发生的命案呢？"邢井问。

"死者被害没多久就被发现了，案发时间是凌晨三点钟左右。"女法医带来了详尽的尸检报告。

女法医将尸体后腰处伤口和五官缝合处的针织线拆开后，确认是家用的普通针线。后腰处的伤口是致命伤，伤口呈"一"字状，长两厘米，深近十厘米。女法医推测凶手是用锋利的小型刀具，五次穿刺进死者体内，刺破了死者体内的器官和动脉，导致死者大出血死亡。

"尸体上所有的针线缝合口都用了同样的针数。"女法医说。

我怔怔道："同样的针数？"

"是的。"女法医万分肯定后，这才发现我。我嘿嘿一笑，对她伸出了手：“这么漂亮，当法医师可惜了，我叫鹿远。”

女法医刚要和我握手，邢井就拉住了她，提醒道：“这个人，不要接近。”

女法医没有让我难堪，礼貌道：“我是徐萧莜，西岸分局的法医师和鉴定师。”

我把手也缩了回来：“一看就知道你们有奸情。萧莜，不如你跟着我吧，成天对着尸体，埋没了你的气质。”

邢井火了：“鹿远，闭嘴！”

我不再说话，邢井翻看尸检报告后说：“凶手是个缝纫高手，伤口、鼻孔、耳孔、嘴巴，大小形状不一，没有用惯针线的人想用同样的针数进行缝合，很困难。”

人体不比布匹，针线穿肉，本就十分困难。凶手不仅用了同样的针数，并且每一个缝合口都万分平整，这足以证明凶手擅长缝纫。

“现场留下的近椭圆形血迹，可以确定是凶手戴着脚套留下的血足迹，脚套影响了足迹的外观成型，想要通过足迹比对确定凶手的身形、体重，几乎不可能。”徐萧莜继续说，“现场提取到的指纹和掌纹，大部分都是死者的，不过，我们在案发现场的门上发现了一道不属于死者的掌纹，掌纹保存完好，应该是近期留下的。”

大汪插嘴问：“萧莜，死者脸上的颜料是怎么回事？”

“经鉴定，尸体脸上的灰色颜料与放尸体旁的颜料罐里的颜料一致。尸体脸上的颜料被涂抹均匀，凶手使用的工具是颜料刷子，被丢弃在厨房的角落。颜料罐外体沾上了不少灰色颜料，罐体的盖子被盖上了，但里面的颜料基本被使用完了，没剩下多少。”

我想起了锅盖把手上的灰色颜料：“锅盖、颜料罐和颜料刷上，都没有指纹吗？”

徐萧莜摇头：“没有。”

我托着下巴琢磨着：“看来凶手是戴着手套作案的，门上的那道掌纹，恐怕不是凶手的。”

“鹿远，你别捣乱。”大汪把我带到一旁，“我还有一些问题要问你，你和小汪进案发现场时，门是关着的吗？”

“你觉得我是撞门进去的？”我白了他一眼，“门没锁。”

“这就奇怪了。”大汪说，“案发现场的门锁被人卸下来了，但我们没有发现强行拆卸的痕迹。”

“大汪，你多给我说说这起案件的信息呗。比如，死者有没有什么仇人之类的。”

“有些信息，我们也还在调查当中。”大汪把我的笔录递了过来，待我签了字后，他劝诫道，“鹿远，你就省省心，没事不要出门了。”

“换作你，先是被人绑着丢到警局大门外，又给你信息指引你到命案现场，你能省心吗？”我没好气地问。

大汪拍着胸脯说能确保我的安全，而后将我推出了西岸分局。

回到家，电视新闻里播报了史蒂芬被拘的消息。警方掌握的证据，足够将史蒂芬绳之以法。新闻里出现了邢井，他一脸冷漠，拒绝媒体的采访。

关上电视，我的心情大好，袁珊应该也看到了这则报道。

手机忽然响了，是一条陌生号码发来的短信：桌上有完整的资料，够你通过警察考试，你有一年的时间，成为警察。

我大步地走到桌前，果然看到一沓厚厚的资料。看来在我离开的时候，家里的大门又被人撬开了。我回拨过去，听筒里提示关机。

我又去了西岸分局，见了大汪，把家里发生的一切告诉了他，又把陌生号码给了他。我质问道：“有个贼进了我家，和绑我的是同一个人吗？你们干什么吃的，怎么还没抓到他？”

大汪凝神道：“他可不是贼。老板想抓他很久了。”

我收起脾气，把手搭在大汪的肩上：“大汪警官，不如这样，你告诉我究竟是怎么回事，我请你去最好的地方吃饭，给你介绍最漂亮的女人。”

大汪拨开了我的手：“鹿远先生，你的贿赂我不接受。不过，老板吩咐过了，有些事，你现在可以知道了。”

办公桌前，大汪给我放了两段监控录像。第一段监控拍的是我家大门外，豪华的大别墅在夜色下显得更加别致。两分钟后，画面上出现了一辆货车，从上面下来了一个人，监控探头位置太远，无法看清他的脸。

他没有要躲避监控探头的意思，光明正大地往我家走去。我的家里是监控死角，他走进去之后，就消失在画面里。过了大约三分钟，他走出来了，肩头多了一个人。

被扛着的人，是我。

我指着画面，错愕道：“他是谁，这么简单就进我家把我扛出来了？”

“好多厉害的角色都栽他手里了，他的手段多到你想不到。”

大汪切换了录像。画面切到西岸分局大门外，天刚亮，这辆货车经过后，那人一脚将被五花大绑的我踹下了车。没过多久，我醒了过来，一众警察从分局里跑出来。

“有何感想？”

“恨不得抽他几巴掌！”我咬牙切齿道，“给我发短信的也是他？他就是你们说的L？”

“对。L，Light的缩写，是光明的意思。传闻他是个杀手。”大汪说道，“在逃多年，至今未落网。”

“杀手？岛区还有杀手？”我惊愕道。

几年前，L横空出世，随之而来的便是几桩故意杀人案，这给岛区警方带来了大麻烦。L杀的人不少，大部分都是警方正在调查的犯罪嫌疑人。L总是抢在警方之前动手杀人，并附上所有罪证，将尸体丢在警局门外。

“我没犯罪，更没被他杀死，怎么也被丢到警局来了？”

“你是特例。”

L进入警方视野那年，岛区的其他三个分局，分别有三个名声大噪的破案王。邢井也迅速崛起，为西岸分局填补上了破案王的空缺。

精明能干，屡破重案，破案王也是坊间对他们的赞誉。

现在除了邢井，其他三个破案王都在办案失误后，死于L之手。三具尸体被丢在警局大门外时，全岛震惊。起初，岛区警界还愿意相信杀手L的初心是除恶，只是用错了方法。但三个精英警察的牺牲，打破了所有人对L善意的幻想，L被定性成挑战司法权威、罪大恶极的犯罪嫌疑人。

邢井带领着西岸分局重案第二小组，与L开始了漫长的斗争。在邢井的努力下，L的猎杀计划数次被迫中止，许多猎杀目标，被邢井抢先救下。但L的反侦查能力极强，岛区警方进行过地毯式搜查，可L如同鬼魅，踪迹难寻。

“L的身后，是一个犯罪团伙，L是被他们培养出来的。”大汪说，“一年前，这个犯罪团伙差点被老板连根拔起。他们狂妄自大，自称裁决所，能够裁决每个人的命运，决定他们成为什么人，过什么样的生活，拥有怎样的结局。”

至于裁决所的规模大小、成员组成、犯罪动机，警方一无所知。

我从未想过，看似平静的岛区，暗地里却波涛汹涌，如此危险。

大汪解释道：“鹿远先生，我和小汪总是跟着你，真的是在保护你。”

“大汪，你真觉得你老板是让你们保护我的？我告诉你，他是监视我，他的眼神里都是对我的怀疑，他想查我。”

“我们只负责执行老板的命令。”

“小子，你老板看到那小卡片后的反应不奇怪吗？你不觉得他有事瞒着你们？”我提醒道。

大汪却是个死脑筋，不愿听我说的话。

回家后，我把L放在桌上的资料全丢进了垃圾桶，雇了几个壮汉保镖站在我家大门外，心里才踏实多了。我叮嘱他们：“一旦有陌生人进院子，不管是谁，往死里揍。”

回屋休息了一会儿，门外突然传来打斗的声音。

“这么快就来了？”我吓了一跳，随手抄起一根棒子，走了出去。

我没想到，来的人是小汪，那些壮汉保镖全被她撂倒。她还没从之前的命案现场里回过神来，顶着两只黑眼圈，显然没有睡好。

“这是你请来的保镖吗？”小汪毫不费劲地拍了拍手，“连我都打不过，能对付L？”

我惊讶不已，问：“你来干什么？”

“老板让我来保护你的。”

“你滚！我说了，我不需要警察保护。”我呵道。

小汪点了点头：“那我就走了。”

小汪转身便走，我诧异道：“你怎么当警察的？说走就走？”

她没有回头，大声笑：“死鸭子嘴硬，不是说不需要警察保护吗？老板让我告诉你，你不会有危险，L如果要杀你的话，你早就死好几回了。”

“永别了，臭警察！”我气极挥手。

小汪走了。

夜太幽静，我既不安又迷糊地睡了一夜。

醒来一看，手机里有一条未读信息，又是L给我发的短信，内容和上次一模一样。

“上瘾了是吧！”我骂道。

我还是去了西岸分局。

“不是要永别吗？”小汪见了我，揶揄道。

我没搭理她，气势汹汹地找到邢井。我把手机放到了他的面前：“你查得怎么样了？他是不是有病，三番五次地给我发这短信？”

邢井不慌不忙地拿过手机，扫了一眼短信内容，把手机递给了我：“知道了。”

“这就完事了？”我暴怒道，“你们拿着纳税人的钱，就不干事？”

邢井放下手里正整理着的文件，抬起头说：“鹿远，你挥霍着你爸爸留下来的财产，连正经工作都没有，你纳税了吗？”

邢井还是和警校时一样，竟然真的和我较真起来。我揉着发疼的太阳穴说：“那你告诉我，L什么意思，找我麻烦干什么？”

“你不是瞧不起警察吗，何必多问？”邢井回答。

我被邢井赶出了办公室，赖在西岸分局不肯走，下午，好不容易见小汪腾出空来，我赶紧凑了上去：“凶手抓到了吗？”

小汪打了个激灵，好像回忆起了死者的惨状：“凶手是谁都还没确定，怎么抓？”

“肯定是L啊！”

一旁的大汪回答道：“不可能是L，L杀人都是直截了当，从来不会在尸体上故弄玄虚。鹿远先生，你放心吧，老板是出了名的破案王，肯定能抓住L。L没伤害你，你暂时是安全的，我们会尽最大努力保证你的安全。”

“破案王怎么了，不是已经有三个破案王被L给杀了吗？说不定什么时候就轮到他了。”

邢井恰巧经过，听到“破案王”这三个字的时候，他的身形一顿。我越发觉得邢井有事瞒着大家。

被敷衍后，我满心不安地回了家。

三个壮汉保镖又人事不省地倒在了地上。我很快意识到了不对劲，朝大门看去，发现大门再一次被撬开了！

我进了家里，先前被我扔掉的警察考试资料，又被整整齐齐地摆放在了桌上。手机也在这个时候响了起来，是之前发短信的号码，我沉住气接通了电话。电话那头的人没有说话。

“你到底是谁，为什么总找我麻烦？”我觉得自己快被逼疯了。

沉默。

“你是杀手L吧，你不去杀人，缠着我干什么？”

听筒里，终于传来了沙哑的声音。

“你有一年的时间，成为警察。”

这语气让我感觉很熟悉。我的目光移到挂在墙角的照片上，这是家里唯一一张我和鹿唯天的合照，鹿唯天的人像被我抠掉了。

我竟从L说的话里，听出了与鹿唯天如出一辙的语气。唯一不同的是，L的声音还很年轻。

“如果我说不呢？”我反问道。

这一幕就如同几年前我和鹿唯天的对话的重演。

“如果你成不了警察，你就没有存在于这个世界的必要了。”

“你到底想怎么样？”我咆哮着，鹿唯天死后，我已经很久没这样愤怒过了。

“我和凶手见过面。你想要抓到我，就得先抓住凶手。不必看鹿唯天的照片，我和他不一样。鹿远，你不会有自由。”

电话被挂断了，我扔下手机，猛然朝着外头跑去，L正在某个角落里盯着我！当我跨过三个还没醒来的壮汉后，我看到了一道人影，身高一百八十厘米左右，短发，正不慌不忙地走过一个拐角。

当我追上去时，他不见了。

L光明正大地出没在大庭广众之下，仍然没有被绳之以法，我不知道自己怎么会得罪这样一个厉害的角色。

把三个壮汉叫醒后，我遣散了他们。连自己是怎么被打晕的都不知道，小汪说得对，他们根本保护不了我。

我开始心烦意乱，被人逼着选择的感觉糟透了。

自从袁珊离开这个家后，鹿唯天就不再宠溺我，开始对我严加管教。我和鹿唯天之间，并没有父子温情。

我讨厌鹿唯天，讨厌他在我小时候就限制了我的自由，讨厌他逼迫我做不喜欢的事，更讨厌他，让我再也没能见到深藏在我心底的她。

再次看向我和鹿唯天的合照，记忆回到了好多年前。那一年，他和往常一样，独断专行地替我报考了岛区高级警察学院。我攥着手里的报到证，怒问他为什么要让我去这样的地方。

他明知道，我讨厌警察，他更知道，我为什么讨厌警察。

鹿唯天最爱做的事就是在我的伤口上撒盐，他做的决定，从来不容我反对。

被迫进入警校后，我总是计划着逃跑，逃到鹿唯天找不着我的地方。我从未料到，我的逃跑计划才是我真正噩梦的开始。

相框被我摔在地上，记忆连同玻璃碴子一起破碎。我把鹿唯天的照片踩在了脚下，这才痛快一点。我绝对不允许有第二个人，像鹿唯天那样限制我的自由。我再一次把那些资料撕碎，都丢进了垃圾桶里。

“既然你要玩，我就陪你玩。”

04

裁缝匠

天才蒙蒙亮，我就起了床，这是我离开警校之后，起得最早的一次。

我开车来到了北西小区，北西小区人口流出，显得萧条，小区正门口，两个年过六旬的安保员正坐着聊天，全然不管走进小区里的我。这样一个破旧的小区，安保员就是摆设。

北西小区里到处都是垃圾堆，也没有人清理。最里端案发现场所在的住宅楼外还拉着警戒线，不允许任何人进入。于是，我转到北西小区的物业管理中心打探。小区刚死了人，物业管理中心里的几名员工正聊着这事，没人发现我。

“钱涛一个月前就来投诉，说门坏了。要是当时我们给他修的话，他或许就不会死。”

“别胡说。老板吩咐过了，再有警察来问，一口咬死，门没坏，免得惹祸上身。”

从他们的对话中，我摸清了事情缘由。

案发时，钱涛家的门锁被卸下来了，但警方并未在门外发现凶手强行破门的痕迹，这是因为钱涛家的门锁原本就是被卸下来的。凶手进入钱涛家时，门并没有锁。一个月前，钱涛便数次要求物业管理中心上门装锁，但由于钱涛死活不肯搬出需要重新改建的危楼，物业管理中心便没有搭理他。

我悄然离开，在北西小区里发现了徐萧莜。她穿着法医袍，提着工具箱，只身前来。她听到我呼喊之后，停下脚步，微笑着问我：“鹿远，你来这里干什么？”

“有迫不得已的原因，需要知道这起案子的凶手是谁。”我老实回答。

徐萧莜想了想：“正好我要再勘查一遍现场，你跟我上去吗？”

我冲徐萧莜眨眼睛：“又当法医师，又当勘验师的，不累吗？你主动帮我进现场，是不是喜欢我？”

徐萧莜玩笑道：“你认为是，那就是吧。”

徐萧莜说完，走进楼里。跟着徐萧莜，轮守的警察把我放进去了。

“钱涛家的门锁坏了很长时间，没有安。案发时，他的家门就是开着的。如果凶手是有目的地杀害钱涛，那他一定知道钱涛家门锁的问题，凶手可能是小区内的人。”说话间，我们进了钱涛家。

徐萧莜戴上了手套：“你怎么知道？大汪还在头疼门锁的疑点呢。”

“有时候，警察身份并不会为查案带去便利，不是所有人都对警察说实话的。”

徐萧莜怪异地瞄了我一眼：“我很好奇，你为什么这么讨厌警察？”

见我不回答，徐萧莜转身进了厨房。地上的血迹还在，徐萧莜半跪着，不知在找什么。直到她手中的放大镜停在了厨房的一处地面上，我蹲下身，发现那是一个用肉眼很难发现的豁口。

“你在看什么？”

“把手上沾了灰色颜料的锅盖边缘有个凹口，通过损坏痕迹鉴定，我判断那是锅盖砸落在地上时产生的痕迹。损坏痕迹还很新，锅盖有可能是死者遇袭时掉在地上的。”徐萧莜对我解释。

而地上的小豁口，则是锅盖与地面碰撞留下的。

“凶手趁死者煮饭时，从背后袭击他，死者遇袭后，手中的锅盖落地。凶手用颜料涂抹尸体的面部后，又将地上的锅盖，盖回了锅上，因此，锅盖把手上留下了灰色的颜料。”我把当时的场景还原了一遍。

徐萧莜不置可否：“你的推测，倒是和邢井的推测一模一样。”

“锅里的肉，有问题吗？”我问道。

“验过了，没问题。”

我疑惑道：“那凶手是吃饱了撑的？杀完人随手把锅盖盖了回去？”

徐萧莜又起了身，慢慢地朝外走去，低头探索着。

“不对，凶手杀完人，离开过一次，之后又回来了。”到了门外的走廊，我盯着地上的血足迹随口说道。

徐萧莜抬起头，不可思议地望着我：“你怎么知道？”

“你不是在观察这些血足迹吗？”我指着地上的血迹说，“这些血足迹，虽然近似椭圆形，但两端还是有区别的。”

凶手穿着脚套作案，现场留下的血足迹受脚套影响，难以成为确定凶手的证据。但是，人的鞋子，大多都是前端略尖，后端略宽，即使戴上了脚套，留下的足迹，两端往往也不一样。

地上的这些血足迹，是从厨房里延伸出去的，宽端朝厨房、尖端朝出租屋大门。凶手只有在踏入尸体周围，脚底沾上鲜血后，才能在地上留下血足迹。由此可以判定所有的血足迹，都是凶手在离开厨房时留下的。但从厨房到屋外的血足迹，大致可以分为两条行走路径，两条路径间隔了近两米。

“凶手一定出入了案发现场两次。第二次折回时，凶手脚下沾染的鲜血已经干了，因此没有留下尖端朝厨房方向的足印，但他回了厨房，又踩到了血，因此离开时，又留下了另一条宽端朝厨房方向的血足迹。”

听了我的解释，徐萧莜对我刮目相看：“你和传闻中的，不太一样。”

“你也太小看我了。你信不信，如果我要查，能比邢井更快破案？”

徐萧莜十分诚实地摇了摇头。我也不在意地耸了耸肩，没有多说。

提取到新的痕迹后，徐萧莜拍了照，返回西岸分局。

我没有马上离开北西小区，留下来继续探查。北西小区的住户，大部分都是经济窘迫的租房者。他们忙于工作，早出晚归，白天几乎没什么人。我一直等到了天黑，小区的居民才接二连三地回来。

打听了一圈，我发现了新的线索：案发前几日，钱涛与人发生过争执。

对方姓李名央，大家称呼他为李师傅，他是裁缝匠！

李央四十多岁，在北西小区里租了几间出租屋，将其改造为皮革缝纫厂。小区里有不少住民，既是李央的学徒，又是缝纫厂的员工。几天前，钱涛将李央的缝纫厂举报了。由于缺乏营业资质，李央的缝纫厂被迫停办。

没了生计的李央，大发雷霆，和钱涛大吵了一架。

我刚打听到这些消息，警笛就响彻整个北西小区。大汪带着几名警察从警车上下来，直奔一栋住楼。北西小区沸腾了，大汪去的，正是李央的住处。我拨开凑热闹的人群，来到了李央家门外。

大汪敲了许久门，无人应答，他破门而入。

大汪没找着人，当场向手下下了命令：搜查李央的家，并紧急搜寻李央的下落。

“大汪，找到证据了吗？”我问。

大汪见了我，皱起了眉头：“不是警告你别碰案子了吗，你还来这儿干吗？”

“北西小区也不是你们西岸分局开的吧，我还不能来这儿了？”

这时两个气喘吁吁的年轻男人跑过来，其中一个人焦急地说道：“警官，李师傅不可能是凶手，你们是不是搞错了？”

另一个人低着头，不与众人对视，他应和道：“李师傅不可能杀人。”

“你们是谁？”大汪打量着二人。

“我叫戴晓松，他叫詹扬，我们是李师傅的学徒。”戴晓松信誓旦旦地说，“李师傅是和钱涛吵过架，但他绝对不可能杀了他！”

“李央去了哪里？”大汪问，“你们知道他的下落吗？他是不是凶手，我们查查就知道了。”

见戴晓松不肯松口，大汪又问了詹扬。詹扬始终没有抬头，只是低声回答：“不知道。”

戴晓松又气势汹汹地说：“你们上门抓人，有什么证据？”

李央在北西小区的人缘很好，被戴晓松一鼓动，立即有居民将大汪团团围住，齐声道：“证据呢？”

大汪冷下声来："案发当日零点左右，北西小区里有不止一名目击证人看见李央去过钱涛的家。"

众人哑口无言，大汪警告道："如果你们知道李央的下落，务必告诉警方。警方会第一时间抓住凶手，但也不会冤枉好人。"

说罢，大汪带着几名搜查完毕的警察离开了。

"怎么办？"詹扬忐忑地问。

戴晓松叹了一口气："我们必须得为李师傅做点什么。"

人群散去后，我跟上了二人的脚步。

"其实，你们知道李师傅的下落吧？"

戴晓松的脸色一沉："你是谁？"

"别紧张。"我观察着二人，"如果李师傅不是凶手，我可以替他洗刷嫌疑。"

"我凭什么相信你？"戴晓松问。

"你们别无选择。"我给他们递了我的联系方式。

已是临近午夜，我打电话到西岸分局法医室，约徐萧莜面聊。赶到的时候，我先遇到了深夜加班的小汪，小汪见到我很紧张："鹿远，你怎么又来了？别老在这儿晃悠了，老板见了你，又该发火了。"

"我怕他？"

小汪拿我没辙，悻悻地走开了。

又过了一个小时，徐萧莜满脸疲乏地走了出来。

"不好意思，有些忙，让你久等了。"徐萧莜满脸歉意。

"北西小区的案子，有进展吗？"

面对我直言不讳的打探，徐萧莜出乎意料地对我知无不言："白天，大汪从犯罪嫌疑人李央的家里，提取到了他的指纹和掌纹。比对之后，我们确认死者家中门上的陌生人掌纹，是李央留下的。"

李央与死者几天前发生了争吵；李央是裁缝匠，拥有娴熟的缝纫技巧；有数名目击证人证实李央在案发前几个小时的午夜时分，造访只有死者一人居住的住楼；死者的门上发现了李央留下的掌纹。

李央的嫌疑实在太大了。

“查出凶手离开案发现场后，去了哪里，之后又折返了吗？”

“听重案第二小组的人说，他们正在对北西小区进行地毯式勘查，目前还没有消息。案发时是凌晨三点钟左右，小区里几乎没有行人，又没有监控探头，很难查到凶手去过哪里。”

我又问：“凶手使用的凶器、手套和鞋套，找到了吗？”

“没有。”

凌晨三点钟的北西小区，不少人已经起床了。这里的务工者早早地就得出门工作，死者在这个时间点做饭，并不稀奇。在一个多小时后，清晨五点钟，陆陆续续便会有人出门。

凶手未将诸如凶器、手套和鞋套一类的作案工具就近丢弃，他带着这些工具，十分引人注意。警方询问了北西小区的每一家住户，没有人发现可疑的人。也就是说，凶手杀人、缝纫、涂颜料、离开凶案现场后折返、最终逃离，都发生在四点钟到五点钟这一个小时左右的时间里。

凶案发生的危楼，孤立在北西小区的最里端，即使死者惨叫，也没有谁能轻易听见。

死者是被人从身后偷袭的，他遇害的过程很快。但缝合五处伤口和眼睛、鼻孔、嘴巴、耳孔四处器官，需要时间。凶手能在这么短的时间内，完成一系列犯罪行为并逃离、销毁作案工具，不仅需要高超的缝纫技术，更需要强大的心理素质。

“死者的衣物上，因被袭击留下的五个破洞，也被整齐地缝好了。”徐萧莜跟我说了最新的发现。

“这凶手是缝上瘾了吗？”我无语道，“那罐颜料呢？查到在哪里购买的了吗？”

“颜料很普通，大汪正在让人查。”

打探完消息，我心满意足地回了家。隔天清晨，我接到了戴晓松打来的电话："你真的能帮我们？"

"能。"

我和戴晓松约在北西小区附近见面，詹扬也在场。我发觉，詹扬不善与人沟通，无论见了谁，都不正视对方的面孔。

"你准备怎么帮李师傅？"戴晓松对我不再抱有敌意，我一眼就看穿了他的急切，他只能死马当活马医了。

"警方在死者家中找到了李央的掌纹，他已经被确定为正式的犯罪嫌疑人了。你们得带我去见他。"

听我这么要求，戴晓松警惕地说："我们不会告诉任何人李师傅的下落。他一定不是凶手。"

"那把你们知道的告诉我。"

李央在北西小区待了三年了，他凭借一人之力，慢慢地将皮革小店开成了皮革缝纫厂。缝纫厂里一共有学徒员工五十多人，其中一半都居住在北西小区里。李央待人随和，但凡北西小区里有人丢了工作，李央都会邀请对方到缝纫厂里上班。

戴晓松和詹扬便是最早跟随李央的学徒。李央对戴晓松和詹扬悉心教导，无微不至地照顾他们。他们二人投桃报李，对李央感恩戴德。一听李央出事，便立即替李央出面。

说到李央与钱涛的争执，戴晓松一口咬定是钱涛的错。"钱涛是个好事鬼，和他吵过架的人，数不胜数。"戴晓松说。

北西小区的环境破旧，钱涛向物业管理中心投诉了不止一次。谁家的垃圾乱丢了，谁家放音乐的动静太大了，都会被钱涛投诉。李师傅的缝纫厂距离钱涛的出租屋很远，但钱涛每次回家都会路过缝纫厂。钱涛向物业管理中心投诉过数次，要求李央关闭厂子，理由是缝纫机的声音嘈杂，皮革的味道太冲。

由于危楼重建的矛盾，钱涛不受物业管理中心待见，他的投诉不了了之。几天前，钱涛又向执法人员举报，恰巧，李央的缝纫厂缺乏营业资质，被迫关停。李央以缝纫厂的运营为生，缝纫厂里的许多学徒也靠着李央养活，一怒之下，李央就和钱涛争吵了起来。

“李师傅不会杀人的。”戴晓松肯定道，“李师傅提起过，他事后觉得对不住钱涛，准备带一些肉，送去给钱涛赔罪。”

“午夜时分去道歉？”我疑惑道。

“北西小区里的人，白天在外工作，天没亮出门，夜过半回家，很奇怪吗？”戴晓松反问。

“晓松，他不靠谱。”缄默许久的詹扬提醒道。

我饶有兴致地盯着他，他则盯着地面。我问：“李央被通缉了，凭你们俩，能为他做什么？如果你们有信心替他洗刷嫌疑，也不会联系我了。”

见我道破他们的心思，戴晓松劝詹扬道：“詹扬，我们没有选择。难道，你真的想看李师傅被冤枉吗？”

詹扬看上去不太情愿，不经意地瞄了我一眼，很快又将目光挪开了。

戴晓松咬紧牙根：“只要你能帮上忙，我可以给你钱！你不就是要钱吗？”

“钱？”我笑道，“你能给多少钱？”

戴晓松显然不知道我的身份，才会对我产生这样的误解。

“你不要觉得住在北西小区的都是穷人！”戴晓松挺直腰板，“我家境不差，只不过是自己选择出来打拼而已。”

我没有说破：“成交。”

05

人体艺术

我在北西小区人生地不熟，行动起来困难重重，有他们两个相助，一切会顺利许多。尽管戴晓松和詹扬没有说出李央的下落，但不难判断出他们能够联系到李央，是他们劝李央躲起来避风头的。

北西小区里到处都是警察，我们三人首先找看大门的两个安保员打听情况。不出所料，案发时，两名安保员正呼呼大睡，什么也没发觉。

“这么破旧的小区，连贼都不愿意光顾，说是来工作，倒不如说这两个安保员是把这儿当成养老院了。”戴晓松愤愤不平道。

我跟着他们在北西小区里转悠了一天，天黑时，我们摸进了李央住的那栋楼，戴晓松和詹扬也都住在这一栋楼的不同楼层。

“李央近期有买颜料吗？”我问。

戴晓松还不知晓案件的细节，他瞥了我一眼：“李师傅没事买颜料干什么？又不是楼上的那个家伙，天天买颜料回家。”

我的心一紧：“谁？带我去！”

戴晓松说的这个人，詹扬也见过，不过他们对那个人的名字、职业等信息却一无所知。

“那个男人神神秘秘的，经常让人送颜料来，一送就是好多箱。”戴晓松带着我来到了那人的出租屋外。

大门紧锁着，我随手打开了出租屋外的一道电箱闸门。闸门里堆着十几只颜料罐，一旁还散落着一些没有使用过的刷子。溢出来的颜料泼了一地，我一眼就认了出来，案发现场的颜料罐和藏在此处的颜料罐一模一样。

急促的脚步声由远及近，是大汪带着几名警察来了。警方的动作很快，他们也查到了颜料的线索。大汪见了我，不悦道："鹿远，到底要我警告多少次，你才肯罢手？"

"除掉威胁到我生命的人后。"我回答。

大汪没有搭理我，他敲了敲门，屋里没有动静。有一名警察向大汪汇报："住在里面的人叫温潮，经走访调查，许多人证实温潮经常购买颜料。"

大汪当机立断："破门！"

门被撞开了，浓烈的颜料味迎面扑来。屋里黑漆漆的，大汪警惕地喊："温潮，我们是警察！"

屋里没有任何动静，我随手把灯打开了。刺眼的灯光瞬间让我们睁不开眼，等视野清晰后，我的头皮又一麻。

数道人影直勾勾地伫立在我们的面前，他们全身赤裸，有的缺了脑袋，有的缺了胳膊，还有的被截成了数段，横躺在地上！放眼望去，屋内星罗棋布全是打着赤膊的、残缺的人体，还都被涂满了五颜六色的颜料。

我的汗毛倒立，戴晓松和詹扬吓得尖叫着跑走了。大汪颤抖着手，掏出手机想联系西岸分局派人支援，我按住了他："等等，你再仔细看看。"

这些，并非真人。

大汪看清后，长舒了一口气："吓死我了，要是出了这么大的事，还不如把案子丢给北岸分局呢。"

屋内所有的人体，全是橡胶假人，只不过做得十分逼真。

两名警察踮着脚，绕过一具又一具支离破碎的假体，把出租屋翻了一遍，没有发现温潮。这间出租屋不大，看上去只有温潮一个人居住。屋里很乱，除了那些假体，墙上和天花板上也被涂了颜料。

墙面上的颜料，肆意张扬，像是被人故意随手泼上去的，又像是不小心溅上去的。

其中一面墙体上画着一道红色的人形，歪着脖子，胳膊上长着脚，腿上长着手，五官的位置互换，眼睛长在嘴上，耳朵长在眼睛上。

“这什么东西，是人吗？”盯着墙上画的奇形怪状的异形人，我发怵道。

再回头看看屋里站着和躺着的假体，许多假人的胳膊和脑袋也被卸下来，安装在了奇怪的部位，配上眼花缭乱的各色颜料，看得我心里瘆得慌。

“这好像不是颜料。”大汪提醒道。

果然，仔细一看，墙上异形人的红色，与其他地方的颜料有明显的差异。我用手一抹，又把鼻子凑上去嗅了嗅：“是血！”

话音刚落，屋内躺着的一具假体忽然站了起来！

他以颜料为衣，只露出了两只眼睛，全身上下布满怪诞的颜色，朝着我们晃晃悠悠地走了过来。大汪惊得掏出配枪，就要开枪之际，我发现了端倪：“住手，他是人！”

大汪定下神来，果然，这是个人。

“你们是谁？”那人一开口，酒气熏天。

“你是温潮？”大汪试探性地问。

“是我。谁让你们进来的！”温潮结结巴巴地质问。

他还没醒酒，屋里的假体太多了，竟让我们忽略了醉倒在地上的温潮。大汪看着像跳进百色颜料桶里滚了一圈的温潮，呵斥：“警察！”

温潮猛地清醒了不少，在大汪的强烈要求下，温潮进了浴室，冲了澡。一身的颜料被冲去后，我们总算见到了温潮的庐山真面目，这是一张粗犷的脸，配上一百六十厘米的个子，让人觉得猥琐。

大汪目不转睛地注视着温潮，他的脸颊潮红，被这么一盯，酒劲儿又退去不少：“警官，我犯什么错了，你们怎么来了？”

“我是不是在哪里见过你？”大汪猝不及防地问。

温潮一愣：“警官，这是我们第一次见面。”

大汪又想了一会儿，随后换了个问题：“你在家里装神弄鬼干什么？”

温潮不断道歉：“警官，我可没有故意吓人，是你们闯进来的。再说，我这不是装神弄鬼，这叫人体艺术。”

我扫了一眼屋内的场景，打了个激灵：“这是艺术？”

温潮叹了口气：“我们这种艺术家，是不会被常人理解的。”

“北西小区里发生了命案，昨天凌晨三点左右，你在哪里？”大汪厉声问。

温潮直言不知道命案的发生，声称这两天他都在家，因为喝了不少酒，没有出门。

“墙上的血是怎么回事？”

“警官，那个是用我自己的血画的，这不犯法吧？”温潮说着，伸出了手臂。他的手臂上，布满了针孔。

温潮又从屋里找来了一个水桶和注射器，注射器里还残留着一小管鲜血。温潮说，为了攒够画异形人的鲜血，他每天抽一小管血，攒了许久，近日才终于完成了这幅作品，欣喜之下，他才会喝这么多酒。

大汪让人接过温潮手中的注射器：“这些东西很可疑，我们要带回去。”

温潮没有反对：“带走吧，反正画已经画好了。”

“电箱里的颜料，是你的吧？”我问他。

温潮不否认：“家里的颜料罐太多，放不下，我就囤了一些在电箱里。”

我把温潮带到了门外的电箱处。他清点了一番后，琢磨着：“数量不对，少了一罐。谁把我的颜料罐取走了？”

大汪对他的话半信半疑，将温潮带回了西岸分局。

邢井不在警局里，徐萧莜接到大汪的通知，来到了第二小组的办公大厅。大汪指着温潮：“萧莜，给他采点血。”

温潮慌得手忙脚乱：“凭什么！”

大汪耐着性子解释：“我们要比对一下，确认注射器里的血是不是你的。”

大汪的态度强硬，温潮只好配合。我看出了大汪眉头的忧虑，悄悄问他：“采他的血，不仅仅是为了比对注射器里的血吧？”

“鹿远，这两天老板因公外出，明天就会回来，你再私自涉案，到时候别怪老板以妨碍公务为由把你抓起来！”

一天就这样过去，次日清晨，我联系了戴晓松和詹扬。

他们告诉我，自从缝纫厂停办以后，北西小区里的许多员工和学徒没了收入来源，都怨声载道。这一切皆因钱涛的举报而起，钱涛死了，大伙非但没有同情，反而幸灾乐祸。

温潮昨天深夜从西岸分局出来后就回了家。戴晓松和詹扬守了一晚上，没见他出过家门。大汪的反应，使我确信他有我不知道的线索，或许警方已经掌握了温潮犯罪的证据。于是，我带着戴晓松和詹扬继续蹲守。他们为了替李央洗刷嫌疑，跑上跑下地为我搜集到了不少关于温潮的信息。

温潮也非岛区本地人，他两年前搬到北西小区，昼伏夜出，与常人作息颠倒，处事也非常古怪，不愿与太多人交流，以至于整个北西小区，几乎没有人能够叫得出他的名字。没有人去过温潮家，也没人知道他家中有那么多假体。温潮购买颜料的频率很高，几乎每隔两三天，他便会让人送几箱颜料到家中。

戴晓松和詹扬接触了近期为他送颜料的工人，对方称，温潮是人体艺术圈子里的小红人，他时常受邀到人体艺术爱好者家中为雇主设计人体涂鸦。他家中的那些涂满颜料的假体，全是他自己设计出来的模型。

戴晓松和詹扬又到岛区人体艺术网站上浏览了一番，果然如送货工人所言，温潮在这个圈子里知名度很高。网站上还贴了温潮家中假体的照片，供人浏览。

“这些变态要是看中了哪个涂着颜料的假体，就会联系温潮，让温潮将他的身体涂成与假体相同的样子。”戴晓松一脸鄙夷。

人体艺术涉及甚广，使用颜料设计人体涂鸦，只是其中一种方式。

“要是人家不违法，不犯罪，没影响到别人，也没什么值得诟病的。”我说。

戴晓松仍然带着偏见：“你想想，温潮是个男的，他的雇主大部分是女的，赤身裸体地让温潮在她们身上涂颜料，不奇怪吗？”

我笑道：“你怎么知道雇主大部分是女的？”

“如果是男的，那就更奇怪了！”

我被戴晓松逗笑了。

傍晚时分，温潮裹着一身风衣下来了。他戴着帽子，衣着华丽，出门叫了一辆的士。戴晓松随手拦了另一辆出租车，还没等我反应过来，他就把我拉上了车。不久，我发现了一辆跟在我们后面的警车。

温潮在一家酒吧下了车，我们一行三人，跟着温潮进了酒吧。温潮出手阔绰，点的酒都不便宜。见温潮独自喝酒，我们远远地坐下，也点了一些喝的。

温潮没有异动，我在另一处角落，瞧见了悄悄蹲守的大汪，他没有发现我们。

詹扬沉默寡言，坐得久了，他犯起了困。为了打发时间，他把我们喝空的啤酒瓶都盖上了盖子，送给了在酒吧里捡酒瓶的老太太。

“你可真够无聊的。”我对詹扬说。

“嗯。”詹扬不看我，起了身，“我出去解手。”

在我印象中，詹扬从未直视过我的脸。眼看詹扬朝着酒吧外走去，我叫住了他：“酒吧里有卫生间。”

詹扬忽略了我的提醒，自顾自地往外走。

“别管他了。”戴晓松略微醉了，“他从来都是露天小解。”

不久后，詹扬回来了。酒过三巡，戴晓松醉得趴倒在了桌上。

“戴晓松家境不错？为什么要出来受苦？”我问。

詹扬没回答，戴晓松忽然醒了，醉眼惺松：“要是你出生在每天吵架的家庭，再富裕又怎么样？如果你是我，你就该知道我为什么要出来了。”

“你还有这遭遇？”我的心底发冷，倘若戴晓松出生在我的家庭，就该知道他有多幸运了。

我看了一眼手表，过午夜了。坐在吧台前的温潮终于起身了。詹扬扶起戴晓松，我们跟着出了酒吧。本以为温潮要回家了，没想到，他在酒吧大门外又来来回回地走动，直到又过了一个小时，他才上了回程的的士。

到了北西小区，温潮回家了。我们搀扶着醉得不省人事的戴晓松，来到了他的住处。詹扬在戴晓松的身上摸索良久，没有找到钥匙。

“先送去你家吧。”我说，“你不也住这一栋。”

詹扬看上去不太情愿：“好吧。”

把戴晓松扔在詹扬家的沙发上后，我长舒了一口气。詹扬的家很小，我找了一圈，也没找到可以打开透气的窗户。

“别找了，我家没有窗户。不是人人都像戴晓松这样，是出来体验生活的。”詹扬的语气里透露着无奈，“我很小的时候妈妈就病死了，我一个人活到了现在。”

没有窗户的出租房，租金一定要低很多。

我尴尬道：“我去上个卫生间。”

“这里没有卫生间，你可以到小区里的公用厕所去上。”詹扬坐在了一旁。

我又累又困：“那我倒杯水行了吧？”说着，我进了厨房。厨房被詹扬满满地填满了杂物。

詹扬后脚跟了进来：“我家没有水，小区里有商铺可以买水。”

詹扬的家里连一个餐具和杯具都没有。重新打量了一番，我才发现他的身上穿的都是最廉价的衣服。

“希望李师傅能尽早洗刷嫌疑，再停些天不工作，我就该喝西北风了。”詹扬盯着地面。

沙发上的戴晓松突然摔在了地上，他咒骂着起了身：“钱涛，你给我过来！”

詹扬大惊，喝道：“戴晓松，你别乱说话！”

我阻止了詹扬，戴晓松继续说着胡话：“你怎么就那么多管闲事呢？缝纫厂开到你家了吗，你为什么要举报，为什么要害李师傅？”

詹扬难得地瞄了一眼我的脸，刚要开口，我就把他推到了一旁。

“你的这张嘴，像极了我爸妈喋喋不休的嘴，我真想把你的嘴给缝上！”

詹扬见状慌了，不顾我的阻拦，厉声道：“戴晓松，你胡言乱语什么，闭嘴！”

戴晓松发起了酒疯：“你们的嘴，我爸妈的嘴，我都要缝上，就像钱涛死时那样！”

詹扬赶忙将我推出了门外。

天亮后，我收到了大汪的通知，他以命令式的口吻，将我传到了西岸分局。许多天不见，邢井终于回来了。他坐在办公室里，忙着阅读卷宗。

“鹿远，你昨天晚上又擅自去接触犯罪嫌疑人了吧？”大汪的声音铿锵有力，“我们反复地警告过你。这是警方第一次也是最后一次以正式程序警告你，下一次，我们不会传你到警局，而是拘你过来！”

我的怒火涌上了心头：“你们不抓找我麻烦的人，还来抓我？果然，警察没一个好东西！”

“这是警察的事！”大汪呵斥道。

“警察很了不起吗？”我不屑地笑着。

“你永远不会知道警察肩上承担的责任。你只是一个不断给别人带去麻烦和痛苦的人渣。”邢井放下了手中的文件，声音变得阴沉。

“人渣？忘了那起爆炸案吗？你有什么资格说我人渣？”我死死地盯着邢井。

06

暴戾

“我不想再提以前的事。”邢井回答，“鹿远，我警告你，不要掺和裁决所的案子。你如果不眷恋你的亲人、朋友，那就离岛区远远的，对于你来说，去世界上任何一个国家、任何一个地方，都轻而易举。你现在招惹的，是你惹不起的人。”

小汪拉着我的胳膊，打起了圆场：“鹿远，你就听我们的，别再瞎掺和了，你会妨碍公务的。”

我甩开小汪的手，满身煞气地走了，小汪一直跟在我身后。

我停下脚步，问：“你真不觉得你老板很怪？”

“老板对你的警告是对的，L不是你能招惹得起的，查案的事，交给我们警方吧。”

“现在不是我招惹L，而是L招惹我。”我气冲冲道，“你不觉得邢井和L，还有裁决所之间有除了公事以外的交集吗？”

“老板对所有的犯罪分子都恨之入骨。”小汪还是没明白我的意思。

小汪告诉我，自从邢井成为警察的那一天起，就一直潜心工作，凡事都亲力亲为。在大家的眼里，邢井就是一个一心破案的工作狂。他也从来没有对别人提起过他的私事，大家对他的私生活和过往都一无所知。

邢井为了抓住L，宵衣旰食。

不仅是邢井，整个警界都想尽快把L捉拿归案。真正差点做到的，只有邢井。L是每个警察的心头刺，大家都想把这根刺拔了。然而，实际情况却是警方好几次都栽在L的手中，更接连失去了岛区东、北、南三岸分局的年轻破案王。

我在心里琢磨着，没对小汪说破。

小汪犹豫再三，还是问道："鹿远，你和老板在警校的时候究竟有什么恩怨？你说的爆炸案是怎么回事？"

我的嘴角一扬："这么八卦？你喜欢邢井？"

小汪气得直跺脚："你就不能正经一点吗？老板和萧莜姐才是一对。"

我把脸凑到小汪面前："邢井有什么好的，倒不如跟了我……"

我的调侃还没结束，就招来了小汪的白眼，小汪的身手我是知道的，见状，我赶紧闭上了嘴。

"你帮我一个忙，我就告诉你我和邢井的过节。"

小汪来了兴致："要我帮什么忙？"

"帮我把徐萧莜叫出来。"刚在西岸分局里大发雷霆，我不想再进去了。

小汪听了，警告我说："鹿远，你别打萧莜姐的主意。"

"你放心，叫她出来。"

几分钟后，徐萧莜笑着出来了。

徐萧莜总愿意给我提供一些信息，我趁热打铁想向徐萧莜打听更多案子的情况。

不久前，徐萧莜亲自去了一趟温潮的出租屋，她在温潮家外的电闸箱里，提取到了一枚脚印。那枚脚印在溢在地面的颜料上成型。通过形态和纹路判定，该脚印也是由穿着鞋套的人留下来的。徐萧莜比对案发现场的血足迹后，判断血足迹和电闸处的脚印，出自同一个人脚底。

"也就是说，凶手离开案发现场后，去了温潮家，在电闸留下足印后，又折回了案发现场。"我低声推测，"第二小组什么情况，大汪觉得温潮是凶手吗？"

颜料是温潮的，在温潮家门外又发现了凶手的足迹，加上温潮对人体艺术情有独钟，案发现场的尸体被缝纫封孔，颇有病态的艺术感，这一切都让温潮的嫌疑巨大。不过，倘若温潮是凶手，他不太可能留着颜料罐，等待警方调查。

“大家的确在怀疑温潮。不过，大汪更在意的是几年前他与外省联合调查的一起强奸杀人案。”

几年前，大汪曾经配合外省警方调查一起连环强奸杀人案。警方在案发现场取得了犯罪嫌疑人的DNA，可惜一直没能通过DNA痕迹锁定凶手身份。多年过去了，凶手一直没有落网。

“最后一起案件发生时，大汪正巧在附近。他与凶手擦肩而过，模糊地记下了凶手的模样。这是大汪的心结。”

“所以大汪采了温潮的血，是怀疑他是多年前那起强奸杀人案的凶手？”

徐萧莜点头：“大汪很谨慎，他担心注射器里的血不是温潮的，所以把人带回分局了。采血比对后，我发现注射器里的血液，的确是温潮的。但是，温潮的DNA与强奸杀人案凶手的DNA不符。”

“戴晓松呢？警方注意到这个人了吧？”

徐萧莜惊讶道：“你也觉得他有嫌疑了？”

徐萧莜告诉我，警方查到戴晓松与钱涛也有过激烈的争吵。李师傅的缝纫厂停办后，与钱涛吵得最厉害的不是李师傅，而是戴晓松，二人甚至大打出手。听闻，李师傅之所以午夜找钱涛赔罪，不仅是为了自己，更是为了戴晓松。

戴晓松隐瞒了这件事，多亏大汪机警，这才查出来。

“戴晓松出身富裕家庭，因忍受不了父母常年争吵而离家出来闯荡。李师傅对戴晓松很好，二人关系密切。死者钱涛好事的性格与戴晓松父母的性格相似。以前的戴晓松脾气很差，在离家前，他还用胶水把父母的嘴给黏上了。”

“这小子，这么暴戾？”我想起戴晓松酒后的胡言乱语，无论是为了李师傅，还是出于对家庭的厌恶，戴晓松都有犯罪的动机。

谈完后，徐萧莜回西岸分局了。小汪没反应过来，站在一旁呆若木鸡。

“你和萧莜姐什么时候关系变得这么好了，她为什么要帮你？”小汪疑惑道。

“本少爷魅力无敌，征服了你们的徐大法医。”我扬着眉。

“别贫了，快告诉我你和老板的过节。”

我把我和邢井在警校时候的恩怨告诉了她。但我和邢井的冲突实在太多了，就随便挑了一个。

那是我和邢井的第一次见面，天下着大雨。

我心不甘情不愿地在岛区高级警察学院度过了第一个月，邢井则是新生优等生代表，各项考核全部满分，是警校里的风云人物。

我本以为，我和这样的人永远都不会有交集。

那是我的第一次逃跑，我攀上了警校的围栏，满心欢喜地以为能离开警校了。胜利在望之际，有人抓住了我的脚踝，把我拽了下来。

我看到了邢井不苟言笑的脸，恶狠狠地警告他：“不要多管闲事！”

邢井一本正经地告诉我：“休息日未到，你不能离开警校，这是警校的规定。”

被邢井发现后，我非但没有成功逃走，还因此受了处罚。那之后警校对我的管理变得更加严格。而且一到休息日，鹿唯天还会派人在警校大门堵着，寸步不离地跟着我。我能逃走的机会就更少了。

我因此讨厌邢井，不断找他的麻烦。

我烧了邢井的衣服和书，丢了他所有的生活用品。

我还记得邢井质问我的那句话：“你知不知道，你烧掉的是我整整三个月的生活费。”邢井是特困生入校，靠着学校的奖学金过活，每顿饭都只啃馒头。

我找邢井麻烦的事，在警校里闹得沸沸扬扬。警校责令我向邢井道歉，我不服，就掏出了一沓纸币甩到邢井的脸上。纸币被风卷着一张一张飘飘荡荡地落在了地上。邢井并没有弯腰去捡，甚至连看都不看那些钱。

“你不是缺钱吗？这些钱，够你吃一整年的馒头。”

邢井盯着我看了很久，吐出了两个字：“人渣。”

西岸分局外，陆陆续续地进出着报案的市民和办案的警察。

“你真的是人渣。”小汪话锋一转，“我总觉得你没表面上这么简单。第一次见面，你能抓住小偷，真的是推测出来的？”

自然不是！那天，我为了甩开小汪和大汪，四处绕弯子时无意间看到女人在偷包，没想到之后她又撞上了我。

我自然不会对小汪说实话。

见我得意地笑，小汪翻了个白眼：“算了，你不过是一个警校学科全部不及格的学渣罢了，是我多想了。”

“你和老板的恩怨就这些？”小汪又问。

我没回答她，我和邢井之间的恩怨，才刚刚开始。

天色将晚，小汪为了确保我不再私自涉案，亲自跟着我回到了家。

在家门口，有人拦住了我们的去路，是袁珊。她像木头一样伫立在我家门外，挡在了车前面。我冷声道：“滚开，不然我撞死你！”

袁珊脸色憔悴：“我有话对你说。”

“我没话和你说。”我下了车，牵着小汪的手往家里走去，小汪想挣脱，不料反被我握紧，小汪就心领神会，乖乖地被我牵住了手。

袁珊又走到我们面前指着小汪：“你是谁？”

她不记得小汪了，之前抓史蒂芬的时候她们有过一面之缘。小汪正不知道怎么回答，我讥讽道：“和你有关系吗？”

“你不要什么女人都往家里带，不怕有危险吗？！”

“你还不是随便什么男人都往家里带？”我反驳道。

袁珊气得涨红了脸，一巴掌扇了过来。我牢牢地抓住她的手腕：“袁珊。”我直呼她的名字，“记住，我不是你能打的。鹿唯天一分钱都没有留给你，不要再来找我，是你放弃这个家的，你别再想从我这里拿走任何东西。”

我甩开袁珊的手，将她拒之门外。回到家里，小汪把手抽了回去：“鹿远，我觉得你妈妈好像有很重要的事要和你说。”

被我冷眼一扫，小汪才改口："刚刚袁珊的表情很不对。"

"她的事和我无关。"

"你有妈妈不要，我想要妈妈却没有。"小汪无奈道。

我坐在窗前，看见袁珊还站在外面，她单薄的身影伫立在昏黄的街灯下。我满眼冰霜，很多年前，站在瑟瑟寒风中等待的人，是我。

而当年我苦等而来的是挽手而来的男女，女的，是袁珊，男的，我从未见过。我拉着袁珊的手求她跟我一起回家，回答我的却是比严冬还要彻骨的巴掌。

我捂着发肿的脸站在街灯下，影子被拉得很长，长到不像是一个只有十岁孩子的影子。而袁珊挽着男人的手，消失在了街道的尽头。

我幼小的心里萌生了不安，仿佛袁珊走了，就再也不会回来。其实之后偶尔还会见到袁珊，但哪怕她站在我面前，我也觉得她早已经到了天涯海角，和我不再有关系。

这么多年过去，我还是忘不了那一巴掌和她弃家而去的背影。

一夜辗转反侧，天亮时，袁珊已经走了。我来到了北西小区，戴晓松见了我，挠着头："那晚喝醉了，说了一些胡话，你别当真。"

见我一言不发，他拉过詹扬："你知道的，我喝醉了酒，就喜欢乱说话，对吧？"

詹扬应和着，我表现得不在意："李央在哪里？这么躲下去也不是办法。"

"现在我们也不知道李师傅在哪里。为了躲避调查，他把通信切断了。我们只能等着他主动打给我们。"戴晓松解释。

"他联系你们之后，第一时间通知我！"

戴晓松答应了。

今天白天，温潮难得出了门。我们跟踪他来到了一个酒店。

他进了酒店房间后，没多久，里面就传出了惊叫声。我立即找酒店服务员要了钥匙，开门后，眼前的场景令人目瞪口呆。

屋内躺着一个全身赤裸的女人，她的身体被颜料涂满了。温潮手里握着刷子，见我们闯进来，面色大变，怒问道：“谁让你们进来的？！”

女人满脸泪痕，抓过被子将身体挡住：“你们救救我，他要强奸我！”

温潮一口咬定女人胡说：“你要讹我？”

我报了警，大汪赶到后神色复杂，将我们一起带回了西岸分局。

原来这个女人在人体艺术网上看中了温潮的作品，于是聘请温潮到酒店为她创作并拍照。具体细节上，二人的说法不一，女人指责温潮动手动脚，意图强奸，温潮则称涂抹颜料时肢体接触在所难免。他们在西岸分局里争吵了近一个小时，也没有定论。

由于缺乏证据并且没造成严重后果，女人冷静下来后，决心吃下这个哑巴亏，没有再追究，大汪就放二人离开了。大汪凝望着温潮的背影，自言自语道：“狗改不了吃屎，他一定是那个人。”

“大汪警官，你们办案也带着偏见的吗？”我调侃道。

DNA比对不会出错，温潮不可能是多年前大汪错过的犯罪嫌疑人。不过，大汪似乎并未就此释怀。

“鹿远，你屡次把我们的警告当成耳旁风。现在，我们以妨碍公务的罪名扣留你！”

大汪的话音伴随着我的手机铃声响起，接通后，我听到了L的声音。

“鹿远，我给你一个机会。”

“你又想干什么？”

“你这么执着于查案，是不是觉得凶手和我有关系？”很难得，L竟然笑了，他的笑里，散发着让人毛骨悚然的寒意，“没错，接下来你遇到的所有案子，只要你能破，就能得到更多关于我的线索。“

“为什么要告诉我这些？”我问。

“鹿远，你知道吗？我的本意不是杀你。至少，我暂时还不想杀你，他们也不想。”L顿了许久，继续说道，“我是想让你成为一个警察。”

“他们是谁？”我下意识地问，“我是不可能成为警察的。”

他自顾自地说道：“我敢和你打赌，一年后，你一定会成为一名警察，没有人能摆脱他们的裁决。我所做的一切，都是为了将你塑造成他们想要的模样。”

“你引诱我查案，是为了将我塑造成警察？为什么选中了我？”我直截了当地问。

L笑道：“有果必有因。下午三点，西岸大商场会发生一场大爆炸，西岸分局想要拆弹，必然要有求于你，这就是我给你的机会，你知道应该怎么做。”

我瞄了一眼手表，现在已经过了下午两点，距离L所说的爆炸时间，只剩下不到一个小时了。

挂断电话后，我把情况告诉了大汪，大汪非常着急，第一时间汇报给了邢井。

西岸大商场里，人潮涌动，西岸分局的一批警察涌入商场，邢井亲自带队。

大汪问我：“L有没有说炸弹藏在哪里？”

“没有。”

“西岸大商场太大了，就算用技术手段监测炸弹位置，也要用非常长的时间。”大汪又往手腕上一瞟，距离爆炸时间，只剩下十五分钟了，“老板，怎么办？”

邢井当机立断：“先去疏散人群。”

十五分钟的时间里，人群绝对没有办法全都安全撤离，情急之下，还可能发生严重的踩踏事件。邢井镇定有序，一边组织拆弹组尽快锁定炸弹位置，一边组织疏散人群，力求将损失和伤亡降到最低。

L的一个电话就让警方大动干戈，可见没有人会怀疑L的威胁，这个杀手实在臭名昭著。

我的手机再一次响了，又是L。

我按照L的要求把电话交给邢井，邢井接过电话后，皱着眉头听了许久，挂断电话时，他看了一眼时间，对大汪说：“一分钟后，商场大屏幕上会出现百串数字组合，每一串都由六个数字组成，其中有十串六位数字与西岸分局警员信息墙上的十名警员编号相同，炸弹就隐藏在那十串六位数字组合所对应的商场房间里，每串数字切换停顿的时间，不超过一秒，让人预备照相机，必须在停顿的一刹那把画面上的内容拍摄下来。”

“这么复杂！”大汪微微一愣，“我让人把警员信息墙上的警员编号传过来！”

邢井点头：“立刻。”

07

封孔的变态

大汪不敢怠慢，找来了数台照相机。邢井让十组拆弹专家做好准备的同时，也安排了不少持枪警察。L既然能操控商场的大屏幕，那他一定在附近。

接下来的一分半钟，所有人都屏息凝神地盯着商场上方的大屏幕，时间一秒一秒地过去，几乎所有人的额头上都冒出了冷汗。商场内的人群早已躁动狂奔，尽管有西岸分局的警察指挥疏散，场面仍然十分混乱。

终于，商场上方的大屏幕闪了一下，又在一瞬间暗了下去。

十几架照相机同时拍照，屏幕暗下之后，邢井大喊："去电子控制室，务必把L抓捕归案！"

当看到拍下的照片时，大家的脸上都充满了绝望。时间间隔太短，大部分照相机要么没来得及拍下画面，要么就是画面模糊。即使清晰的画面，也要从百串数字组合中找到与警员信息墙上编号相同的十串数字。而西岸分局警员信息墙上，足足有百位警员的编号。想在爆炸来临前排除九十串干扰数字，锁定安置炸弹的房间号并成功拆除，难如登天。

大汪更着急了："老板，怎么办？"

邢井叹息，把目光放在了我的身上："告诉我，那十串数字是什么？"

所有人都凝视着我，我得意道："我为什么要告诉你？"

"那是十颗炸弹！"邢井激动了，"没多少时间了，你知不知道，你的一个决定，关乎多少人的性命？"

我看了看手表，还剩下十分钟。

“我要求加入警方，调查这起案件。”我提出了条件。

L对我说的话，我全都记得，这就是他给我的机会。

“凭什么？！”大汪愤慨道。

“你们没有选择。一年后，我若没有成为警察，L会杀了我，我也没有选择。在那之前，我必须把L揪出来，你们始终不让我参与案件，这是要害死我。”

大汪继续喋喋不休反驳，邢井迅速做出了决定：“我同意。”

邢井与我定了城下之盟，我不再废话，把脑海中的那十串数字全部说了出来。

得到我给出的十串数字，大部分人都不太敢相信，只有我的死对头邢井，毫不迟疑地让十组拆弹专家分别去了对应的商场房间。

“鹿远，你确定没有记错吗？”小汪在我的身边紧张地问。

我非常确定地点了点头：“我看过很多次你们的警员信息墙。”

“能过目不忘，你到底是怎样的一个人？”小汪在轻声琢磨着。

我以为小汪是想夸我，刚想回应，她就摇了摇头，语气里带着怒意：“不管你是怎样的一个人，我都确定，你是个人渣。”

“你骂我干什么？”

“生死攸关的大事，你却当作用来和老板谈判的条件。”

“我为了保护自己，有错吗？邢井不顾我的死活，不断阻挠我，你觉得他就做得对吗？”我反问，“你不是没听到，L要求我在一年内成为警察，否则他就杀了我！”

小汪和我赌起了气：“查案，本来就是警方该做的事。”

“那请问你们警方抓到L，替我解决危机了吗？”我也恼怒了。

大汪阻止了我和小汪的争吵，我盯着手表上的指针，就在快要到三点钟的时候，邢井手里拿着的对讲机里传来了消息：十颗炸弹，已经全部拆除。

邢井没有放松，立即掏出了枪，朝着商场里冲去。

他要去抓L!

我立马跟上邢井，见他进了商场大楼后没了影，我想了一下，气喘吁吁地跑到电子控制室，找到了他。

电子控制室里，躺着两个被打晕的警察。

“L不会亲自来这儿吧，万一拆弹失败，他把自己给炸死怎么办？”我推测。

“不，是他亲自来了。”

邢井站在一台机器面前，查看这个电子控制室的监控画面。

几分钟前，电子控制台面前坐着一个俊俏的男人，我和邢井都不会认错，那是L。当两个警察冲进电子控制室的时候，L不慌不忙地站了起来，瞬间就夺下了两名警察手里的枪，将他们打翻在地上。

L离开电子控制室的时间，正好是下午三点钟。也就是说，如果隐藏在西岸大商场里的十颗炸弹没有成功被警方拆除，L也会葬身在这里。

我愣了：“他真的不怕被炸死？”

“他从来没有怕过什么，他早就确定我们能成功拆除炸弹。”邢井的言语中，透露着他对L的极度了解。

这种自信到完全是拿自己的生命当赌注的魄力，也就大名鼎鼎的L才有。

邢井没有浪费时间，指挥在场的数十名警察，全力围阻L。L刚离开电子控制室不久，警方似乎还有机会能够抓住他。但直觉告诉我，这一次，警方一定还会扑空。L既然这样做，早就给自己规划了可以全身而退的后路。

半个小时后，邢井带着众人回到商场前的大广场上。L果真逃脱了。

“L太狡猾了，利用混乱的人群，我们根本抓不到他。”大汪一脸惋惜。

我上前问邢井：“答应过我的事，不会忘记了吧？”

邢井还没有开口，大汪就回答：“鹿远，刚刚情况紧急，你不是警察，没有理由加入警方的侦查。”

“你们要过河拆桥？”我恼火了。

邢井打断了大汪的话：“我答应的事情，不会反悔。”

大汪不解："老板，鹿远以什么理由加入我们的侦查？"

"警民合作。"邢井找了一个合情合理且合法的形式，"鹿远，我知道L策划这起爆炸案的目的是什么。你自己想清楚，你这么做，究竟是在对抗L，还是被L束缚了自由。"

邢井说完就收队了，而我终于不用再偷偷摸摸地查案了。

夜里又下了一场雷雨，我辗转反侧，数次被惊天雷响吵醒。当太阳升起的时候，阳光驱散了迷茫的雨幕，我却一早便接到了大汪的通知："到北西小区来，出事了。"

我急匆匆赶往目的地后，小区里早已停满了警车。我在围观的人群里，发现了戴晓松和詹扬。

"发生命案了？昨晚你们俩在哪里？"我问。

"雨太大了，我们没法出门，当然在家了。"戴晓松回答。

我拨开人群，进了一栋楼。警戒线四布，邢井言而有信，不仅让大汪通知了我，还让我畅通地进入了现场。在五层的一间出租屋外，我接过一名警察递来的手套和鞋套，穿戴完毕后，进入了现场。

邢井、徐萧莜和大汪正挤在狭小的卫生间里。

卫生间里安置着一口浴缸，浴缸里全是血水。浴缸外，全身赤裸的女性陈尸地上，卫生间的地面上全是血迹。看到尸体，我的心底不禁犯寒。

死者全身也都被涂满了单色的颜料。颜料下，很容易看到针织线的缝合口。死者的胸口上，足足有三道伤口，与上一起案件一样，这三道伤口都被整齐地缝合了起来。凶手如法炮制了一起凶案，死者的眼、鼻、口、耳都被缝合上了。

不同的是，此次，凶手还将女死者的肚脐眼也缝了起来。

徐萧莜正为尸体进行现场初步尸检，一时半会儿不会有结果，我退出了卫生间。远离尸体后，心头的压抑感才消散。我观察起地面上的血足迹，这次，凶手仍然穿着鞋套作案，留下的血足迹与上一次形态基本一致。

凶手又一次留下了两条路径的血足迹，一条延展至门外，另一条延展至死者的卧室。卧室里勘查员正在取证，我无法进入。

出租屋的房门完好无损，我发现了一面由内而外都钉上了木板的窗户，木板尺寸与窗户大小正好一致，完美地将整扇窗户挡住了。窗台下，有许多玻璃碴子，几名勘查员正在提取木板上的痕迹。

取证完毕后，他们开始撬窗户上的木板了。邢井不知什么时候站在了我的身边。

木板被撬下来后，我们看到了一面被敲碎的玻璃。

"老板，这个怎么处理？"一名刑警手中提着一个透明的大袋子，袋子里装着一大块布，看上去像床单，上面映着星点血迹。

"带回去。"邢井说罢，又进了卫生间。

我把大汪叫了过来："那块布是什么？"

"在卫生间里发现的。我们发现尸体的时候，死者躺在卫生间的地上。那块布正盖在浴缸上。"

我再次进了卫生间，徐萧莜的现场尸检结束了。

"死亡时间大概是午夜。致命伤为胸前的三道伤口，伤口缝合口的长度三厘米左右，推测凶器是小型刀具。如你们所见，尸体五官处的洞孔和肚脐眼，被缝了起来。"徐萧莜停顿片刻后，略微愤怒道，"女性死者的生殖器和排泄器官也被缝起来了。"

"什么？！"大汪震惊道。

我简直不敢相信自己的耳朵："凶手是变态吗？"

邢井难忍怒意："发现指纹痕迹了吗？"

徐萧莜摇了摇头："此次凶手作案更加细心，全程戴着手套。我只在马桶盖上，发现了手指状的颜料。"

我瞟向了马桶盖，马桶盖是闭合的，上面沾染的颜料的确是指状的。马桶的一旁堆放着一个大的颜料桶，体积比上一次的颜料罐大不少。颜料桶是封闭的，大汪打开后，只在里面发现了沉底的剩余颜料和一把用过的刷子。

徐萧莜和勘查员继续在案发现场取证，大汪趁着邢井没注意，气冲冲地离开了。我跟着他，发现他是去找温潮了。大汪敲开温潮的家门，温潮揉着睡眼："警官，你怎么又来了？"

"昨天晚上，你在哪里？"

温潮一脸茫然："下那么大雨，我在家啊。"

大汪揪住了温潮的衣领："我一定会把你抓起来的！"

大汪责问温潮时，我朝门内扫了一眼。温潮的家中，全是颜料罐，并没有体积庞大的颜料桶。

离开温潮家后，我问大汪："你为什么认定他就是你错过的犯罪嫌疑人？"

"当年我和他擦身而过，不可能会记错。"大汪自信道。

"DNA是不会骗人的。"我提醒道，"就算他是当年强奸杀人案的嫌犯，也不能代表他是这两起案子的凶手。"

"以玩弄人体为乐趣，我很难不怀疑他！"意气用事的大汪全然听不进我的劝告。

他走后，我又找到了戴晓松和詹扬，可詹扬欲言又止惹怒了我："你们是不是有事瞒着我？"

戴晓松犹豫再三，坦言："昨天晚上，李师傅回来过。"

我冷笑道："为什么不通知我？"

戴晓松和詹扬对望了一眼，戴晓松没了底气："李师傅说他回来取他亡妻的照片。我们没想到，命案又发生了。"

詹扬情绪复杂，喏喏自语："难道，李师傅真的是凶手？"

我气不打一处来："就你们这脑子，能分清谁是凶手？"

我的话惹恼了戴晓松："我们还没质问你呢！小区外面停的跑车，是你的吧？你既然这么有钱，肯定看不上我们的小钱，你帮助我们，到底什么目的？"

"我从来没有说过我是为了钱才帮你们。"

他们和我大吵了一架，事已至此，我也不再需要他们的帮助，就此分道扬镳。

警方进入李央家后，发现他妻子的照片不见了，加上戴晓松和詹扬的证词，足以证明李央昨夜确实回过北西小区。

而死者被带回了西岸分局，身份也被查明：邱莉，二十五岁，在一家咖啡厅打工。警方调查得知，邱莉于昨夜十一点左右离开咖啡厅。鉴于咖啡厅距离较远，加上冒雨前行，警方推测邱莉到家的时间在零点左右。这与法医鉴定邱莉的死亡时间一致，推测邱莉到家后就进了卫生间泡澡。凶手是趁邱莉泡澡时，敲碎窗户玻璃后进而打开整扇窗户翻进室内作案的。邱莉躺在浴缸里遇刺，死后被拖出浴缸，她的伤口全在胸口上。据此推测，凶手实施杀害行为时，邱莉很可能正在浴缸里闭眼小憩，全然不知危险逼近。彼时，暴雨侵袭，雷声滚滚，掩盖了一切犯罪的声音，因此邱莉的邻居并未发觉异常，凶手得以成功地进行后续的犯罪行为，逃离现场。

与邱莉接触过的人都说她性格开朗，乐于助人，经常利用假期时间参加各类志愿者活动，也从未与北西小区里的人结怨。目前，警方还无法推断出凶手杀害邱莉的犯罪动机。

徐萧莜一头钻进了法医室，对尸体进行进一步尸检。尸检工作难度很大，我等到深夜，徐萧莜仍然没有出来。

我先回了家，刚踏进家门，手机就响了，又是一个陌生的电话号码。

“L？”我试探道，“你到底想怎样？”

“鹿远，是我。”那头终于有声音了。

我的手一抖，这是袁珊的声音。

“我警告过你，不要再来烦我！”

趁着我挂断之前，袁珊着急地说：“我有很重要的事和你说。我要离开岛区了，我想你和我一起走。”

“走？你又要跟哪个男人跑了？”

听筒那头沉寂了一会儿：“咱们离开这个国家，鹿远，妈以前对不起你，以后我会好好对你。”

袁珊的话像锋利的刀子划开我的伤心往事，我没想到，她竟然还有脸和我谈以前。

“你要到哪里去和我没有关系。”我切断了通话。

自从目睹袁珊第一次挽着其他男人的手离家后，她回家的次数就越来越少。我成了袁珊的累赘，她巴不得没有我这个儿子，每次看到我，她都表现得非常厌恶。我敢肯定，如若不是觊觎鹿唯天的财产，当年袁珊会直接提出离婚。

而对慈善事业着了魔的鹿唯天，为了维护自身的形象，才维持着和袁珊早已破裂的情感得过且过。就这样，一段有名无实到已经病态的夫妻关系，一直苟延残喘地维系到鹿唯天病死。

我时常在想，无辜被夹在他们中间的我，什么都没有做错，却被袁珊抛弃，被鹿唯天安排。我恨袁珊，更恨鹿唯天。

08

改变的DNA

隔天下午，警方带了北西小区的两名安保员到分局里，戴晓松和詹扬也被带来了。

警方先询问了戴晓松和詹扬，给二人做完笔录后，忙得晕头转向的大汪指着桌上的一沓资料：“在笔录上签完字，你们就可以走了。笔录资料的封面上有你们的照片，名字我还没来得及填，我一会儿再补。”

戴晓松很快签完了字，詹扬则在桌上找了许久。戴晓松拍了拍詹扬的后脑勺：“自己的照片都不认得了？你的不就是这份吗？”

詹扬签了字后，戴晓松带着他离开了分局。邢井望着二人离去的背影若有所思。

小汪凑上来：“戴晓松好像不太愿意待在警局里，他很急躁。”

“你不办命案，就别在这儿晃悠了，免得看到不该看的。”我把小汪推走了。

这时询问室里传来了激烈的争吵声。我走进去一看，北西小区的两名安保员正面红耳赤地辩驳着，邢井和大汪没有打断他们。

两名安保员都年过六十了，大家称呼他们为老钟和老曹。老钟说话大舌头，半天挤不出一句话：“不……不可能，我……我明明……看到有个人影擦过你的身边。”

“他从我的身边走过，我不可能没看见！”老曹一边说，一边左右扭动着自己的身体。

第一起命案发生后，两名安保员不敢再像从前那样散漫。昨夜大雨，二人绕着北西小区巡逻了一圈。老曹在前，老钟在后，二人间隔了二十多米。

老钟声称他看到了一道黑影，正面挨着老曹的左侧走过，对方穿着一身雨衣，步伐很快，由于和老曹距离比较远，他没能看清那个人的模样。等老钟追上去，那人已经朝着其他方向跑了。

老曹却坚决否认，老钟见状着急地说："老……老曹，你说……说谎！"根据老钟的说法，那人几乎挨着老曹走过，这样的情况下，老曹不可能没发觉。老曹也急了，身体左右扭动得更快："我没有！你才撒谎！"

"我说，你说话能利索点吗？"说着，我又指着老曹，"还有你，说话就说话，身体老是转个什么劲儿？"

"鹿远！"大汪呵斥我，"这是人家的习惯，你给我闭嘴！"

邢井让老曹和老钟先行离开了。

"老板，这两个人，证词互相矛盾，撒谎的那个人，可能有问题。"

邢井点了点头，思量片刻后说："征得他们同意后，带他们去测谎中心。"

邢井想通过测谎技术判定是谁在说谎。测谎技术具有一定的准确性，虽然测谎结果无法作为侦查证据和庭审证据，却能为侦查提供方向。

大汪犯难了："说谎者肯定不同意测谎的。"

"他们看上去都不像在说谎。"我琢磨着二人先前的反应。

"鹿远，你糊涂了？他们的证言互相矛盾，除非老钟说谎，否则嫌疑人与老曹挨得那么近，再怎么老眼昏花，也不可能完全没有发现。难道，嫌疑人还有办法只让老钟看见他，而不让老曹看见？"

邢井出奇地没有反驳我，只让大汪去照做。

眼见天黑了，大汪安排好明早找老曹和老钟的工作后，又独自出了警局。我跟上了他："去哪儿？"

"不关你的事。"大汪自顾自地朝前走。

我走到车旁，拍着车门："你是又要去蹲温潮了吧？走，我送你去。你要开着警车去，就算人家真有问题，也会提前遮掩，让你看不出来。”

大汪思考了一小会儿，上了我的车。

“你还真执着。”

车上，大汪陷入了沉思，没有理我。

我们去了温潮常去的酒吧，找个角落坐了下来。没多久，温潮果然又出现了。他照旧坐在吧台前，默默地喝着酒。

时间过得很快，酒吧里的人越来越少了。大汪耐着性子，完全没有要离开的意思，直到温潮起了身。我们跟着他出了酒吧，只见他和上一次一样，没有立即离开。他左顾右盼，仿佛在找人。

不一会儿，他朝着角落里一个蹲在地上呕吐的醉酒女生走去。他搂住了女生的肩：“你喝醉了吧，我送你回去。”

女生快要失去意识了，任凭温潮将她扛上了肩头。

大汪刚要冲上去，我摁住了他的肩：“你急什么？先跟一会儿。”

大汪十分激动：“他就是当年的凶手！当年，凶手也是蹲在酒吧外‘捡尸’后犯的罪！”

我忍不住心头的诧异，这太巧了。但是，DNA比对早已将温潮的嫌疑排除了。

我们继续跟着温潮，到了一家小宾馆。温潮进了房间后，迅速将房门上了锁。大汪沉思片刻，一脚踹开大门，温潮一回头，正在为女生脱衣的他难掩心头的焦急，见到我们马上倒打一耙：“怎么又是你们！你们凭什么闯进来？！”

“你在干什么？”大汪揪过温潮，将他按倒在地。我为醉酒的女生穿好了衣服。

温潮狡辩：“我看她喝醉了酒，好心好意送她来酒店，你们不要污蔑我！”

“你脱她衣服干什么？”大汪气得全身发抖。

“她衣服上全是酒，湿的，我怕她着凉。”温潮还在狡辩。

“大汪，别和他废话了，带回警局吧。”我干脆建议道。

温潮又一次被带到了西岸分局。第二小组依旧全员在加班，邢井闻声赶到后，低声问大汪："你确定他是旧案的凶手吗？"

"确定。"大汪叹了口气，"可是，DNA比对……"

"取他皮肤和肌肉组织，重验。"邢井果断道。

第二起骇人听闻的命案发生后，整个岛区一片哗然。西岸分局第二小组遇到了难题，"封孔大案"接连发生，目前警方还未锁定凶手。最有嫌疑的李央，杳无音信。两具尸体的惨状震惊了整个岛区，媒体将变态凶手称为"封孔狂魔"。

这种情况下，西岸分局的压力可想而知。更何况这个时候，还要耗费精力去验证一桩陈年旧案。大汪在法医室外踱着步，心烦意乱地等了许久。见了我，他心不在焉地问："鹿远，史蒂芬的案子还需要袁珊做笔录，我们联系不到她了，你能联系她吗？"

"怎么，她也有嫌疑吗？"我想起来她给我打的电话，"她说要出国，你们查查看，别让她跑了。"

大汪摇头："没有嫌疑，只是要她做笔录而已。"随后马上让人联系岛区机场了，他的效率很高，没一会儿就得知，今天一大早，袁珊上了飞往国外的飞机。

这时邢井和徐萧莜从法医室里出来了。

"上级已经同意，将温潮送往外省，配合调查当年的旧案。"邢井给大汪抛了这么一句话。

大汪震惊不已："他真的是旧案的凶手？"

此时，铐着手铐的温潮被人带了过来。听说要被送往外省，温潮的脸霎时没了血色，他挣扎着："你们凭什么？！"

邢井扫了温潮一眼："你以为，你的DNA彻底改变了吗？"

温潮双腿发软，若不是两名警察架着他，他早已瘫在了地上。

"老板，怎么回事？"还在发蒙的大汪问。

我也把疑惑的目光投向邢井："人的DNA可以改变？"

“温潮在外省，因血液病接受过骨髓移植手术。”徐萧莜解释了起来。

我顿时恍然大悟。温潮接受骨髓移植后，新的骨髓细胞逐步替代了原有的细胞，使血液系统的DNA发生了改变。温潮必然是知道自己的DNA发生了改变，这才有恃无恐。然而，温潮不知道的是骨髓移植后，DNA改变仅会发生在骨髓和血液系统，其他组织DNA则不会发生改变。

大汪对当年的旧案耿耿于怀，邢井看在眼里，在查到温潮接受过骨髓移植手术后，取了温潮的皮肤、肌肉等多部位组织，委托徐萧莜进行了重新检测，终于确定了温潮的犯罪事实，为大汪解开了心结。

大汪爽朗大笑：“温潮，天网恢恢，我说过一定会把你抓起来的！说，‘封孔狂魔’是不是你？”

“不是他。”邢井解释道，“第二起案件发生当晚温潮不在家，他撒了谎。”

邢井不动声色地查到了许多线索。案发当晚，有人在酒吧发现了温潮的身影，他待了一晚上。看来，温潮是担心他意图“捡尸”的不轨心思暴露，而向警方谎称案发当晚在家。

温潮如槁木死灰，哀号着被人带走了。他将被送往外省，接受法律制裁。

大汪眉头的阴霾总算散开了。

可无孔尸案依旧没有进展，我开心不起来。

温潮的嫌疑被排除了，我揣摩道：“凶手不是温潮，那凶手在温潮家门外的电闸箱里留下的足迹，怎么解释？他是在杀完人后，特地去取颜料的？”

邢井也陷入了深思：“或许，颜料裹身并非凶手一早就设计好的。凶手是杀了人后，才临时起意，去温潮家外偷颜料的。”

说完，邢井又着急查案去了，我向徐萧莜打听了尸检结果。

邱莉尸体上的所有缝合均与上案中的一样，凶手再次采用了同样的针数。但除了伤口和五官，凶手还缝合了死者的生殖器和排泄器官。徐萧莜在尸体上没有发现有价值的侦查线索，她把重心放在了从现场带回的涉案物件上。

覆盖在浴缸上的那块布是邱莉的床单，结合案发现场延伸进卧室的那条血足迹可以判断，凶手是在浴室杀完人、缝完尸孔和涂完颜料后，特意走进了邱莉的卧室，取下原本铺在床上的床单，而后回到了浴室，再将床单覆在了浴缸上。

在第一起案件中，凶手离开案发现场后折回，是去温潮家门外偷颜料。第二起案件中，凶手却事先带了颜料。

而凶手对两起案件的尸体的处理也有区别，第二具尸体上的颜料涂抹面积，要比第一具尸体上的更广更厚。徐萧莜还发现，凶手在第二起案子中，至少为尸体涂了三层颜料，而第一起案件中，凶手只涂了一层。感觉像是凶手似乎对第一具尸体上的涂抹效果不太满意，因此第二次作案时，他冒着倾盆大雨，准备了更大的颜料罐，以防颜料不够用。

至于邱莉家中的马桶盖上沾染的指状颜料，被认为是凶手在借力起身时留下的。凶手将死者拖出浴缸后，蹲在地上完成他侮辱尸体的犯罪行为，长时间下蹲后，凶手很可能难以起身，一旁的马桶则是很好的借力点。

如此推测，似乎合情合理。

徐萧莜还在窗台上发现了人为攀登留下的模糊足印。凶手谨小慎微，在进入案发现场前就已经穿上了鞋套，因此，那枚足印没有太大的侦查价值。

另外根据现场侦查得知，在完成作案后，凶手没有马上逃离。他先后在内、外窗上钉了一块与窗口大小完全吻合的木板后才离开案发现场。那夜的大雨持续了整整一晚，伴随着响雷不断，没有人听到凶手钉木板的声音。

案发现场内也没有发现可疑的工具，不仅是凶器，凶手连钉木板的工具也带走了。凶手离开时必定重物累累，作案前更是提着颜料桶，抱着木板和工具。

老钟和老曹的争执还没有定论，但可以肯定的是，他们巡逻的时间，是在凶手杀人后。倘若老钟真的看见老曹与凶手擦身而过，那时凶手正在逃离。

夜里的法医室没有熄灯，徐萧莜一直忙到午夜才下班。

见徐萧莜的脸上阴霾重重，我问："又有命案？"

徐萧莜没有否认，她告诉我，昨天夜里，西岸分局从岛区大江里打捞起了一具刚刚死亡的女性尸体，尸体面目全非，死者的手足全被砍断丢弃，无法匹配到指纹，徐萧莜正在想办法确定死者的身份。

"来你们警局，我才发现岛区原来这么不安全。"我打诨道。

徐萧莜严肃地回答："这个世界上，每天都在死人，老师说过，我们法医能做的，就是替死者讨回公道。"

徐萧莜今年也才二十多岁，她的老师是著名法医师秦海。几年前，秦海身亡后，徐萧莜继承了秦海的衣钵，短时间内就声名鹊起。被分配到西岸分局的管辖区域，接手西岸分局的重大刑事案件后，她和邢井一同被称为西岸分局的"金童玉女"。徐萧莜和邢井并不是恋人，可二人平时走得很近，所有人都默认他们是恋人关系。

秦海是法医界的泰山北斗，警校期间，我并不喜欢接触这行的人，也天天听到秦海的名字。数十年来，秦海协助警方破获案件无数。我听到此人的事迹时，秦海已经六十多岁了。秦海身故的事还在警校里传得沸沸扬扬，有人说是一场意外事故，也有人说秦海轻生，选择了自我了断。徐萧莜对秦海非常尊敬，我不想勾起她的伤心事就立刻转移了话题："其实我不太明白，邢井那么讨厌我，你为什么还愿意帮我，告诉我其他人不肯告诉我的信息。"

徐萧莜咳嗽了几声，又被她的同事叫住了，她无奈地扫了我一眼："看来今晚不能下班了，下次再聊。"

徐萧莜又钻进了法医室。

翌日，我在北西小区的大门外遇到了大汪。解决了陈年案子后的大汪，精神振奋，他正劝说着老曹和老钟。

"你们的证词，很可能影响案件的侦查方向，请你们务必前去测谎！"

老钟叹着气："我……我说的都是真的，你怎……怎么就不信呢？你都来……来了几次了，不是我不肯，是……是老曹不肯。"

我在一旁耐心地听着口吃的老钟把话说完。老曹坐在一旁，呆若木鸡，不知在想些什么。大汪把目光放在老曹的身上："老曹，你说谎了吗？"

老曹扶着墙起身，左右转着身子，眼神掠过我和大汪的身上："我没有撒谎！我没看见有人经过我的身边！"

"那你为什么不肯去测谎？"大汪质问。

老曹陷入了沉默。大汪压着嗓音，悄悄对我说：“老曹十有八九是在撒谎。也许他是凶手，或是在包庇真凶！”

我观察了老曹许久，我总觉得老曹没有说谎。他心事重重的模样，不像是做贼心虚，倒像是有什么难言之隐。

大汪的话音刚落，老曹忽而拍腿决定了：“罢了，那我就跟你去测谎吧。”

大汪喜难自抑，第一时间将老曹和老钟送去了岛区警局的测谎中心。老曹和老钟分别进了不同的测谎室，我们在外等候的间隙，大汪接了一个电话，而后，他的表情变得凝重。我跷着腿：“怎么了？”

“戴晓松这家伙，没那么简单。”大汪还没解释，其中一间测谎室的门开了。

老钟结束测谎了，他得意地对我们说：“我就说是……是老曹在撒谎！”

测谎师对我们点头，确认老钟所言非虚。此时，另外一间测谎室的门也开了，测谎师带着满头大汗的老曹走了出来。老曹的脸色不太好，大汪厉声呵斥：“老曹，你为什么要撒谎？”

老曹急忙辩解：“我没有！”

“不见棺材不落泪！”大汪冷哼道，向测谎师求证，“怎么样？”

“他没有撒谎。”测谎师抛下一枚重磅炸弹。

“什么？！”大汪惊得下巴都快落地了。

我狐疑道：“喂，你们这玩意儿，准吗？”

09

半侧空间忽略

测谎师解释道："人的心理和情绪是多变的，测谎技术准确率较高，但无法保证百分之百准确。这也是测谎结果无法作为证据呈堂的原因之一。"

在大汪的要求下，老钟和老曹又一次被带进了测谎室。大汪坚信，只要多试几次，撒谎者的心理防线一定会崩塌。然而，接二连三的测试结果均证实二人没有撒谎。甚至在后来的几次测谎中，老曹表现得越来越镇定自若。反倒是老钟着急了，他骂骂咧咧："这东西不准，我们怎么可能都没撒谎，难不成，我见鬼了？"

老钟好不容易挤出一句利索的话来，说完就脸色大变。大汪呵斥："胡说什么！"老钟不说话了，双腿发软地坐在了一旁。

测谎依旧没能分辨出二人谁在撒谎，此事陷入了罗生门。大汪沮丧地回到了西岸分局，问我："你之前说他们都不像在说谎，是不是有什么调查思路？"

"直觉罢了。"我想了想，"重点查查这两个人吧。"

大汪把测谎结果告知邢井后，邢井并未表现出太多的讶异，他说："好好查查他们两个。"

我想起了大汪在测谎中心接到的关于戴晓松的电话，问起后，大汪丢了一份资料给我："这是我们刚刚查到的。"

我迅速翻阅，这份资料十分详尽地记录了戴晓松的成长经历。他是在争吵不断的家庭中长大的，这为他的童年留下了诸多阴影。上学期间，他曾多次转学，每次转学的原因都是与人打架。戴晓松最痛恨待人刻薄的人，因此他专挑爱与人吵架、话多的同学动手。最严重的一次，戴晓松将一名同学的牙齿全拔光了。据说，当那名满嘴是血的同学疼得满地打滚时，戴晓松攥着一手的断牙放声大笑。没有人敢上前帮忙，戴晓松看上去太可怕了。

为此，戴晓松的父母花了不少钱赔偿受害者，但他依旧死性不改。几年前，戴晓松终于忍受不了离家出走了，之后就走南闯北，换过很多住所和工作。如同上学时那样，戴晓松在工作中也经常与人打架，实在混不下去了就再换份工作。

他在北西小区待的时间最久，三年前，李央在北西小区招收缝纫学员，戴晓松为了生计投到他门下学习缝纫。这三年间，除了近期为了李央与钱涛的一次争吵，戴晓松从未与人发生争执。北西小区的居民说戴晓松除了偶尔酒后性情大变，清醒的时候都无比正常。

警方接触了戴晓松的父母，他的父母说，戴晓松很少与他们联络，除非实在穷得连饭都吃不起，才会打电话伸手要钱。但数天前，戴晓松打电话索要了一笔不小的钱财。

“戴晓松家的家庭关系畸形，他仇视自己的父母，把所有爱与人争吵的人想象成他的父母，所以才会如此暴戾。”大汪说，“李央待他很好，他把李央当成了再生父母，因此，这三年间，戴晓松从未犯事。”

“你认为他是凶手？”

“不好说。你觉得呢？”

我摇头：“不知道，他有犯罪动机，但没有证据指向他。况且，我觉得他未必是凶手。”

“老板也这么认为。”大汪若有所思，“第一名受害者钱涛的确十分好事，爱与人争吵。可第二名受害者邱莉却十分热心，与人鲜有争执。”

李央被指证嫌疑后，戴晓松第一时间替他说话。倘若他是凶手，这么做无异于主动将自己送入警方的视野中。之后戴晓松请求我替李央洗刷嫌疑的决心，也不像是假的，他向父母索要的钱，恐怕是用来当作我的酬劳的。

“我需要继续接触一下戴晓松。”大汪拍板道，“情绪无常的人时常头脑发热。我担心的是人是他杀的，但他又不想让李央替他背锅，所以做出现在的种种举动。这样的人太具有迷惑性了。”

“是该多接触，就算他不是凶手，也很危险。说不定，下一起案件的凶手就是他了。”听到我话里有话的暗示，大汪的眉间爬上了一抹担忧。接下来的两天，西岸分局第二重案小组都严阵以待。“封孔狂魔案”的凶手手段残忍到令人发指，岛区警方在全岛恐慌下，对岛区市民许下承诺：一个星期内必定将凶手抓捕归案。

邢井作为万众瞩目的破案王和第二小组的组长，肩头的压力陡增。

本案最大的嫌疑人李央至今无迹可寻，大汪暗中监听了詹扬和戴晓松这两个与李央走得最近的人的通信。而戴晓松也因暴力倾向进入警方视线，成了本案的重大嫌疑人，然而，戴晓松却没有露出能被警方逮住的狐狸尾巴。

北西小区的两名安保员老钟和老曹也是大汪关注的重点对象。自从测谎之后，老钟认定自己看到了“脏东西”，吓得魂不守舍，卧床不起。大汪前去探望时，我也跟了去。

老钟住在距离北西小区不远的住宅里，他的家庭条件中等，有儿有女。他年过六旬依旧在北西小区担任安保员，并非因为家境落魄，而是由于儿女们忙于工作，他闲来无事才为自己找了一份差事。

如今，老钟躺在病床上，浑身发抖，大汪安慰道：“老钟，你别自己吓自己了，兴许是老曹真的没有看见呢。”

老钟带着哭腔，口吃道：“老曹又……又没瞎，若是距离远，他还有没看见的可能，可我看到的人影，分明差点就和老曹撞上了。他没……没说谎，我也没说谎，他没看……看见，我却看见了，你们说，我看到的是什么？”

大汪无奈地摇着头，他无法找到一个合理的解释来劝慰老钟，嘘寒问暖一番后，带着我出来了。

“老钟真是可怜，在北西小区找份工作打发时间，还遇上了这档子事。”大汪同情道。

“老曹呢？他的家庭状况调查清楚了吗？”我问。

“老曹和老钟不一样，他有一个儿子，是个赌鬼，欠了一屁股债。老曹为了给儿子还债，找了这份工作，没日没夜地守在北西小区。北西小区只有两名安保员轮班，老曹为了多赚钱，每天工作的时间是老钟的好几倍。”

“封孔狂魔案”尚未发生时，老曹还能忙里偷闲，可案发后，老曹连盹儿都不敢打，生怕北西小区以看守不力为由开除他。老曹年纪大了，不好找工作，这份工作对他来说太重要了。

“老曹或许真要难过了，我听人说，小区的确打算换几名年轻的安保员。”

我摸着下巴琢磨着：“多次测谎的结果都一样，两个人应该都没有撒谎。只有两种可能，要么老钟看花了眼，要么老曹出于某种原因真没注意到有人与他擦身而过。”

大汪顺势推断道：“老钟当时距离较远，又在晚上，如果真有一个人看错，应该是老钟。”

“别把话说得那么早。”我看了看手表，“时间还早，我们去接触一下老曹？”

大汪没有反对，带我去了北西小区。北西小区的安保室里，老曹正愁眉苦脸地靠墙坐着。我们前脚还没踏进去，邢井后脚就来拦住了我们。

“老板，你怎么来了？”大汪不解道。

邢井冷冷地扫了我一眼，冲着大汪说：“你们等我手势，再悄悄进去。”

在大汪一头雾水的注视下，邢井进了安保室。邢井的脚步很轻，老曹没有注意到他走了进去。邢井在老曹的左侧站定，对着老曹挥了挥手。老曹就像没看见似的，目光发直。直到邢井出声后，老曹才迅速起身。

我们藏在门外，听着里面的动静。

“警官，求求你们，赶紧查出凶手吧，我不能没有这份工作。”老曹说话时身体习惯性地左右转动着。

面对一个六旬老人的苦苦哀求，邢井不再保持冰冷的语气，他拉过老曹，走到一旁，让老曹背对着我们。

“如果你想我们尽快破案的话，就不该向警方隐瞒的，把该说的都说出来。”

尽管只能看到老曹的背影，但我和大汪还是感觉到了老曹的惊慌。

他支支吾吾地回答：“我哪有事隐瞒你们。”

老曹显然心虚了，就连身体也不再习惯性地左右转动。邢井的右手对我们挥了挥，得到他的手势后，我和大汪蹑手蹑脚地走了进来。大汪没想太多，本想从老曹的右边走，我强拉着他，绕到了老曹的左侧。邢井紧紧盯着他，老曹额头冒出了豆大的汗珠，紧张得语无伦次：“没有，我没有什么瞒着你们。”

我对着老曹挥手，他却没有任何反应。大汪见状，不可置信地对着老曹做各种动作，但都被老曹忽略了，仿佛我们不存在一般。

邢井不再与老曹多说，转身走了。老曹木讷地戳在原地，许久之后，他转过身，看见我和大汪吓了一跳。他急忙转动着身体，尴尬得如同像要掩饰什么：“警官，最近发生了太多事，晃了神，没注意到你们来了。”

我玩味地坐到一旁：“事到如今，你还想撒谎？”

大汪诧异地问道：“真奇怪，你是不是看不到你左侧的动静？”

“怎么可能？！”老曹急了。

“别遮遮掩掩了。”我嗤笑。

“鹿远，到底怎么回事？老板这就走了？”大汪仍旧没明白。

“他得到了他想要的答案，当然走了。我们也走吧，老曹没有嫌疑。”我起了身。

大汪没弄明白，不肯走。

“你还真烦。”我翻了一个白眼，“你听说过半侧空间忽略吗？”

这几个字从我嘴里蹦出来后，老曹浑身一颤。大汪仍然如坠云雾：“这是什么？”

“一种病。”我答道，“被他忽略的，是左侧。”

半侧空间忽略，又称患侧忽略，是脑损伤后出现的行为认知障碍之一，最明显的特征为受损对侧肢体感知缺失，如视觉、听觉、触觉等，并伴空间定位行为能力的异常。临床上以右脑损伤引起的左侧空间忽略最为常见。左侧空间忽略患者，会以他们看到的物体为参照系，而参照系的左侧会被他们忽略。

大汪换了一种眼神看我：“你怎么知道这么多？你到底是何方神圣？”

“还能是什么？不学无术的纨绔子弟呗。”

老钟和老曹在测谎的过程中都没有撒谎。当夜，疑似凶手的人影的确与老曹擦身而过，老钟看到了，但人影是从老曹左侧走过，被患有左侧空间忽略症的老曹忽略了。

邢井忽然造访，必然是已经有猜测，所以来求证。

邢井进入安保室后，在老曹的左侧与他打招呼，老曹没有反应。尔后，邢井吸引了老曹的注意力，使他背对我们。邢井的一番话，又令老曹紧张得一动不动。我明白邢井的意图后，与大汪绕到了老曹的左侧。邢井用右手对我们做手势，他的右手位于老曹的左侧，所以老曹并未发现邢井通知我们悄悄进入安保室的手势。

我们站在老曹的左侧后，无论做什么动作，老曹都没有发现。彼时，我们站的位置，实际上处于一个正常人的视线范围内。

老曹有一个很奇怪的习惯性动作：左右转动身体。这种习惯，并非老曹无意中养成，而是他故意为之。他无法注意到视线左侧的物体，所以只能用转动身体的方式，使自己能完整地感知到物体。

老曹朝我们跪了下来：“求求你们，不要说出去，我太需要这份工作了。”

大汪虽心有不忍却还是拒绝了：“不行，你不适合担任安保员，这么下去，一定会再出事。”

老曹见大汪这样绝情，抱住了我的大腿：“求求你，帮帮我。”

我踢开了老曹：“死老头，滚开，浪费本少爷这么多时间！”

说完，我大步出了安保室。大汪追了上来，他揪住我的衣角：“鹿远，你有必要这么对他吗？他这么可怜！我刚刚才对你刮目相看，你真是让我失望！”

“死警察，少在我面前悲天悯人的，我会在意你失望不失望吗？”

大汪气得上车走了。待大汪远去，我才拨通了一个电话：“北西小区的安保员老曹，需要一份工作，帮他搞定。”

挂断电话后，我看见了不知什么时候站在一旁的小汪。小汪笑嘻嘻："鹿远，你还真是个矛盾的人，刀子嘴，豆腐心。明明不是绝情的人，为什么非要伪装自己呢？"

"闭嘴！你不是骂我是人渣吗，还跟踪我？"我有点恼羞成怒。

小汪吐了吐舌头："我跟踪你干吗？我是跟老板来的，老板突然来北西小区，我担心你们又起冲突。至少你拆了炸弹，救了不少人的命，至于目的是不是单纯，没有那么重要。"

"不需要你担心。"我摆了摆手，"既然来了，跟我去查一些事吧。"

小汪心生怯意："不行，我不办命案。"

"怎么，你当警察，还真打算一辈子不碰命案了？"我拉起小汪的手，"又没让你看尸体，怕什么！"

小汪告诉我，邢井出了安保室后，又去了北西小区的物业管理中心，正好跟我的目的地一致。应我的要求，小汪调出了小区里的投诉记录，物业中心的工作人员抱怨："刚刚才来一个警官，怎么你们又来？"

"你又和老板想到一块儿去了！"小汪惊讶道，"为什么要查投诉记录？"

"你们这群笨警察，没了邢井，还真是什么事都干不成。"我不满排在邢井后面。

两起案件中的受害者性格差异太大，钱涛好事，爱与人争执，邱莉热心，待人和善。他们没有共同的仇人，二人之间也没有交集。假设凶手是同一个人，那他们为什么会成为凶手的目标？若说唯一的共同点，那便是都居住在北西小区。

10

病态强迫症

钱涛生前数次向物业管理中心投诉门锁问题和李央的皮革厂，邢井和我都想从此入手找关联。

翻阅了物业管理中心的投诉记录后，我发现钱涛还真是一个多管闲事的人。除了投诉自己家的问题和举报了李央的皮革厂外，还向物业管理中心反映了北西小区存在的诸多问题。其中，钱涛反反复复反映过的树洞问题引起我的注意。

北西小区里种植着不少大树。钱涛对物业中心投诉，他多次看见那些树洞里被填满了棉花或纸团。冬季干燥，夏季温度高，钱涛认为树洞里的棉花和纸团容易引发火灾。

“树洞里怎么会有棉花和纸团？”小汪问。

我给她丢了另外一本投诉记录：“邱莉也反映过同样的问题。”

“难道，他们的死和树洞里的填塞物有关系？”小汪惊喜道，“知道他们投诉树洞的人，是物业中心的人，凶手是物业中心的员工！”

我给她浇了一盆冷水：“要是案子这么容易破，你们就不会那么头疼了。与其在这里瞎猜，不如去看看树洞里藏着什么秘密吧。”

我和小汪在北西小区里兜圈，连发两起案件后，西岸分局不敢掉以轻心，日夜派人把守着北西小区，现在这里四处都是警察。

果然，北西小区里随处可见树洞。我来北西小区多次，从未把注意力放在这些树洞上。

“还真填满了棉花和纸团！”小汪伸手抓了一把，观察了一会儿，“都是很普通的棉花和纸团，能有什么秘密？”

我看到了不远处的邢井。他和我们一样，也在观察着树洞里的填塞物。

小汪跑了过去：“老板，发现什么了吗？”

“有几栋楼的楼道里，窗户被人用木板遮挡了。”听邢井这么说，我想起了第一次来到北西小区追逐L时进入楼道的场景。当时觉得楼道里实在太黑了，现在看起来是因为楼道里采光窗户被人用木板钉死了。邢井拨了一个电话，下令警员挨家挨户打探被填充的树洞和楼道里被钉死的采光窗户的消息。

天才微微亮，连夜出去打探的警察带回了消息。

北西小区的大部分忙于生计的住民，并未注意到树洞里的填塞物和楼道窗口上的木板。一些注意到了问题的住民，也都抱着事不关己的态度从未向物业投诉过。但钱涛和邱莉却数次动手取走树洞里的填充物，拆下楼道窗口上的木板。

但第二小组的警察却没问出是谁将树洞填满的，也没人知道是谁将木板钉在楼道的窗户上的。

回想案发现场的细节，我低语道：“我好像知道凶手的犯罪动机了。”

大汪听了我的话：“什么动机？”

邢井猛地站了起来：“去查一查，除了钱涛和邱莉，北西小区里谁还清理过树洞和楼道里的木板。”

一名气喘吁吁的警员跑了进来：“老板，糟了，又发生命案了！”

“怎么可能？！”大汪激动地吼道，“他还能在警方眼皮底下犯案不成！”北西小区被警方守护森严，大汪不敢相信凶手敢在这种情况下犯案。

报信的警察喘着粗气：“不是在北西小区，在另外一个地方。”

邢井紧锁着眉头：“出警。”

案发现场是距离北西小区四五公里外的另一个小区，这个小区与北西小区简直是一个模子刻出来的，房屋破旧，危楼耸立，住着漂泊打工的散客。今日一早，房东为了与租户商讨续租事宜回到了出租屋，却发现了租户的尸体，这才匆忙报案。

命案现场位于住楼的六层，我们赶到时，房东站在门外，几名警察正在为他做笔录。我一眼瞥到了窗户上钉着的歪歪斜斜的木板和一地的碎玻璃碴子。

“早上来到这里，我看到了满地的血迹。”房东指着地上的血迹，“我敲了十分钟的门，没人回应后，我就开门进去了。”

邢井穿上了鞋套，进入了出租屋，我也跟了进去，而徐萧莜已经在勘查床上的尸体了。

我把视线挪向了卧室内的小床。死者是一名四十多岁的男性，胸口部位的衣服上有明显的血迹。死者的口、鼻、眼、耳被缝合，胸前衣服的破洞也被人缝起来了，沾满鲜血的床褥掉在了地上。

与前两起案件一样，死者的面部被人涂抹了颜料，颜料桶却大开着被随意地丢弃在一旁，颜料刷被放置于桶内，还未用完的颜料已经凝固。

徐萧莜轻轻地掀起死者的衣服，死者的身体上也被涂了颜料，但颜料并未布满全身，十分不均匀。徐萧莜继续将衣服掀至死者的胸口露出致命伤，这几道伤口也被凶手用普通的针线缝合。

我和邢井站在一旁默不作声。徐萧莜将死者的裤子褪去，观察之后说：“和第二起案件一样，死者的肚脐和排泄器官被缝起来了。”

所有缝合口处的缝合痕迹规矩平整，与前两起案子如出一辙。徐萧莜初步推测死者遇害的时间是今日凌晨时分，凶手穿戴着鞋套和手套作案，没有在现场留下相关的痕迹。

徐萧莜将现场勘查得出的初步结论都说了一遍后，邢井迅速转身沿着血足迹来到了客厅的窗台。窗台上散落着玻璃碴，门锁未损，可见凶手是敲破窗户入室的。与第二起案件不同的是，此次凶手仅在窗户外钉上木板，室内一侧被他忽略了。

并且，此次凶手用的木板，明显与窗户尺寸不一。钉在窗户上的木板比窗户小了一圈，因此，木板并未严实地将窗户全部遮挡住，还留着一条透光的小缝隙。

大汪戳着发愣，邢井对他说：“去查查戴晓松昨晚在哪里。”

说罢，邢井出了出租屋。我拍着大汪的肩膀：“快去吧，记得我叮嘱你的话吗？”

大汪立即让手下去调查了，随后，他跟上来了。

邢井进入了楼道，仰头四处看着。

“老板，你是在找监控探头吗？”大汪提醒道，“这么破旧的小区，应该没有监控探头。”

邢井不作声，继续自顾自地寻找着。在楼道里没找到后，邢井又将搜索范围扩大到了整个小区。接二连三的重案令大汪踌躇不堪：“老板在想什么？凶手怎么可能会选择有监控探头的地方动手！”

“原来，破案王也有不被他下属信任的时候。”我嗤笑道。

“鹿远，你阴阳怪气地想说什么？”大汪不悦道。

“没什么。我敢和你打赌，这个小区里一定有监控探头，或者一定有见过凶手的目击证人。”

我刚说完，邢井停在了一处墙角下。我们顺着他的目光抬头，墙角上正安置着一个闪烁着指示灯的监控探头。大汪惊讶地说：“还真有！”

“不只有呢，它一定还记录了凶手的模样。”我自信道。

大汪马上叫人去调取监控录像了，通过勘查，这是整个小区唯一一个维持运行的监控探头。警员在调取监控录像的同时，我让大汪派人到附近打听了一下，找到了一家距离案发现场最近的颜料店。

大汪强行被我拉来颜料店调查，他抱怨道：“鹿远，你该不会认为凶手光明正大到颜料店来买颜料了吧？凶手怎么可能这么蠢！”

“他蠢不蠢，你问问看。”我笑着。

大汪抱着试一试的态度，询问了老板。这一问，惊得他眼球都要掉出来了。老板告诉我们，凌晨时分，一个戴着口罩的年轻人急促地敲开店门要买颜料。老板为我们展示了他卖给年轻人的颜料桶，正是凶手留在案发现场的那一种。

“能描述一下买颜料人的样子吗？”大汪兴奋道。

我打断了大汪：“戴着口罩，你让他怎么描述？回头，把老板带到警局里，当面指认凶手。”

大汪先是一愣，而后终于开窍了：“真是他？”

回到案发现场时，调查人员回来了。据他们说，警方闯进了门后发现戴晓松早已不在屋里。在场的几名警察回忆，昨夜，詹扬曾慌张地跑出了住楼。由于戴晓松是警方的重点关注对象，与他接触多的詹扬也被警方密切关注，因此当时詹扬的举动吸引了所有警察的注意。等他们慌张地追上去后，才发现詹扬是急着上厕所。警察推测，戴晓松一定是趁着詹扬吸引大家注意力时，跑出了小区。

目前，詹扬被传到了西岸分局，不过，他对此事闭口不言。

“我们在戴晓松的家里，发现了被他落下的一个手机。手机里装着一张刚刚开通的电话卡，监听技术组恢复了手机上被删除的几条简讯。”有警察把手机递了上来。

点开简讯，出现了戴晓松与一个匿名用户的对话记录。

“实在不想漂泊下去了。哪怕去坐牢，也比到处躲躲藏藏好。”这一则简讯，引起了我们的注意。

“是李央。”大汪断定。

邢井当场下达指令：“联系其他三岸分局，发出通缉令，联合抓捕戴晓松。”之后就带着案发现场的尸体回到了西岸分局。

案发现场附近的监控录像也被调到了西岸分局，警方查看了凌晨时分的录像，辨认出戴着口罩、手提颜料桶的人就是戴晓松。

大汪把詹扬揪到了讯问室：“说，戴晓松去了哪里？”

詹扬低着头，双眼直勾勾地盯着平整的桌面：“我不知道。”

“你是不是戴晓松的帮凶，为什么要替他打掩护？”大汪横眉怒目道。

詹扬打死不认：“我着急上卫生间，怎么说我替他打掩护呢？”

我端详着詹扬，笑出了声：“詹扬，你要装就继续吧。戴晓松可不是什么聪明人，以他的能耐，不出一天，就会被警方捉拿归案。你现在不如实交代，小心担上包庇罪犯和帮凶的罪名。”

詹扬不说话了，我能看出来，他正在犹豫。

我们陪着詹扬在讯问室里坐了一下午，傍晚，西岸分局第二小组的办公大厅突然喧哗起来，有人来报，戴晓松落网了。

詹扬一怔，大汪将他揪了起来，我奚落道：“我说的没错吧？”

来到办公大厅，我们看见上着手铐的戴晓松，他狼狈不堪，一身淤泥。警方是在港口将戴晓松抓获归案的，当时，戴晓松正准备逃离岛区。

戴晓松见了被大汪揪着的詹扬，苦笑道：“你们别难为他了。他不知情，是我骗他说家里出事，需要马上离开，他才替我转移警察注意力的。”

詹扬难得地抬头，但很快又将目光从戴晓松脸上挪开：“对不起，没能帮到你。你真的杀了人？”

颜料店的老板被带来，他仔细地辨认了一番，肯定地说：“昨晚，就是他来买颜料的。”

戴晓松在我们的注视下，点了点头，坦然认罪：“既然已经被抓了，还有什么好辩解的。”

“为什么要杀人？”大汪质问道。

“想杀就杀咯，看他们不爽。”戴晓松被捕后，反而一身舒坦。然而，他的轻松没能持续太久，一对被警方带到西岸分局的夫妇令戴晓松顿时瞠目结舌。

那是戴晓松的父母，在得到警方的通知后，他们火速赶来了。戴晓松的父亲默默地在一旁抽烟，他的母亲哭得双眼通红，冲到戴晓松面前，打了他一巴掌：“你怎么能杀人？”

戴晓松舔着唇角：“和你们有关系吗？”

“以前，你的小打小闹我们都能替你解决，你离家出走这么久，我们都能忍下。可是，现在你杀了人，你要我们怎么帮你？”戴晓松的母亲几欲昏厥。

“帮我？”戴晓松的情绪陡然间失控，“从小到大，你们帮过我吗？你们每天都在吵架，家里清净过吗？你们对我好过吗？”

“你胡说什么！你是我的儿子，我们怎么可能对你不好？”戴晓松的母亲辩驳。

“闭嘴！”我忍不了了。

所有人被我吓了一跳，大汪斥责我：“鹿远，你抽什么疯？”

我盯着戴晓松的母亲：“你们尽过做父母的义务吗？你们是不是认为，只要生下孩子就配做父母？我告诉你们，戴晓松之所以会杀人，都是你们害的！”

戴晓松的母亲无法接受我的说辞：“你胡说！”

“真正对他好的人，让他感激一辈子的人，不是你们。那个人，走进了他的心里，填补了他心口的创伤，所以为了那个人，他甚至愿意杀人！”

戴晓松恢复了冷静，他反驳道：“鹿远，你想说什么？”

“紧张了？”我反问，“你把我们所有人当成智障了吗？以为杀了一个人，就能替他揽下所有罪责吗？”

戴晓松的双肩战栗：“不，都是我杀的，他们都是我杀的！”

邢井踩着稳健的步伐，将恢复简讯后的手机举到了戴晓松的面前：“或许，你觉得对你好的人，只是在利用你成为他的替罪羊。”

戴晓松仍旧不肯松口，邢井扭过头，看向了戴晓松的父母。

“戴晓松在李央的身上，得到了从未从你们身上感受过的温情。他为了帮助李央彻底洗刷嫌疑，不惜动手杀人。”

戴晓松咆哮道：“闭嘴！”

“戴晓松，你是不是觉得自己特别聪明？”我嘲讽道，“你真以为，依葫芦画瓢杀了一个人，就能证明你是前两起凶案的凶手？”

“封孔狂魔案”，一共发生了三起，而事实上，第三起案件与前两起案件的凶手不同。这是我和邢井观察过第三起案件的案发现场后，第一时间就得出的结论。

“你连凶手真正的犯罪动机都没有搞清楚，怎么能模仿凶手的犯罪手法？”我说道，“‘封孔狂魔案’的凶手，是一个早已病态的强迫症！”

当塞在树洞里的填充物和钉在楼道窗户上的木板被我们发现后，结合案件的细节，我们逐渐侧写出了凶手的犯罪心理和犯罪动机。凶手的强迫症已经病入膏肓，他容不得他生活中存在缺口。

11

缉凶策略

第一起案件中，尸体上的口、鼻、眼、耳以及尸体的致命伤口，甚至衣服上的破洞，都是他视线所及的缺口。案发现场是厨房内，死者遇害后，手中锅盖砸落在地。起初，我们并不明白凶手为什么将锅盖盖回，还在锅盖把手上留下了颜料痕迹。如今看来，那是因为没有盖上锅盖的锅，也是凶手实在无法忍受的缺口。

第二起案件中，案发现场位于浴室内。凶手破窗而入，杀了人后，将尸体的五官缝合。与第一起案件不同的是，第二起案件的死者遇害时正在沐浴，没穿衣服。因此，死者的肚脐、生殖器官与排泄器官暴露在外，触动了凶手的神经。浴缸也挑战了凶手的忍耐底线，所以他用床单将浴缸盖上了。凶手留在马桶盖上的指状痕迹，先前被警方认定为凶手借力起身时留下的，如今看来，那是凶手无法忍受马桶的缺口，合上马桶盖时留下的。

“北西小区里的树洞，是凶手填满的，楼道里的窗户，是凶手钉死的。他每日走在北西小区，不可避免地注意到这些缺口。他心痒难耐便将这些缺口堵上了。”我推测道，“钱涛和邱莉并不是凶手的仇人，或者说，他们与凶手最大的仇怨，便是一次又一次挑战了凶手无法平息的强迫症。”

钱涛和邱莉，一个因好事，一个因热心，不约而同地向物业中心反映过这些问题。由于物业不作为，二人便亲自动手取出树洞里的填充物，拆下楼道窗户上的木板。他们取，凶手塞，他们拆，凶手钉。如此折腾数次，凶手终于忍无可忍了。只有他们死了，凶手才不会再被心头的强迫症折磨。

“世界上竟然还有这种人。”大汪不敢相信，“为了这么点小事，他至于杀人吗？！”

“在我们看来是小事，但在重度强迫症患者的眼中，却是天大的事，他只能从源头上解决麻烦。”我再一次看向戴晓松，“你想为李师傅揽下罪责，却破绽百出。”

第三起案件中，戴晓松杀了人后，学着前两起案件的凶手，将死者的五官、肚脐眼和排泄器官都缝合上了。由于戴晓松是缝纫厂的学员，缝纫技术万分娴熟，他并未在缝合口上露出破绽，但他却在缝合位置上露了馅。因为死者遇害时是穿着衣服的，但戴晓松不了解案件细节，选择了第二起案件作为参照，他多此一举地缝合了死者被衣服遮住的、没有暴露在视线内的“缺口”，非但没将罪责揽在自己身上，反而被我们一眼看破。除此之外，颜料桶也是戴晓松留下的破绽。前两起案件中，凶手使用完颜料罐或颜料桶后，将盖子封闭上了，第三起案件中颜料罐却是打开着的。

另外一处明显的破绽在窗户上钉着的木板上。第二起案件中，邱莉家被敲碎的内窗和外窗，都被凶手用尺寸相同的木板封得严丝合缝，而戴晓松只是随便找了一块大小不一的木板，钉在外窗处，还留下了一条缝。试问，凶手有如此严重的强迫症，怎么容许缝隙的存在？

“你根本就没明白凶手为什么要用颜料涂抹死者的尸体。”我解释道，“凶手的强迫症，早已到了吹毛求疵的程度，颜料，是用来封堵死者身体上的毛孔的。”

凶手为了封堵死者的毛孔，将钱涛的面部和邱莉的全身都涂上了颜料。这再一次证明让凶手无法忍受的，是视线所及的缺口。第三起案件中，死者穿着衣服，可戴晓松将死者的衣服掀起，为死者的躯干涂抹了一层颜料，颜料涂抹得太过随意，完全不像是一个对缺口无法忍耐的强迫症患者所为。

为了不让李央继续受苦，戴晓松临时起意，决定制造一起凶杀案。他不知道真凶的犯罪心理，只模仿了凶手表面的犯罪手法。为了替李央顶罪，他必须留下供警方侦查的线索，因此，我和邢井万分确定案发小区内存在监控探头和目击证人，从而找到了监控录像和颜料店老板。戴晓松太着急了，他不小心留在住处的手机，完全暴露了他为李央顶罪的意图。

戴晓松的眼眶通红："李师傅不会杀人的！他有腿疾，我只是不想再让他受漂泊之苦！"

"你若早就认定他不是凶手，你就不会一开始便劝他避风头，更不会为他杀人！"我说。

詹扬在一旁静静地听着，目光迷离，我断定他还有事瞒着我们。

邢井走到了詹扬的面前，他的身上仿佛散发着冰冷的气息："说。"

仅仅一个字，就让詹扬吓得往后退了几步。詹扬仍有顾忌，不肯开口。

戴晓松的心理防线彻底崩塌了："詹扬，你知道些什么，说出来吧，瞒不住的。"

詹扬这才支支吾吾道："李师傅逃走后，我去过他的老家。"

那时，西岸分局还未对北西小区全面布防。戴晓松被警方盯上，詹扬尚且自由。戴晓松托詹扬前去李央的老家找人，但詹扬并未找到李央。

"他的家里……没有缺口。"詹扬轻声细语道。

李央老家的门窗和柜子全用木板钉上了，詹扬没有在意，只认为是长久没人住，为了安全，李央才将门窗钉起来。因此，詹扬回来后没有对戴晓松提起过这件事。

詹扬懊悔不已："对不起，是我害了你。要是我早点说，或许你就不会为李师傅做傻事。"

戴晓松崩溃了，他跪倒在地上："他真的是在利用我吗……"

戴晓松的父母将戴晓松抱住，一家三口失声痛哭。戴晓松麻木地落着泪，任由他的父母拥着他，这或许是这一家最和谐的时刻了。

戴晓松被带了下去，邢井要求詹扬带我们去李央的老家。李央的老家在北岸郊区，距离市中心大约三个小时的车程。大汪一边开车，一边称赞道："鹿远，你可以啊，又让你误打误撞和老板想到一块儿去了。"

我没有答话，在这些人的眼里，我始终是那个不学无术的纨绔子弟。

到了李央的老家外，我们破门而入。正如詹扬所说，李央的家中，门窗和柜子都被木板钉起来了，家里几乎没有缺口。

“老板，接下来怎么办？”大汪问。

邢井果断道：“把北西小区的所有警力挪到抓捕李央上。”

“凶手确定了，可我们要怎么抓人？”大汪为难道，“找了这么久，没能找到他，他也不是等闲之辈。”

“对外宣布‘封孔狂魔案’结案，让媒体发新闻，报道戴晓松是凶手。”邢井说。

大汪拍了拍手：“妙啊，我们抓不到他，那就让他主动回来！”

接下来两天，岛区媒体铺天盖地地宣传着“封孔狂魔案”凶手归案的假消息。我算了算时间，就算逃亡中的李央消息再不灵通，他也该听到风声了。我给大汪打了一个电话，他告诉我，北西小区的警力表面上全部撤了，只有少数精英便衣警察埋伏在附近，等着李央自投罗网。

我静下心来，等着警方给我新消息。

这天，有两个身着警服的人来敲门。我的记忆力很好，西岸分局的每一个人，我都记得，但这两个是生面孔，我问：“你们是谁？”

“北岸分局的警察，要向你询问一些事。”

“北岸？”我想起了雷厉的脸就没有给他们好脸色看，想轰走他们。

他们的态度很强硬：“这次你赶走了我们，下次再来的时候我们就会带上强制性文件。”

正在与他们对峙的时候，小汪来了。她拉着我的手好言相劝了许久，我才终于让北岸分局的两个警察进门。

坐下之后，我不耐烦地摆手：“有屁快放，别浪费本少爷的时间。”

其中一个警察负责记录，另外一个警察问话：“袁珊现在在哪里？”

对方一开口又提到了我最不想听到的名字，这让我的火气更大了：“我怎么知道她在哪里，你们不会自己去查吗？”

“鹿远，我们怀疑袁珊涉及一起重大刑事案件，请你认真回答。”对方非常严肃。

我忽然笑道：“真被我说中了，史蒂芬贩毒，她也有份儿？”

对方否认了：“和史蒂芬的案子没关系。”

然而无论我怎么打探，他们都以这是侦查秘密为由，不肯透露袁珊涉嫌的案情。他们查到了袁珊的出国记录，为了找到袁珊，北岸分局派人去袁珊的落地国家找人。但诡异的是，袁珊出了国之后像是人间蒸发了。他们又请求当地警方协助调出当地机场的监控录像，发现仅有一处监控探头捕捉到了袁珊的侧脸。警方推测，袁珊出国是为了躲避侦查，她对落地国机场的监控探头分布极其熟悉，因此没留下任何有侦查价值的线索。

“你们问我也没有用，我不知道她去了哪里。”我是真不知情。

对方听后却质疑道：“你是袁珊的儿子，你不知道她去了哪里？”

我啐了一口：“我不想听到这个名字，你们可以走了。”

“鹿远，你真当我们警方吃素的吗？”问话的警察拍了桌，“袁珊出国前，给你打了电话！”

袁珊的确给我打了电话，要求我和她一起走。原来，北岸分局是查到我和袁珊的通话记录了，这才找上门来。

我不再和他们废话，下了逐客令。他们见问不出什么了只好先离开。等他们走后，小汪才问：“你到底知不知道她去了哪里？”

“你也认为我知道？”

小汪想了想，摇了摇头说：“应该不知道，你和她关系不好。不过，她到底犯了什么罪？”

“想知道？这就得靠你了，替我想办法从大汪那里探探口风。”我说道。

西岸和北岸两个分局虽然相互独立，但同属岛区警察系统，北岸分局办的案子，西岸分局或许能略知一二。小汪立即替我打电话询问大汪，但她没能探出消息来。并非大汪不肯松口，而是北岸分局对此高度保密。大汪说，别说他了，就连邢井都未必知晓北岸分局为什么会对袁珊下了通缉令。

小小的一个袁珊，掀起了什么巨浪，使得北岸分局这样谨慎?

“鹿远，你真的不关心她吗？”小汪沉默片刻，问道。

“关心？我想知道这个该死的女人，到底做了什么给我惹麻烦的事了。”我问，“你来找我，是有新消息了吗？”

“是。我们在街区发现李央的踪迹了。市民太多，我们的人不好动手抓捕，看他行动的方向，是要回北西小区。”

第二小组的警员提前隐藏在北西小区的各个角落。因李央从未见过我，我便随意倚在一棵大树前耐心地等候着。一个小时后，一道一瘸一拐的身影出现了，正是李央。

戴晓松所言非虚，李央患有腿疾，连日的奔波使他腿伤更重，几乎要走不动路了。现在的李央蓬头垢面，像极了街边的流浪汉。

“鹿远，你说李央真的是凶手吗？”

我的耳边飘来一句话，我四处看了看，没有人，抬头一望，詹扬这家伙竟然爬到了树上，正心急地眺望着远处的动静。

“爬那么高，不怕摔死？”我说，“现在警方掌握的线索，再加上他逃亡的事实，他赖都赖不掉，你又何必多问呢。”

詹扬叹了一口气，眼看李央越走越近，周遭埋伏的警察严阵以待，随时准备着冲上去抓人。

这时异变突生，詹扬不小心从树上掉下来，他的尖叫声惊动了正朝着北西小区缓缓走来的李央，只见李央立马停住了脚步，警觉地望着北西小区，在观望片刻后，他忽然转身，仿佛忘记了脚伤，飞奔离去。

警察见状，一窝蜂拥了上去。

詹扬把手摔伤了，我没有去追李央，将他扶起来：“小子，你故意的吧，不想让他落网？”

詹扬躲避我的眼神：“我是真的不小心。”

十几分钟后，大汪空手而归。他杀气腾腾地冲着詹扬骂道：“人不见了！詹扬，你到底想怎样？”

詹扬又一次辩解：“我不是故意的！”

大汪还想追究，邢井发话了：“算了。”大汪只得作罢。北西小区的抓捕行动失败了，李央不可能再回北西小区，警方将所有的警力从北西小区里撤走了。因杀人案而难得受到关注的北西小区，再一次陷入了冷清。

我和小汪刚回到西岸分局的大门外，便被一群警察拦住了，带头的，是上次有过一面之缘的雷厉。雷厉假笑着朝我走了过来，他再次对我伸出了手：“鹿远先生，我们又见面了。”

“我可一点都不想见到你。”我无视了他伸出的手。

“我早说过，接下来我们见面的机会，会很多。”雷厉说到这儿，收敛了脸上的笑意，他对手下挥手示意，两个警察手里拿着手铐朝着我走过来。我奋力挣扎，推开了他们。

我指着雷厉说：“雷厉，你凭什么抓我？”

“鹿远先生，我劝你还是不要挣扎了，北岸分局需要你协助调查。”雷厉回答道。

说着，那两个警察又要动手。

我不住地往后退，高声道：“想抓人，逮捕令呢？”

“你还知道逮捕令？鹿远少爷那几年的警校也不是白上的。虽然几年的警校生涯里，没有一门功课是及格的，看起来像是一个富家出身的废物。”雷厉的话锋一转，“但是记忆力超强，说是过目不忘也不为过，擅长伪造笔迹文书、模仿人声，在一次实战侦查中，胜过了警校最优秀的预备警员邢井。”

雷厉竟然把我的老底全部摸清了。

“明明就是一个当警察的好料子，却佯装出不学无术的样子，隐藏了自己所有擅长的技能。”雷厉继续说道，“很好奇我是怎么知道的？鹿远，北岸分局的底蕴，比你想象中要深得多。你还有不少秘密，要不要我把它们都一一说出来？”

“闭嘴！”我打断雷厉的洋洋洒洒，“我是问你，逮捕令呢？”

“别着急。”雷厉竟然真的掏出了北岸检察官开具的逮捕令。

雷厉是有备而来，我万念俱灰。小汪见状不妙，跑进了西岸分局里。雷厉的手下就要动手，我正欲反抗之际，有人喊了声：“住手。”

12
不相关的失踪案

出声阻止的人是邢井，他带着大汪和小汪走出了西岸分局，走到了雷厉的面前，平静地质问他："雷厉，在我西岸分局，你想干什么？"

大汪看到雷厉手里的逮捕令，反复确认说："是真的逮捕令，鹿远，你犯什么事了？"

"邢组长，上次你到我们地盘上办案，礼尚往来，这一次，我也到你们地盘上抓一个人。"雷厉对邢井表面和气地笑道。

邢井不跟他打马虎眼，直接问："为什么抓鹿远？"没想到，我会有和邢井站在同一边的一天，我赶紧附和："给我一个跟你们走的理由。"

"犯罪嫌疑人袁珊出逃了，昨天，袁珊的海外账户给鹿远的海外账户打了一笔巨款。"雷厉说道。

我惊讶不已，我的确有一个海外账户，但我没想到袁珊竟然会往里面打钱，这是在害我。

"雷厉，我连袁珊犯了什么罪都不知道，我凭什么跟你们走？！"我执拗道，"她往我的账户里打钱，关我什么事！天知道她在干什么！"

"鹿远，逮捕令我拿到手了，你要解释，跟我们回北岸分局再解释吧。"雷厉说。

邢井再度开口了："人，你不能带走。"

雷厉的脸色变了："邢井，我承认我对你有意见。但你我都是警察，你真的要因私废公吗？”

雷厉给邢井扣了一个大帽子，邢井扫了我一眼，依旧摆着那张万年不变的臭脸：“这个人，我也不喜欢。”

我很无语，此刻，我偏偏又得指望着邢井。

“那不就完了？”雷厉松了口气，“我把他带走，省得他在这儿恶心你。”

“但是，”邢井继续说道，“这个人是我西岸分局先抓的。你要从西岸分局抓捕犯罪嫌疑人，先回去和检察官协调吧。”

在邢井的眼神示意下，大汪心领神会地扣住了我的肩膀。

“他犯了什么罪，你们抓他？”雷厉被气得直吹胡子瞪眼。

“屡次妨碍公务。”邢井说完，直接让大汪带着我进了西岸分局。

雷厉没有再纠缠不休，他在身后警告：“鹿远，我迟早把你带回北岸！”

进了分局之后，我甩开大汪的手。大汪按照邢井的意思给我做了笔录。

我满脸震惊：“你们真的要抓我？”

“你屡次妨碍公务是真，”大汪没好气道，“但你没造成严重后果，并为警方提供了线索，协助警方破案，所以只要做个笔录就行了。”

“雷厉这次没把我带走，下次，说不定就是明天，他就会再上门来抓人，到时候怎么办？”我向大汪求助。

“那是你自己的事，西岸分局也帮不了你。”

我心里气愤，对袁珊的恨意更浓，她这次简直害惨我了。

大汪给邢井递了一份资料：“老板，先前你让我查的事有结果了。北西小区除了钱涛和邱莉，还有一个名叫马友良的工人清理过树洞里的填充物。”

马友良年近五十，是一名清洁工，每天天还没亮，他便会拉着清洁车出门工作，直到天黑才回北西小区。他很少与北西小区的居民打交道，由于生活窘迫，他会捡些破烂卖钱。有居民见过马友良经常将树洞里的填塞物取走。树洞里的填塞物，要么是棉花，要么是纸团。虽不是什么值钱的东西，但积累得多了，拿到废品回收站，也能换几粒米钱。

大汪给我们递了张马友良的照片，照片上的马友良面色黝黑，长期日晒雨淋使得他面黄肌瘦，脓疮满面，毛孔粗大得让人恶心。

“人呢？”邢井问。

“不见了。”大汪面露忧色，“快十天了，没有人发现他的踪迹。他会不会已经死了？”

“不会。”我和邢井异口同声道。

大汪一怔：“为什么？钱涛和邱莉都很快被凶手杀害了，他至少失踪了十天，难道凶手还良心未泯，放马友良一马？”

我断言道：“马友良一定还没有死。你去查查近期的人口失踪记录，全部拿给我。”

大汪对我命令式的口吻万分不满，令他想不到的是，邢井竟也赞成：“照他说的做。”

过了一会儿，小汪和大汪送来了我们要的东西。我在人口失踪记录里，发现了一个名叫周清的美容科的医生也失踪了近十天的时间，同时失踪的还有她的女儿。

“把周清的案子和马友良的失踪案并案调查。”邢井立刻下了决断。

“是。”大汪嘴上答应着，手摸着后脑勺，“老板，为什么要这么做？这起失踪案和马友良的案子，除了失踪时间差不多，好像没有其他关联。”

“笨死了。”我在一边打趣道。

邢井正要解释，立即有人来通知邢井，上级警方要见他。邢井转身去了，大汪和小汪对视一眼，跟了上去。

我则到法医室的门外靠着，安静地观察着徐萧莜的一举一动。徐萧莜很认真，头发盘着，戴着手套，正一丝不苟地在鉴定一柄黑色的短枪，我不敢打扰她。过了不知道多久，徐萧莜才终于腾出空来，笑着和我打招呼。

“你在查什么枪？”

“记得我和你说起的那起江底残尸案吗？在捞起残碎女尸的同时又捞起一柄黑色手枪，女尸被截去四肢的尸体上，也发现了一颗子弹。”我随口的一问，引得徐萧莜认真地解释了起来。

“女尸的身份还没有确定吗？”

徐萧莜摇了摇头：“怎么，你对这案子感兴趣？”

我立即摆手：“我希望案子赶紧破，不然你得天天这么忙。”

“总会有新案子的。”徐萧莜回答着，继续工作了。

一个小时后，小汪和大汪唉声叹气地回来了。

“怎么了？”我问。

“警方之前对公众许下承诺说一个星期内一定破案，现在时间马上就要到了，上头又该催老板了。”小汪的语气里带着几丝恼火，“这雷厉真够讨厌的，听说前不久他还在上级面前冷嘲热讽地说我们连一个瘸子都抓不到，要求我们把案件管辖权还给他们。”

“鹿远，你和老板说马友良还没有遇害是怎么回事？”大汪则继续刚才的疑问。

我盯着马友良的照片：“你们觉得，马友良脸上这些坑坑洼洼的暗疮和毛孔，用颜料能填满吗？”

“不能，就算用颜料涂抹过去，还是会留下不平整的小缺口。”小汪豁然开朗，“你的意思是，周清也被凶手绑去，为了给马友良美容！”

听小汪说的结论，我觉得有些滑稽，笑出了声：“虽然有点好笑，但的确如此。”

马友良脸上的缺口太多了，光用颜料涂抹，必然无法达到凶手吹毛求疵的强迫症要求。所以，凶手一定会在解决这个问题之后再动手。替马友良美容是一个能够缩小马友良脸上的坑洞和毛孔的方法，我抱着试一试的态度，让大汪给我找近期的人口失踪记录。邢井刹那间便明白我的意图，我们的运气很好，竟然真的找到了一名美容科医生和她未成年女儿的失踪记录。再结合她们失踪的时间，几乎可以判断周清母女也是被凶手掳走了。但用美容的方法缩小脸上的坑洞和毛孔，不仅需要设备和药剂，还需要时间，短短十天，不足以让马友良的脸产生翻天覆地的变化。所以，我和邢井都认为马友良还未遇害。

“这凶手真是变态得丧心病狂，竟然连美容都想出来了。”大汪又气又笑。

邢井久去未归，大汪放心不下去偷听邢井和上级警方的谈话了。好一会儿，大汪垂头丧气地回来了：“雷厉落井下石，他已经做好交接案件的准备了。”

“大汪，怎么办，我们怎么样才能帮到老板？”大汪没能回答小汪的问题，小汪又把求助性的目光投向我。

“你看我干什么？”我指着自己，“你觉得我会帮他？”

“不也是在帮你自己吗？抓到凶手，你或许就能知道更多关于L的线索了。”

“以前反对我参案的时候可不是这么说的。”我无语道，“他被这样催着破案，破案王也不过如此嘛！”

大汪不容许我说邢井的坏话：“闭嘴！”

“行了。”我说，“也就这两天吧，凶手会落网。”

大汪一惊：“你和老板知道李央在哪里？”

“不知道。”我老实答话。

“那你怎么这么有把握？”大汪滔滔不绝的问题把我问烦了，我打断他的话：“问你家老板去。”

“小汪，你和我一起去查查马友良和周清的下落。”大汪不再多问，说着，他要带小汪离开。

“别找了，连凶手都抓不到，你还妄想能抓住被他藏起来的人质？”我浇灭了二人的热情。

“那我们现在能干什么？”小汪茫然地自言自语。

“等。”我说。

这一等，便是两天，我不再经常往西岸分局跑了。距警方向公众许下的破案期限，仅剩最后一天。岛区的舆论开始发酵，西岸分局难得地被推上了风口浪尖。不少人指责警方迟迟未将凶手抓获归案，据我所知，这是西岸分局第二小组和破案王邢井第一次面临这样巨大的破案压力。

想起邢井种种怪异的反应，我在岛区警务公开网站上找了一些关于岛区四岸破案王的信息。

岛区东、西、南、北四岸分局都有一个名声大噪的破案王，这简直是警界的一道奇观。原本我以为这是警方为了四岸分局的人力平衡，特意将四名精英警察调遣到了四岸分局，阅览了资料后，我心头的异样更甚了，因为四个破案王如此均匀地分布在岛区四岸，并非因为人为调动。

这四个人从一开始成为警察，便被分配到了所属的分局，从未被调任。

邢井是四个破案王中最晚成为警察的，但他迅速崭露头角，成了四岸分局的破案王之首，而其他三个破案王，虽在警校期间也是成绩优异，但在刚成为警察的时候还不太起眼，甚至和一般警察没什么区别，三个破案王都是在默默无闻了很久之后才一战成名。十分巧合的是三个破案王分别破了一桩大案后就脱胎换骨，从此破案率飙升。不知道是从哪一天开始，有人注意到了几个分局的警界奇迹，于是，四岸破案王的名头，就此产生。

除了邢井以外的三名警察，都死在L策划的三起大案里，时间间隔不超过三个月。

除此之外，我还在四个破案王主要负责的案件里发现了一些端倪。在三个破案王死前不久，这三人原先忽然飙升的破案率遽然下滑。那段时间里，唯有邢井还能勉强保持原来的破案率。

三个破案王被L杀死的理由都是办案失误。和其他被L杀死的人一样，三个破案王的尸体被丢到了警局门口，并附上了罪证。

从此L被警方列为头号通缉犯并重金悬赏，L所犯下的案件也被称为“L连环故意杀人案”。

L如同来自地狱的修罗，疯狂杀戮，犯下滔天大罪之后至今没有落网。这个十分擅长反侦查和隐匿身形的冷面杀手一直生活在岛区，甚至经常光明正大地出现在某个繁华的街区。L的嚣张气焰和其犯下的罪行，令警界震惊和愤慨。但除了谴责警方迟迟没有抓住L之外，普通市民并未生活在惶恐当中。大家都知道，L不会对无辜的人下手，他所猎杀的目标，都是犯罪分子和严重犯错的人。

查完了这些信息后，我接到了耐不住性子的小汪打来的电话：“鹿远，你不是说凶手很快就会落网吗？”

“让我猜猜你们都干什么了。”我隔着电话说道，“这几个晚上，你们应该都蹲守在北西小区附近的街区，对吧？”

“你怎么知道？”小汪讶异道，“老板让我们分散地守在北西小区方圆两公里范围内的各个街区，命令我们一发现北西小区的居民深夜出行，就暗中跟踪。”

邢井的策略，都在我意料之中。不过，连续两个深夜的蹲守，警方也都一无所获。

“抓捕行动失败了，李央还有可能回北西小区吗，为什么还要在这儿蹲着？”小汪急得语速加快了，“我们问老板，老板什么都不肯说。”

“当然不能告诉你们了，不然你们这群蠢警察还能表现得好吗？”我想了想，“等着我，今晚我和你们一起蹲。”

挂断电话没多久，电视媒体上忽然播报了关于抓捕李央的快讯：有目击证人称在东岸一带发现了李央的踪迹。

我扫了一眼电视屏幕，会心一笑。

明月高悬，一辆私家车停在路边，车上，我跷着腿闭目养神，小汪在一旁喋喋不休：“鹿远，怎么办啊，天一亮，北岸就要来接管案子了。”

“你放心，今晚肯定有收获的。”我闭着眼睛，轻松地问，“邢井呢？”

“老板说他累了，在另外一个街区的车上休息。”小汪吞吞吐吐地说，“老板好奇怪。”

“怎么了？”

“这是我第一次听老板说累。”

“他以前的案子是怎么破的？”我睁开了眼睛。

“老板就是第二小组的核心，很多线索都是他一个人查出来的，速度之快，无人能及，无人不服。”小汪说。

邢井的能力是毋庸置疑的。可是，当看到邢井手中那些案子的破案速度后，我还是惊讶不已。一些非常复杂的案子，邢井甚至在几天时间内就把案子破了，顺带还抓到了凶手。

“封孔狂魔案”虽然凶手故布迷障，疑点重重，但这绝不是邢井接触过最难侦破的案件。邢井的脑袋依旧非常好用，查出了很多线索，然而，这与他巅峰时期破案的速度相比，还是显得有些吃力。

“其他三个破案王，在死前不久破案效率都急转直下。”我深吸了一口气，“你们家这个破案王，恐怕也要步那三个人的后尘了。”

小汪不高兴了：“鹿远，你什么意思？”

“你还没明白吗？”我说道，“包括邢井在内，这几个破案王，都有问题。”

“你老是这么说，他们能有什么问题，只要是人，都不可能无所不能吧？”小汪很不乐意，“再说，老板肯定能破案。”

小汪无意的几句话，让我的心“咯噔”了一下。的确，只要是人，就不可能无所不能。四个破案王名声全盛时，他们却不像是人，更像是无所不知的神，没有凶手可以瞒过他们的眼睛，逃出他们的手心。现在的邢井，依旧强大得让人窒息，却像个人了。

我对邢井的怀疑，大多来自直觉，在没有证据的前提下，我不再对小汪多说。

13

魔怔的疯子

小汪的对讲机里传来了提醒：“注意，有人从北西小区里出来了。”

“老板，怎么办？这人鬼鬼祟祟的，一定是李央！”

“大汪、小汪，随我跟踪，其余人与我们保持两公里以上的距离。”邢井的语气里，透着几分疲倦。

小汪开门下车了，我不慌不忙地跟在后面，没多久，我们就与邢井和大汪会合了。对了一下表，正是午夜两点钟。两分钟后，目标出现了。目标从北西小区的方向缓缓走来，他穿着一身黑色及地的风衣，戴着帽子，将自己裹得严严实实，我们看不清他的脸和身形。

黑衣人在十字路口停了一下，他警惕地扭头，四处观望着。我们躲藏在一条漆黑的巷子里，为了不被发现，我还下意识地往后缩了缩脑袋。黑衣人足足在十字路口逗留了好几分钟，确定没任何异常后，才继续往前。

他的脚步越来越快，直勾勾地朝着闹市区跑去。我们不远不近地跟着，邢井说：“他要去打车。”

凌晨时分，就连闹市区也陷入了寂静，酒馆里喝酒划拳的不归人和夜店外吐得酒气熏天的年轻人，为这座城市保留着最后几分动静。黑衣人在路边拦了一辆的士，我们目睹车尾冒出几道浓烟后，扬长而去。

邢井没有马上追上去，大汪不解道：“老板，李央什么时候回北西小区的？他现在要去哪儿？”

小汪望着车子疾驰而去的方向，焦急道："我们蹲了三天，就这么让他走了？"

"现在跟上去，会被发现的。"我说。

深夜行车的动静不小，依黑衣人的警惕性，倘若让他发现了被尾随，肯定会奋力甩脱。邢井记下了车子的颜色和号牌，通知各地待命的巡警和交通警察监控车子的实时位置。等黑衣人的车子远去几分钟后，我们才驱车跟进。

对讲机里不断传来各地巡警和交通警察报告的坐标，那辆车子朝着空旷的郊区方向驶去了。在市区，警方尚能监控车子去向，但到了没有交通警察值守的野外，西岸分局也鞭长莫及。

大汪猛踩下油门，加快了行车速度。半个小时后，对讲机里不再传来车子的实时方位，我们彻底跟丢了。行驶在凹凸不平的泥路上，大汪头疼地问："老板，前面是分岔路，怎么办？"

邢井侧着脑袋，呼吸声均匀，他睡着了。

我盯着睡着的邢井，心里的怪异感更甚。大汪将车子停了下来，小汪刚要叫醒邢井，我阻拦了他："这点小事，不用叫他了。今晚，L可能会现身，先让他休息吧。"

缉凶之夜，我确信，L会现身。

我走下车，脚踩在了泥路上，借着车灯随意扫了一眼泥路，上车后，我给大汪指了一条路："这边，泥路上有新留下的车轮印。"

大汪照着我的指示，继续驱车朝前。开了五分钟后，大汪觉得不对劲儿了："鹿远，你确定是这条路吗？再往前开就是渡口，那里有边境检查，还有深夜下船的渡客，他会往那儿跑吗？"

我随口答道："我让你往这儿开，可没说他往这边跑了。"

大汪踩了一脚急刹车，怒道："你耍我们？"

邢井被晃醒了，他朝着车窗外扫了一眼，听到大汪的质疑，邢井并未动怒："差不多了，往回开。"

大汪不敢怠慢，掉转车头，回到了先前的分岔路口。

“下车，步行。”邢井简单明了道。

小汪走在我身边，质问道：“鹿远，你为什么老给我们捣乱？”

我不搭茬儿，指着泥路上几道拳头大小的扁圆形印记：“一会儿就能抓到你们要的凶手。”

顺着那些印记，我们走进一片杂草丛。这里是远离市区的荒郊野外，零星地散落着几间破旧的砖瓦房，居住在此的人们都已入睡，四下无灯。邢井走在最前面，穿过几栋砖瓦房后，邢井停在了唯一一间亮着灯的二层砖瓦房外。

邢井一脚将房子的大门踹开，“砰”的一声惊动了正欲上楼的背影，他猛地一颤，停下了脚步，背对着我们，一动不动。

看着那一袭严实的黑衣，大汪暴喝：“李央！束手就擒吧！”

小汪举枪说：“转过身来！”

对方缓缓地转过了身，大汪和小汪皆是一愣，他戴着口罩和帽子，虽只露出了一双眼睛，但明显看出来这不是李央。

“摘下口罩！”小汪命令道。

对方犹疑着，不肯照做。

“算了，不摘就不摘吧。”我调侃道，“你开心就好，詹扬。”

他的瞳孔骤然收缩，见被我识破了身份，他还是将帽子和口罩都取下了，习惯性地低头盯着地面，不与我们对视。

大汪顺着通往二层的梯子扫了一眼：“李央呢！我就知道，你在包庇李央，你从树上故意摔下来，是为了不让我们抓到他！”

詹扬不答话，他很紧张，一双手不知该放到哪儿，时而扶墙，时而揪紧衣角。

听到楼下的响动，二层忽然传来了急促的脚步声。一个憔悴的女人连滚带爬地跑了下来，见到持枪的大汪，女人惊喜道：“救救我！”

当她眼角的余光瞥见詹扬时，女人又面露惊恐，不敢动弹了。

“周清？”大汪一怔，立刻恍然大悟，“你不只包庇了李央，你还是帮凶！”

我听不下去了：“大汪，你是真蠢还是假蠢？到现在还没明白吗？詹扬不想让警方抓到李央是真，但他可没包庇他。哪里有什么帮凶，杀手，自始至终，只有他一个人。”

“他？”大汪警惕地瞄了四周一圈，“李央在这儿？”

邢井淡淡道：“凶手，是詹扬。”

“什么？”大汪手里的枪一抖。

詹扬语气孱弱地说：“你们什么时候知道的？”

我思虑了一会儿：“当推测出凶手有严重的强迫症时，就知道你是凶手了。”

当日，我们发现了北西小区树洞里的填充物和楼道窗户上的木板，并结合连续两起“封孔狂魔案”的细节后，侧写出了凶手患有无法忍受视线可及之处的缺口的重度强迫症心理。与此同时，凶手的身影已浮现在我的脑海中。

邢井也早就有了推论，他揭露戴晓松并非“封孔狂魔案”真凶时说的那一番话，实际上是故意说给在场的詹扬听的。随后，警方断定李央为真凶，将警力从北西小区撤离转移，集中抓捕李央的一系列举动也是为了让詹扬放松警惕，寻找将他定罪抓捕的机会。

“对缺口无法忍受，就连杀人过程中短暂的接触，都会让凶手忍无可忍地将尸体上的缺口缝合。”我明知故问，“他可以反反复复地偷偷将小区里的树洞填满，将楼道里的窗户封上，那生活中呢，他难道可以将无处不在的缺口全都堵上吗？”

放眼望去，我们周围存在太多的缺口了，没有任何人可以将所有的缺口都封上。凶手对缺口的忍耐度，已达到了求全责备的地步。他无法封堵生活里所有的孔洞，但他可以有范围地进行封堵。

而凶手最常待的地方，是住处。因此，我推测凶手的家中，也被堵得严严实实的。因戴晓松醉酒，我去过詹扬的家中。詹扬的家里，没有透气的窗户，没有卫生间，就连厨房都被杂物填满了。詹扬的解释是生活拮据，只能租得起没有窗和卫生间的房子。如今一想，那是詹扬主动选择居住在了没有窗户的出租屋里。詹扬无法忍受马桶，于是，他家没有卫生间，他对厨房里的锅碗瓢盆无法忍受，于是，他家没有任何餐具。

“你记得吗？和戴晓松在酒吧那一次，我提醒你酒吧里有卫生间，你非要去外面。”我回忆起了戴晓松对我说的话，“他说，你从来都是露天解手，你看不惯卫生间里的马桶吧？你的居住环境，你不经意间表现出来的习惯，都在暴露你的强迫症。”

我想起了詹扬在酒吧里的另一个举动：他将啤酒盖一个一个地放回了空酒瓶上。当时我只觉得那是詹扬打发时间的无聊举动，可如今也成了指认詹扬怪癖的佐证。

“老板，你没去过詹扬家，也没与詹扬有过接触，你是怎么知道的？”大汪问邢井。

“他不认得自己的照片。”邢井答道。那是戴晓松和詹扬被带到西岸分局做笔录的事。由于工作太忙，大汪只在每个人的笔录资料封面上贴了照片，待笔录者签完字后再补填笔录者的名字。詹扬摸索了好一会儿，多亏了戴晓松替他找到了他的笔录资料。

邢井又看着我肯定地说：“他家，没有镜子。”

我回忆了一番：“是的，他家一面镜子都没有。”

凶手两次行凶，均为偷袭，他得手的速度很快。面对一动不动的尸体，仅仅是看了几眼的工夫，凶手便不肯放弃将尸体上的孔洞缝合起来的机会了。这样的人，一旦长时间照镜子，恐怕会忍不住将自己脸上的五官也给缝起来。如此严重的强迫症，绝不是一朝一夕可以形成的。因此，邢井推测，凶手一定已经很长时间没有照过镜子，久到他连自己长什么模样都忘记了。

“你还有一个习惯，暴露了你的心理。”我说。

邢井顺着我的话解释道：“你从来不敢与人正视。”

面对一动不动的尸体，凶手可以任意妄为，可面对活生生的人，凶手就无可奈何。他唯一的选择便是避免与人直视，以免触发他的强迫症。

以上种种迹象，让我和邢井把凶手和詹扬联系到了一起。可惜，我们没有证据。

詹扬行事十分谨慎，他在犯罪现场没留下任何可以指明他身份的痕迹。我们唯一的期望只能寄托在尚未遇害的马友良身上。

詹扬为了享受杀害马友良后将他全身洞孔封闭的快感，又绑了一个美容科医生。虽然十天时间，并不足以让周清完美地改善马友良脸上的暗疮和毛孔。但是，我们确定，詹扬没有时间了。

之前李央深夜去找钱涛赔罪，詹扬见状顺势杀人，嫁祸给李央。他一开始就想让李央为自己顶罪了，于是，当戴晓松让他去李央老家时，他偷偷摸摸地将李央家的一些洞孔封了起来，以备转嫁嫌疑，当李央潜回北西小区取亡妻照片的当夜，詹扬又犯下了第二起重案。

警方在北西小区抓捕李央时，詹扬的心头萌生了忧虑，所有线索都指向李央，李央又有逃亡的事实，他担心的并非李央被抓后无法成为他的替罪羊，他害怕的是还未遇害的马友良要怎么处置。

先前几天，北西小区里布满警力，詹扬就算再着急，也不敢冒险远离北西小区处置马友良。倘若他等李央被捕后处置马友良，一旦尸体被警方找到并被鉴定为死于李央被捕后，那就证明真凶另有其人。于是在李央回北西小区当日，詹扬爬上了树，以意外为由，阻碍警方抓人。但詹扬不知道的是，布下这个局，邢井的目标，根本就不是李央，而是他。西岸分局并非抓不住患有腿疾的李央，而是邢井故意放跑了他，并撤下所有警力，以此迷惑詹扬。为了逼詹扬尽快动手，邢井又通过媒体发布了一则假消息：有人在东岸一带发现了李央的踪迹。

这则假消息，是放给詹扬看的。詹扬绝对不会让李央在马友良死前被抓，于是，他在观望了两日之后的今天，行动了。

詹扬考虑周全小心谨慎，他先是将自己裹得严严实实，后在郊外的分岔路口使了诈。我在泥泞的分岔路口上，发现了崭新的车胎痕迹，同时，还发现了另外一条道上拳头大小的扁圆形痕迹，我立即断定，那是有人踮着脚尖行走留下的足迹。詹扬肯定是在分岔路口下了出租车，他知道，深夜工作的出租车师傅一定不会放弃渡口的客源，会继续往前开去渡口接客。因此新鲜的车辙可以将跟踪者引向渡口，远离真正的案发现场。

我故意佯装上当，因为我猜测，下车后的詹扬很可能躲在附近继续观望。一旦我们没有上当，他便会立即逃离，在没有人赃并获的情况下，事后詹扬来个打死不认，警方也束手无策。

“警官，求求你们，救救我的女儿。”周清流着泪央求道。

“詹扬！你把周清的女儿藏哪里了？”大汪喊道。

詹扬没有亲自看守马友良和周清，但周清却没有逃离，想必，詹扬是以周清的女儿要挟她为他办事，顺便看守马友良了。

詹扬不打算抵赖了：“已经杀了，尸体埋在北岸的后山。”

大汪立即通知警察前去后山挖人。周清心灰意冷，颓坐在台阶上，等待着。十几分钟后，大汪接到了消息：北岸后山找到了一具尸体，尸体上的五官被缝合了起来。周清猛地反应过来，她提着嗓子怒骂道：“你这个死变态！我要让你难受至死！”说完就朝着二楼跑去，詹扬意识到了什么，赶紧追了上去。我们也立即跟上去了。刚跑上二层，一股浓重的尸臭味便扑鼻而来。周清冲到了一具尸体旁，拾起了一旁的小刀，用力地在尸体上扎洞。

詹扬几欲发疯，伸手夺刀。僵持间，锋利的小刀划破了詹扬的手。詹扬将周清打晕，踢到了一旁。看着地上躺着的那具尸体，我们都愣住了。

是马友良。

我和邢井猜错了，马友良早已经被詹扬杀死了。尸体轻度发腐，空气里弥漫着令人窒息的味道。二层的木窗还紧闭着，我随手推开窗户，冷风灌了进来，我这才觉得舒服一点。

詹扬盯着被我打开的窗户，脸上写满了躁动。紧接着，他又瞄到了马友良尸体上被扎的几个大洞，更是焦躁不堪。

“看来，你是在杀了马友良之后，才注意到他脸上粗大的毛孔。”我的神色复杂，“你竟然找了一个美容师，替尸体美容！”

詹扬激动地喘着气，他双目通红，恨不得立刻把木窗关上，把马友良尸体上的洞缝起来。

“詹扬，值得吗？”大汪无法理解，“就因为他们把树洞里的填塞物取出来，把楼道窗户上的木板卸下来了？”

“你懂什么？！”詹扬狞笑道，“他们都该死！他们在伤害我！你们知道吗，看到那些缺口，我有多难受！为什么，为什么他们要这么对我？我已经住在了没有缺口的房子里，不和任何人对视，为什么他们要多管闲事！”

詹扬魔怔了。

14

可怕的执念

“有病就应该去治！”饶是此刻，小汪仍然不愿意相信詹扬会为了到处可见的缺口而杀人，“这个世界，是不可能没有缺口的。”

“是啊！”詹扬突然狂笑，“有病就该去治，可是，这个世界给过我们穷人治病的机会吗？当我妈妈身患重病，身体一点一点地流脓糜烂的时候，谁为她治病！”

詹扬说着，双腿一软，坐在了地上。他失声痛哭着，不知从哪里摸索出了针线，竟然单手将针穿过了自己被划伤的伤口。

一针一线，他慢慢地试图将自己的伤口缝上！

我看得头皮发麻，吸了一口凉气。

“他的母亲死于他七岁那年。”邢井幽幽说道，“死因是严重的皮肤疾病和细菌感染。”

这些天，邢井早已悄悄将詹扬的身世调查清楚了。詹扬出生在山区，自小跟随母亲生活，连亲生父亲是谁都不知道。小时候的詹扬备受欺侮，时常被人骂作“野种”。母子二人一直拮据度日，直到詹扬七岁那年，詹扬的母亲生了重病。

据说，生病后，詹扬的母亲身上长满了许多脓疮，由于处理不及时，那些伤口一天天恶化扩大，最后变成了一个个触目惊心的散发着臭味的大口子。年幼的詹扬束手无策，眼睁睁地看着母亲身上的伤口蔓延，直至死去。

那一幕，成了詹扬心底永远无法抹去的阴霾。

后来，有难得的好心人将依偎在母亲发腐的尸体旁的詹扬带出了大山。詹扬在辗转几家福利院后，开始只身一人讨生活。从小到大，詹扬连一天快活的日子都没有过上。

“快住手！”小汪看詹扬的目光充满了同情。

然而，詹扬却执着地继续缝合着手上的口子。单手缝纫，饶是缝纫技术娴熟的詹扬，速度也变得缓慢异常。他忍着剧痛，手上淌出的鲜血越来越多。他双目猩红，剧痛之下，他的表情里偏偏又夹杂着难掩的兴奋。

这些年，在李央的皮革厂里，詹扬可以肆无忌惮地缝合各种口子，那一定是他最激动的时刻。

詹扬手上的伤口终于被缝上了。他熟练地打了个针结，用牙齿咬断了线头。再抬头时，詹扬满嘴鲜血，手持针线，缓缓地朝着马友良的尸体爬去。詹扬的心思，在贪婪的眼底显露无遗。

大汪拦在他与尸体之间：“该停止了，侮辱尸体，也是重罪。”

“警官，求求你了，我太难受。你们要抓我，我认了，求求你，让我给他缝上伤口吧！”詹扬苦苦哀求着，那样子，像极了毒瘾发作的吸毒者。

“喂，小子，我问你。L和你是什么关系？”我趁势问道。

听到L的名号，詹扬止住了哭腔：“你们要抓他？”

L果真没有骗我，詹扬知道他的一些信息。

“他在哪里？”我心急道。

“就算我知道，我也不会告诉你的。他是我的恩人。”詹扬十分坚决。

“恩人？”我琢磨着，“他救过你的命？”

“他帮他掳过人。”邢井一语道破詹扬的言外之意。

我即刻明白了过来，以詹扬的能力，倘若没人帮助，他很难顺利地将马友良和周清母女掳走。

“你这个白痴，他这是在害你！”我咒骂道。

话音刚落，猛地一声枪响，一枚子弹穿过木窗击碎了悬在我们头顶上的灯。屋子里顿时陷入了黑暗。

“是L！”我提醒。

詹扬腾地起身，撞开我们，跃下了木窗。

“大汪、小汪，通知所有人，一定要抓到L！你们保护周清！”邢井说着，跟着跳下了木窗。

我没有想太多，翻过窗台，毫不犹豫地跟随二人跳了下去。失重感骤然而来，这比我想象中的要高。落地后，我强忍着扭伤的疼痛，追上了他们的步伐。那一声枪响，将郊外的住户从梦乡中惊醒，星星点点的灯亮了起来，三三两两穿着睡衣的人从家门里探出了脑袋。

詹扬踩着急促的步伐，蹿到了一片望不见边的草丛里。圆月孤零零地悬在空荡荡的夜空上，抬头望去，仿佛有人在平整的天幕上剜开了一道圆形的大口子。詹扬狂奔着，没几步就要仰头望月。

詹扬的速度不慢，我们一时半会儿追不上他。就在他又抬头看月的时候，詹扬被绊了一跤，我们趁机缩短与他的距离。詹扬没有束手就擒，起身继续逃，邢井在几次鸣枪警告无效后，停了下来，他手中的枪瞄准了詹扬的腿部，扣动了扳机。

詹扬惨叫倒地，我长舒一口气，正要上前将他擒住，一道忽远忽近的声音不知从哪个角落传来：“魔鬼在你心口撕开了一道永远都不能愈合的伤口，你已忍受了这么多年缺口遍布的生活，该挣脱了。你将死于可怕的执念。”

我顺着声音望去，一道黑影从黑夜里缓缓走来。是他！岛区传闻中可怕的杀手L！

终于正式见面了，我的心里升起了一股寒意。

他的双手放在兜里，仿佛随时会从里面掏出一柄枪。他穿着一身黑色长衣，风吹起了他的衣角，月光下，他高瘦的身影散发着一股让人胆寒的气息，我胡思乱想着，那是不是传说中的杀气？L没有遮掩自己的面容，那是一张年轻的脸，轮廓分明，就算丢到茫茫人海中，也算得上俊美。

“这是在宣判你的裁决宣言吗？”我嘲弄般地盯着他，“今夜，你插翅难飞！”

“鹿远，这句话，邢井无数次地对我说过。”

邢井如临大敌，枪口对准了L。L无动于衷地伫立着，身上却满是危险的气息。他与詹扬站得太近了，邢井生怕L对詹扬不利，不敢轻举妄动。L脸上的云淡风轻与邢井眉头的凝重在皎洁的月光下形成鲜明的对比。

L像见了老朋友一样打招呼：“邢井，你的破案速度又慢了。”

邢井沙着嗓子：“在我眼皮底下，你有把握杀了詹扬还能全身而退吗？”

我揎拳捋袖：“你还真是胆大，又一个人来。今晚你要是能跑掉，我跟你姓！”

“你恐怕要失望了。”L自信道，“你们的依仗，就是前来增援的警察吗？”

我的心底一沉，先前，为了不让詹扬起疑，邢井命令所有警察与我们保持两公里以上的距离。算了下时间，他们早就应该到了才对。然而，无垠的郊外，迟迟未响起警笛。

邢井的对讲机里传来了大汪的声音：“老板，你们在哪儿？增援的警车被路上突然堆积的大石头挡住了去路，暂时赶不到。”

我怔了怔，旋即嘲讽：“我还以为你真的天不怕地不怕呢，竟然还要这种手段。”

L像看玩物一样打量着我：“你比我想象中要适合成为警察。你并不那么痛恨警察，至少，你已经和邢井并肩作战了。”

我嫌恶地瞥了一眼邢井：“闭嘴。我和他的账，总有一天要算。你还是先担心你自己吧！”

L不再接我的话，他侧头看向詹扬，回答了邢井先前的问题：“没错，在你的眼皮底下，我没有办法裁决他后，还能全身而退。”

詹扬直勾勾地望着天上的月亮，早已忘记了中弹的疼痛。躁动的他恨不得一飞冲天，把恰似空洞的月亮堵上。

L话锋突转：“只是，他的路，他自己会走，何必劳烦我。”

L大袖一挥，手中多了一杆枪，枪口对准的方向是我们。

三人两枪，对峙数秒后，L徐徐开口："詹扬，是时候解脱了。你不能在牢房里度过余生，那里面，有数不清的铁窗，有数不尽的枪孔。你将面对犯人和警察的五官，吃着他们用大碗装着的食物。那么多缺口，你能够忍受吗？"

詹扬打了个激灵。

"詹扬，不要做傻事，我会为你申请治病。"邢井向詹扬郑重承诺道。

"不是所有病，都能被治好的。"L冷笑。

"够了！"我插嘴道，"两个大男人，在这儿打起了嘴仗，有意思吗？L，不要再婆婆妈妈了，说，为什么盯上我，为什么一定要让我成为警察？"

L兀自忽略了我的问题，他平淡道："詹扬，有时候，回头看看，那便是解脱的路。"

詹扬战战兢兢地起了身，回过了头。我们顺着他的视线看过去，只见不远处的草丛堆的地面上被挖开了一个可以容纳一个成年人的大坑，大坑里，倒置着数柄尖刀，刀口绽放着凄厉的寒光。

我和邢井皆是一惊，邢井正要上前，L对着邢井的脚底开了一枪，子弹落在我们身前一米远的地方。

詹扬面露狂色，那一处大坑，激起了詹扬想将它填平的欲望。詹扬抬脚，迈出了他的第一步，而后是第二步、第三步，紧接着，詹扬连奔带跑，冲向了那道大坑。

邢井开枪迎击，L飞身蹿到了一块大石后。枪林弹雨袭来，邢井拉着我，不断后退。大石成了易守难攻的堡垒，L没有杀我们的意思，仅用子弹将我们步步逼退。

终于，詹扬到了大坑旁。

L不再开枪了，他正做着最后的宣判。

"我许你解脱，在你弥留的最后一秒，你将感受到无穷的快意。"

尖刀刺穿了詹扬的身体，鲜血飞溅，他选择用他的躯体填补这道为他设下的陷阱。

我和邢井冲上去救人时，詹扬没了气息。他圆滚滚的双眼直到死前的一刻都未闭上，他的眼球血红欲滴，微微扬起的嘴角仿佛在告诉我们，他死在了快感里。

“鹿远，你一定会成为警察，这是他们对你命运的裁决。”这是L留下的最后一句话，待我和邢井转头再寻L，他的身影已经消失在了漆黑的幽夜里。

警笛声姗姗来迟，数不清的警察将郊外搜了个天翻地覆，L却像人间蒸发了一般。邢井与L的交手，最终以L的胜利告终。

岛区陷入了寒冬，轰动一时的“封孔狂魔案”终于破获。

但我清净的日子却十分短暂。

几天后的深夜，我的家又一次被L破门而入。望着桌上叠放着的警察考试资料，我气得咬牙切齿。我再度来到了西岸分局，踢开了邢井办公室的门：“我要看‘L连环杀人案’的卷宗。”

邢井没有抬头：“出去。”

“鹿远，你真把西岸分局当成你家了？‘封孔狂魔案’已经结束了，请你不要再掺和裁决所大案。”大汪警告道。

“我有选择吗？一年后，如果L没有落网，我就会死。得了吧，整个警界花了这么长时间都没抓到L，我可不想把命交托在你们这些无能的警察手里。”

邢井满脸冷漠地起了身，他扫了我一眼：“鹿远，你不是痛恨警察吗？为什么要来做该警察做的事情？”

我的目光没有从邢井脸上挪开：“如果我不满足他的要求，他会杀了我，你觉得L是在开玩笑？”

“你放心，在你死前，我会抓到L。”

“你凭什么要我相信你？”

“因为我是警察。”

邢井的回答刺痛了我的心。

在那一次大爆炸中，邢井也对一个小女孩儿说过同样的话。

大火灼烧着天地，就连空气都变得滚烫，热浪袭来，即将吞噬整个世界，我从来没有那么渴望救下一个人。那张只有十岁大的可爱面孔，在火光冲天中瑟瑟发抖，小女孩儿在哭泣，炽热的空气正在侵蚀她的皮肤。

“相信我，把手给我。”邢井对小女孩儿伸出了手，“我一定把你救出去，我会是一个好警察，相信我！”

得到邢井的承诺，小女孩儿递出了小手，她把自己的生命全部交托给了邢井。

但最后一刻，邢井松手了。

爆炸声，响彻天际。

“你还有脸说这样的话！”我一拳挥在了邢井的脸上。

小汪和徐萧莜都被吓到了，她们没想到我会动手。邢井的嘴角流了血，他仍然稳稳地站在原地，没有还手。我又一拳打在了他的脸上，终于，徐萧莜和小汪拉住了我。我的情绪失控，脑海里全是小女孩儿的脸庞。

“鹿远，你疯了吗？”小汪把我按在了墙上。

“我疯了？”我声嘶力竭，“你问他，我有没有疯！”

“别再无理取闹了，如果老板还手，你早就躺在地上了！”小汪厉声道。

我冷笑着：“他有脸还手吗？邢井，你有脸还手吗？洛洛是怎么死的，你还记得吗？”

我说的这个名字，让邢井全身战栗。

如果说我和邢井在警校期间的冲突都还是小打小闹，那洛洛的死直接导致我和邢井势不两立。每当想起洛洛被大火吞没的身影，我的心就会被灼疼。

我挣脱小汪，跨到邢井身前：“我不会相信警察，因为你，因为洛洛；我曾经试图不去痛恨警察，也因为你，我办不到。”

那一切发生在我们马上要从警校毕业的那一年，那一场大爆炸，不仅夺走了一个小女孩儿的生命，也彻底烧毁了我和邢井之间和解的可能。

15

木乃伊

时隔多年，我与邢井像多年前那样大打出手。

我失魂落魄地离开西岸分局，小汪放心不下追了出来。夜色正浓，寒气逼人，小汪安静地站在我的身侧，过了许久才试探性地问："鹿远，洛洛是谁？和你之前说的那起爆炸案有关系吗？"

没来得及回答，我就收到了一则简讯：到西桥来。

又是一个陌生号码。

我毫不犹豫地上了车，我已经无法忍受L对我三番四次的骚扰和威胁，决定去和L决一死战。小汪不明所以地跟上了车，我一路将车子开到了西桥。

西桥地处偏僻，四下无人，杂草丛生。下车后，我发了疯似的对着漆黑的空气喊道："L，你给我出来！"

小汪听后大惊："你是来见L的！"

她正要掏出手机通知西岸分局，我不小心踩到了什么东西，低头一看，我的额头冒出了冷汗。

我的脚边，躺着一个人，他全身都被白色的石膏绷带覆满了，如同一具木乃伊。

石膏上混着鲜红，是血迹！

又是一具奇怪的尸体！

不远处溪水潺潺，这具尸体就静静地躺在杂草丛里。尸体脑袋上的石膏被我踩出了一个窟窿，露出死者上半张脸来，只见死者的长发丝混着红黄相间的，像是血迹又像是脑浆的黏稠液体，杂乱无章地贴在脸上。缕缕发丝掩映下的两只瞳孔映着月光，正目不转睛地盯着我！

“啊！”

我没被尸体吓死，倒被小汪的惊声尖叫吓了一跳。平时盛气凌人的小汪，此时捂着脸转过身。空气里散发着怪异的味道，我恶心地干呕了几下，腿微微发软，站不住，只得蹲了下来，这一蹲，我更加欲哭无泪了。这是我第一次见到这样恶心的尸体，紧张之下，想挪开都困难。

见我久久没动弹，躲在远处的小汪别扭地转过半张脸：“你吓瘫了？靠那么近干吗？”

我咽了口唾沫，硬着头皮说：“谁害怕了，我靠近点，观察得清楚。”

“他好像在动！”小汪突然惊呼。

我又看了一眼，恍惚间，尸体像是眨了几下眼睛。我定下心再看：“是月影晃动造成的错觉罢了！”

小汪报警了，半个小时后，邢井、大汪和徐萧莜带着一队警察赶到了。警方拉起了警戒线，将我驱逐到了线外。徐萧莜没有浪费时间，戴上手套后就进入了案发现场。

大汪将受惊的小汪安顿好后气呼呼地骂道：“鹿远，你和我们到底有什么仇，为什么总是给我们惹麻烦？”

我不甘示弱道：“听你这话的意思，里面那个女人是我杀的？”

大汪愣道：“尸体全身都覆着石膏绷带，目测个头至少一百七十厘米高，你怎么知道是女人？”

石膏只被我踩碎了一个小窟窿，露出半张脸，很难直接辨认出性别。

“不信？”我说，“我见过的女人，比你吃过的米还多。”

现场勘查的阶段，徐萧莜不敢贸然把尸体上覆满的石膏全部敲开。为了确认受害者是不是已经死亡，徐萧莜只把脑袋上已损坏的石膏拆了下来。

“死者是女性，致命伤疑似是后脑勺的伤口。伤口模糊粗糙，周围血肉模糊，脑浆都被敲出来了，像是被钝器打击数次造成的。死亡时间应该还没有超过一天，尸斑分布疑似进入浸润期，尸僵比较严重，最有可能的死亡时间在八到十二个小时之前。”现场勘查结束后，徐萧莜对我们说。

“真是女人？”大汪插嘴道。

徐萧莜的经验很丰富，我对着她伸出了大拇指：“厉害！”

徐萧莜摘下口罩和手套，给了我一个笑容。

大汪头疼地将我带回了西岸分局，又一次为我做了询问笔录。得到L和我联系的新号码后，大汪背着我神秘兮兮地去调查了。

次日，我托了不少关系，查到了那个号码的出售地点和开通日期。售卖店里有监控探头，我和老板软磨硬泡了很久，才看到当天的监控录像。

通知小汪的时候，电视上正播报着昨天的那起杀人案。由于被害者全身被裹着石膏绷带，媒体将它称为“木乃伊凶杀案”。

媒体大肆报道把凶手形容成了穷凶极恶的心理变态。立案管辖的是西岸分局重案二组，媒体对破案王邢井充满了信心，两个新闻评论员在镜头前就警方破案时间打赌，一个说一个星期，另一个说只要三天。

“我查到了，手机号码是一个叫林美的女人买的，多带点人和武器过来。”我对电话那头的小汪说。

林美今年十九岁，在本地上大学，家就住在这附近。

二十多分钟后，小汪只身前来，别说枪了，连警棍都没有。

“你太不重视了吧，怎么只有一个人！”

“组里的人都在调查‘木乃伊凶杀案’。”小汪白了我一眼，只有她得到了邢井的特殊照顾，没有参与这桩命案的调查。

我只好带着小汪去林美家。“小心点，和L有关系的人一定都很危险。”说着，我按了门铃。

想象中的危险并没有发生，开门的是一个老太太，看上去有八十岁了。我朝着门里扫了一眼，没发现什么异常。

林美不在家，老太太说，林美和她父母经常吵架，吵架后又爱离家出走。前两天，林美与家人大吵一架后至今未归，也没回个电话。

据打听到的消息说，林美并不住校，一般情况下她每天都会回家。

“肯定有问题。”我不安道，“死者的身份不是还没确定吗？林美两三天没有回家，她……”

我的话没说完，小汪便通知了邢井和大汪。半个小时后，大汪先带着两个警察到了。在看过林美的照片后，大汪同情道：“老太太，林美她，死了。”

“木乃伊凶杀案”的死者身份确定了。

照片上的林美，笑容甜美，温柔漂亮，可是穿衣另类，她的衣服上全是破洞，还露着纤细的腰肢。

老太太是林美的奶奶，听到林美的死讯犹如晴天霹雳。我们陪着失声痛哭的老太太坐在客厅里时，邢井赶到了。大汪把情况和邢井说了一遍，邢井看向我，皱起了眉头：“鹿远，你就不能老实一点吗？”

“我帮你们确定了死者的身份，你还怪我了？”

老太太情绪激动，我们无法从她口中打探消息。邢井打量起了这屋子。屋子还算大，家具齐全，书架上藏书整齐。我心里有了底，林美的家庭算是小资家庭，虽不是特别富裕，但生活条件也不差，家里这样干净，环境严肃，我冷冷笑着：“林美的父母，对她管教很严。”

大汪疑惑：“你怎么知道？”

因为小时候和鹿唯天住在一起的时候，他的家就是这样的。我在这儿待得很不舒服，这和从前与鹿唯天同住一屋的感觉，如出一辙。

邢井推开了林美的房间，她的房间和整个家的风格截然不同。房间很乱，穿过的衣服被随意地丢在床上，床也没有收拾，墙上贴满了摇滚歌星的海报，衣柜里也塞满了奇形怪状的衣服，想找到一件稍微正常点的都困难，一个大学生的房间里甚至连一本书都找不到。

林美的父母在二十多分钟后回来了，得知林美的死讯后，他们和老太太一起抱头痛哭。

“老板，怎么办？”

“派人提取一下死者家中的线索，等死者家人情绪稳定后，带回分局里问话。”说完，邢井大步离开。

我则强拉着小汪去了林美家附近唯一的舞厅。

小汪是第一次来这种地方，她怯生生的，有些不适应：“来这儿干什么？”

“这是林美家附近的舞厅，我不是说了，林美的家教一定很严格吗？”从林美另类的穿衣风格到她那乱糟糟的房间，都和她家的氛围格格不入。林美又经常和父母吵架，动不动就离家出走，可以推测，林美十分叛逆。人的叛逆，往往是在自己不喜欢的环境下形成的。我猜是因为父母对林美管教太严，让林美产生了叛逆的性格。

“那和你带我来这儿有什么关系？”小汪不解。

“真正叛逆的人，不是叛逆给自己看的。”我解释道。

小汪很聪明：“你的意思是，林美的叛逆是表现给她爸妈看的？”

“对，父母越是管教得严，她就越要表示反抗，争取自由。”我感同身受道。

舞厅场所龙蛇混杂，林美为了表现自己的叛逆，很有可能出入这样的地方。而家附近的舞厅，就是绝佳的选择。

“林美的家人估计得哭上个好几天，等你们老板从他们口中问出话来，也不知是猴年马月。”缓不济急，我还是觉得L和林美有关系，想要尽快揪出L。

小汪看我的眼神不一样了：“上一起案子，你真不是误打误撞和老板一起破的？”

我得意地笑了起来。

“别得意了，你的推测都还没证实呢。”

“相信我。你把林美案子的情况和我说说，一会儿我好行动。”我说。

小汪虽不参办命案，但她身在警局，对警局里的信息了如指掌。

林美的尸检报告已经出来了，死亡时间是被发现的当天下午两点到三点，死因是失血过多。她的后脑勺被人用重器砸烂，根据伤口分析，凶手至少在林美的后脑勺上砸了十几下。警方在陈尸现场找到了一块沾满血迹的石头，它被认定为凶器，可惜凶器上的痕迹已经自然灭失，失去了指证真凶的意义。

除了后脑勺上的伤，林美的身上没有其他明显伤痕，只在手脚处发现绑痕。卸下石膏后，林美的手脚并没有被捆住，用来束缚林美手脚的绳子被随意地丢在了杂草丛里，绳子上的各种痕迹同样已经灭失。

警方推测，林美是在西桥附近被人打晕后绑上手脚，带到了西桥人烟稀少的杂草丛里杀害的。凶手十分自信，作案后，并没有把包括凶器在内的工具带离现场。

“林美的身上没有太多挣扎的痕迹，老板认为林美被打晕带到西桥后，还没有醒过来，就直接被凶手砸死了。”小汪告诉我。

绳索只是在凶手转移昏迷的林美途中，用来防止林美醒来逃跑的工具。林美在被带到西桥后，凶手给昏迷的林美松绑，随后实施了杀害。林美连挣扎的机会都没有，就死在了昏迷中。

凶手的犯罪过程并不复杂，警方的推测比较清晰，唯一让警方想不通的是，凶手为什么要在行凶后给林美全身覆上石膏，将尸体装扮成木乃伊的样子。打石膏不是一个简单活，全身覆满石膏的过程，绝对要比凶手杀害林美所用的时间长。凶手从打晕、运输到杀害林美，很可能只用了半个小时，而给林美全身打上石膏，却可能花上两三个小时。石膏绷带在大一点的药房就能买到，警方发现，林美身上的石膏，分布均匀，手法专业。据此推测，凶手十分擅长为人打石膏。

“刚走一个擅长缝纫的，又来一个擅长打石膏的。”我头疼道。

再加上案发现场是草丛，不容易留下脚印，警方并没有掌握完整有用的脚印和指纹。而西桥位置偏僻，连个目击证人都没有，这给警方的侦查带来了不小的难度。

嘈杂的音乐声让小汪捂住了耳朵。我把她留在了角落，起了身，小汪望着四周醉醺醺的人，问我：“要去哪里？”

“去证明一下我的推测。”我对小汪一笑，踩着舞步，进了舞池。人潮拥挤，舞池沸腾。在岛区最冷的季节里，冷空气却完全被挡在了舞厅的大门外。

躁动的舞池让空气仿佛都随着一具具扭动的躯体摩擦而生热。舞池里的人都像发了疯似的，在五光十色的灯光下摇着身子，晃着脑袋，仿佛这样能让他们忘却所有烦恼。我一边踩着舞步，一边穿过一道道人墙，到了舞池中央。

鹿唯天死前，我从未到过这样的地方。在他葬礼结束的那一天，我还没换去身上纯黑色的西装，就迫不及待地钻进了舞池，犹如刚刚从笼中逃脱、重获自由的野兽，心悸但又狂野。

我随着人群，肆无忌惮地扭动着，竟分不清是现在还是过去。第一次来舞厅的那天晚上，我喝着酒，跳着舞，一直到人群散去后筋疲力尽。我突然发现，这样的生活，的确能让我忘却所有不想回忆起来的忧愁。

在那之后，岛区的大部分夜店都留下了我的足迹。

鹿唯天去世之后，一向对我不闻不问的袁珊，偶尔到夜店找我。在人前，袁珊都表现得像个母亲，对我百般柔情，只有我知道，她是为了鹿唯天留下的那笔财产。鹿唯天直到死都对他的慈善事业念念不忘，他百分之九十的资产都捐了出去，把剩下的百分之十留给了我。那百分之十，已然是一笔天文数字。但鹿唯天一分钱都没有留给他那名存实亡的妻子袁珊。

我对袁珊说得最多的一个字就是——“滚”。

跳到出了汗，被愉悦冲昏了头脑的我险些忘记自己的目的，直到我的目光穿过人潮，看到了正在角落里的小汪。她一脸嫌弃地望着我，我耸了耸肩，继续朝着吧台扭去。一路上，很多狂野的女人迎面搭上我的肩膀。

如若是在平时，我一定已经牵着她们的手，再次走向舞池的最中央。

我到了吧台，坐在高高的椅子上，随手把名贵跑车的钥匙丢在了吧台上。

“认识林美吗？”我问得比较直接。

服务员摇了摇头。

“你在这儿工作多久了？”我又问。

服务员回答说半年了。林美长得出众，如果经常出没这地方，工作了这么久的服务员应该认得她。我又扫了一眼角落里的小汪，信誓旦旦地出来，我不想灰溜溜地回去。

“给我调两杯最贵的酒。”我说。

用这方法来招蜂引蝶，果然有效，很快，一个打扮得妖里妖气的女人踩着十厘米的高跟鞋走了过来。

“帅哥，两杯酒，一个人喝？”女人妖媚地问。

我笑了笑：“还有一杯是为你点的。你是这里的常客？”

我是明知故问了，经常出入这种地方的人都明白，每个舞厅都有规矩，不是特别熟络的人，还真不敢看到谁都搭讪上去。我要引的，正是这家舞厅的常客。

“第一次来？”女人反问起了我。

“认识林美吗？”我再次非常直接地问道。

听到林美的名字，女人显示出一丝厌恶，但她什么都没有说。

我心里有了数，拍了拍身边的椅子，让她坐下了。女人很开心，坐下后，端起酒抿了一口，之后不断地和我搭话，我心里暗笑，装模作样地陪她喝酒。

女人盯着我的车钥匙，托着尖尖的下巴：“等下，我喝醉了，怎么办？”

我对女人抛眼：“我送你回去。”

女人笑得花枝招展，喝了不少烈酒后，她有些迷糊了，脸也涨得通红。

“这地方，有经常出没的美女吗？”我故意问道。

她指着自己：“我不就是吗？”

我笑了起来：“除了你之外呢？比如林美。”

女人的表情僵住了，恼了：“为什么总提她？”

喝了酒的女人根本藏不住话，这正是我所要的。女人对我大倒苦水，说是林美到了这里之后，大家就都转对林美感兴趣了。

她的嫉妒心非常可怕。我假意迎合她：“我对你比较感兴趣。”

被酒精麻醉了的女人话更多了，她不断说着林美的坏话。这比我想象中要顺利得多，不需要怎么套话，女人就把她知道的全盘交代了。

林美是一年前到这舞厅来的。在她之前，女人是这个舞厅里的宠儿，大家都爱找她喝酒。林美来后，这些人的态度就都变了，比起女人，他们对年轻的林美更感兴趣。女人失宠后开始调查林美，她发现林美的感情生活十分复杂，她和学校里的许多男同学厮混在一起。半年前，女人在林美放学路上堵住了林美，警告她要她远离舞厅，原本还以为要费点功夫，林美却马上答应了，林美说她的男朋友不喜欢她去那种地方。

这半年以来，林美真的没有再来这家舞厅。难怪，才入职半年的调酒师不知道她。

虽然我不知道女人说的这些是否对我接下来的调查有用，但还是耐着性子听醉意蒙胧的女人把话都给说完了。

“她男朋友是谁？”我问。

“不知道，好像是个医生。”

我的心一坠，顿时想到了林美尸体上覆满的石膏。

正要继续问的时候，我突然瞟到了一道只在回忆里才能见到的背影。

是她！

16

女大学生和精神病医生

我丢下女人追了上去。我害怕那道背影会像好多年前那样消失不见。挡在我面前的人，被一个又一个地拨开，我听到了无数呵斥和抱怨的声音。

直到跑出舞厅，被冷风迎面割脸，我的大脑才清醒了许多。

目光所至，除了匆匆夜行的陌生人，根本没有令我眼熟的身影，一切都只是错觉。我刚刚活过来的心，刹那间又死了。

“你怎么了？”小汪跟上了我的脚步。我摇头：“没什么。”

“你怎么哭了？”

手往脸上一抹，我才感觉到我的眼眶湿了。我掩饰着扯开了话题：“风太大了。我猜得不错，半年前，林美果然经常出入这地方。”

“你和那个女人那么亲昵，就是打听林美的情况？”小汪问我。

“逢场作戏。”

小汪讥讽道：“我看你还挺享受的。问个人而已，直接问就好了，还需要那么麻烦吗？”

“你不懂，这种地方忌生人，更忌生人打听熟人。你光明正大去问，十有八九要碰壁。就算你亮出警员证，他们也未必会告诉你实话。”我解释道，并把打听到的情况跟小汪说了。

小汪一听林美有个医生男朋友，警察敏锐的神经让她马上意识到了端倪。

小汪给大汪打了一个电话，汇报情况。

她从大汪那里得知，林美的家人见到林美的尸体后，情绪再度失控了，警方还是没问出什么来。除了等待林美家人的情绪平复，明天天一亮，警方还会前往林美的学校调查，看能否找到线索。

挂断电话后，小汪说道："他还问我怎么操心起命案的事来了。"

话音刚落，小汪匆忙地把我拉到了一边。她纤细的长腿迅速高高抬起，踢碎了迎面飞来的一个啤酒瓶子。好不容易站稳之后，我心有余悸地看了看满地的玻璃碴。朝我扔啤酒瓶子的是几个头发染得五颜六色的小地痞。

其中一个黄毛搂着刚刚搭讪过我，如今已经醉得不省人事的女人。黄毛指着我："小子，叫什么？我的女人也敢搭讪。"

"叫我鹿少爷。"我笑着说。

"混哪片的？"

"混你爷爷那片的。"

黄毛一听，气得火冒三丈要动手，结果可想而知，小汪身手太好，这些小地痞，三两下全被小汪收拾了。我打诨道："你干脆别当警察了，给我当保镖，保证你赚得更多。"

小汪没好气："你真会惹麻烦。"

正要开车离开的时候，小汪抓住了我的手："你喝酒了吧？"

在很有原则的小汪犀利的眼神直视下，我们是各自打的回去的。

隔天，我又去了一趟西岸分局。

还没进去，我遇上了徐萧莜。我主动跟她打了个招呼："萧莜，案子查得怎么样了？"

"邢井在查，我只负责鉴定。"徐萧莜仔细看着我，"你来这儿干什么，报案吗？"

"想你了。"我笑着说。

徐萧莜被我逗笑，我们一起进了分局。透过玻璃窗，我看到坐在办公室里的邢井，徐萧莜走过去与他讨论些什么。我没在分局里找到小汪，从大汪那儿得知，小汪没来上班，临时请了病假。

“昨晚她还好好的，怎么今天就生病了？”我有点疑惑。

大汪怪异道：“你们昨晚在一起？”

我懒得解释：“林美的手机号码查得怎么样了？”

“林美家人说那个号码的确是林美自己在用。”

林美是在一个多月前开始使用那个号码的。在她被害的前一天，林美的妈妈拨过这个号码，要求林美回家。

联想到上一起案件的凶手与L有关系，我推测，在这一起案件中也有L的身影，凶手很可能是绑了林美后把她的手机交给了L，L才能用林美的号码给我发消息。

案子更加详细的情况涉及侦查保密内容，大汪没有对我说，我只能把希望寄托于从小汪那儿打听。我问大汪要了小汪的住址，迎面遇见和徐萧莜一起出来的邢井，他摆着一副冰山脸：“鹿远，你又来干什么？”

“你赶紧把L抓到，我就不来了。”

“L我会抓，这是警察的事，鹿远少爷，请你回去。”

我挑衅地扬起嘴角：“邢井，你这么大反应干什么，这么怕我查L？”

我的话，把大家的目光都吸引了过来。

邢井和我面对面站着，我们四目相对，这感觉，就像回到了几年前。

警校天台，我和邢井相视而立，我们各自都穿着警校的制服。

“你这样的人，不配当警察。”

“本少爷从来都不想当警察。”

我把身上的制服脱了下来，随手扔下了楼。制服没有在空中飘扬，口袋里的一大串钥匙，使它猛地下坠。伴随着一声惨叫，制服落了地。我朝楼下看去，发现自己的制服盖在了教官的脑袋上。

想起这事，我不自觉地笑了，等我反应过来，发现大家都在古怪地注视着我，犹如看杂耍。而邢井早走了，徐萧莜见我傻笑，扑哧一声也笑出来了。

我有些窘，立马离开了。

我照着大汪给我的地址找到了小汪住的小区。小区住宅楼很破旧，连电梯都是坏的，我足足爬了五层。打开门看到我的时候，小汪还有些恍惚：“你怎么来了？”

“生病了？”小汪的眼眶发红，我发觉不太对劲，朝屋子看去，只见一个满头银发的老人正闭目躺在床上。

小汪把我迎了进去：“他是我的爷爷。”

小汪的家里十分简陋，按说岛区的警察待遇不错，所以小汪生活在这样的环境里，我觉得不可思议。

“觉得奇怪吗？”小汪忽然心酸道，“鹿远少爷，不是人人都像你那么有钱。”

“我有钱也招惹到你了？怎么了？”我问，“遇到什么事了吗？”

小汪低着头，咬着下唇，艰难地抉择了一番，下定决心抬头看我说：“你让我当你的保镖，这话，还算数吗？”

原来小汪的爷爷在几年前被查出重病，陆续在几家医院辗转数年之后，病情加重。小汪自幼父母双亡，跟着爷爷生活到了今天。为了给爷爷治病，小汪变卖了父母留下来的房子，住在这间出租屋里，她把自己所有的工资都用在了爷爷的医药费上。但高昂的治疗费用就像是一个无底洞，小汪根本填不满。

“我缺钱。”小汪的眼神飘忽不定。

“说来也好笑，你当警察，累死累活，维护着你们口里经常提起的公平和正义。你们自己遇到困难的时候，谁还能帮你们？”我对她说，“你老板不是和你说过吗，我就是一个人渣。你不用指望我会同情你，相反我觉得很解气，你们认为我是人渣，最后却要放下脸来求我这个人渣，真有意思。”

小汪的表情变得凝重，垂下头没有反驳。

“不就是医药费吗？我有的是钱，我帮你出，但是我有个条件。”我说。

小汪终于抬起了头。我说：“给我当保镖就不用了，我不需要警察来保护我。我要你把分局对L的调查进展和信息及时告诉我，帮助我抓到L。等到L被抓的时候，你和我之间的交易就结束了。”

小汪不同意：“我不会背叛老板，我有义务保守侦查机密。”

“你怎么这么固执，侦查秘密重要，还是你爷爷的命重要？”

小汪郑重考虑了许久，咬牙道：“都重要。”

我气急了，坐在了床沿上：“那你让你的老板帮你去吧。”

“西岸分局重案第二小组的每一个成员，都是老板经上级同意，亲自挑选出来的。我不想拖累他们。”

“所以就来拖累我了？我是你爸还是你妈，有义务帮你处理这些事？”我指着自己的鼻子说。

提起小汪的父母，她的眼眶又红了。

“我知道，治病的花费对你来说不算什么。鹿远，我和你刚认识不久，提这样的请求，很冒昧。可爷爷住不起医院了，我不知道应该怎么办。”小汪的眼泪滚了下来，我摆手：“你别对我哭，我不吃这一套，让你给我警局的情报，你又不肯，你就说你想怎么办吧。”

“你不想警察保护你，我可以不当，我当你的保镖，我保证你的安全，帮你抓到L。”

“你不想当警察了？”我错愕道。

小汪把泪花擦干：“我想当警察，但我不想眼睁睁看爷爷死去。”

我打了一个响指：“成交。”

在我的帮助下，小汪的爷爷又住进了医院。小汪的爷爷清醒的时间不多，有医生和护士照顾着，小汪总算放下了心。小汪要保护我，当然得和我住在一起。整理行李的时候，小汪摸着叠得整整齐齐的警服，落寞极了。

我看在眼里，并不能感同身受。

那身衣服，我永远都不想穿。

到我家后，小汪花了整整两个小时写了一封辞职信，垃圾桶里全是小汪写的草稿。

“都这个年代了，竟然还有人这么认真地写辞职信。”

“这对我来说，很重要。”

我想起一件事，问道：“你看见尸体就头晕，为什么？查L的话，肯定得查查林美的死。”

小汪的情绪激动，身子颤抖。这一个晚上，小汪一直和我聊到了后半夜。

第二天，我送小汪去了西岸分局后就在外面等着她。

等得不耐烦时，小汪出来了，她的身后，跟着邢井和大汪。

大汪看到了我：“小汪，你辞职，该不会是为了他吧？”

“鹿远，你到底想干什么？”邢井怒斥。

“我能干什么？她辞职，又不是我逼她的。”我得意地说，“从今天起，你的人就是我的保镖了，怎么样，是不是觉得被我这样的人抢了手下，很不爽？”

“鹿远，你可以有优越感，但是不要觉得所有人都像你一样幼稚。你对我的敌意，完全源自你对警察没由头的怨恨。”邢井义正词严地说。

“老板，和他没关系，是我自己的原因……”小汪心虚道。

“你的辞职信我暂时替你保管，我会替你请一段时间的长假，你考虑清楚再说。”邢井大步流星而去。

小汪望着西岸分局的大门，满心不舍。

我想起了昨天夜里和小汪的谈话。小汪告诉我，她的父母死于一起绑架案，她亲眼看见自己的父母被绑匪割了喉。那时，小汪才十几岁，那一幕，深深烙在了她的心里。

从此小汪立志成为警察，她对所有的犯罪分子深恶痛绝。从一个手无缚鸡之力的女孩儿到战斗力爆表的警察，天知道她经历了什么。这么多年，小汪心里的坎却始终无法跨过。每当小汪看到尸体，就会想起父母死在她面前的惨状。

剥夺小汪成为警察的理想，太残忍了。但只能说小汪太过倒霉，她遇上的是我。

顾不上感叹世事无常，我立马带着小汪去了林美的学校。林美在学校里的知名度很高，她不仅长得漂亮，还是学校重金属摇滚乐队的成员。重金属摇滚，象征着放荡和不羁，喧闹和嘈杂中，透露着一股暴力美。

我们好不容易找到乐队，就看到大汪和几名警察正在对乐队的成员进行询问。于是，我和小汪换了一条路子。

我们来到了林美的宿舍，打听到了不少消息。

林美住宿舍的次数屈指可数，和舍友的关系一般。传闻林美和乐队里的好几个男生都有感情纠葛。乐队里的两个男生甚至为追求林美大打出手以至于反目成仇。就在大半年前，林美还向舍友炫耀，她交了一个了不起的男朋友，姓任，在岛区第一精神病院当精神科医生。

岛区第一精神病院是岛区久负盛名的精神病专科医院，杀害林美的凶手专业打石膏的手法，使林美这位医生男朋友的嫌疑变大了，况且精神病院距离案发地点西桥也不算特别远。

在医院快要下班的时候，我和小汪来到了岛区第一精神病院。任医生知名度很高，我们随便问了一个护士，就得知任医生全名叫任达生，在神经内科，由于名气很大，很多病人都慕名而来。

但这个任达生是不是我们要找的那个人，我们并不能确定，眼看要下班了，我们只能去碰碰运气。

到任达生办公室门外时，正好遇见一个人走了出来，他穿着医生制服，短发，戴着眼镜，看上去三十多岁的模样，走起路来昂首挺胸，步伐里充满自信，看来他就是任达生了。

我拦下了他，他礼貌道："不好意思，我下班了。"

我捂着脑袋哀号起来："医生，我的脑袋疼，已经好久没有睡觉了，求求你救救我。"

我演得绘声绘色，只差抱着任达生的大腿跪下来了。眼角的余光扫到小汪的时候，我发现小汪转过了身去，她在憋着笑。任达生无可奈何，关切地问："挂号了吗？"

"医生，我没挂号，求求你给我看看病！"

任达生看了一眼手腕上的手表，把我带进了他的办公室。任达生在医生群体里，还算比较年轻的，能在三十多岁就成为一个著名医院的活招牌的医生实属罕见。他的办公室的柜子里摆满了他在学术领域里取得的荣誉证书。

任达生面对病人时非常随和："有哪些症状？"

"我经常会看到一些脏东西。"我突兀地盯着他说，一边的小汪一脸茫然。

任达生怔了会儿："看到什么了？"

"我经常做梦，梦到一片杂草丛，一个医生正蹲在杂草丛里，给他刚刚杀掉的一个女人打石膏绷带。"我绘声绘色地描述，"好像还看到了一具木乃伊。"

小汪很快明白了，接茬儿道："你是不是最近电视看多了，你说的是那起'木乃伊凶杀案'吧？"

但任达生并未有任何异常反应，他说："先生，我建议你好好休息，明天来挂个号，我为你详细诊断。"

我们没试探出什么，出了办公室之后，我们又找了一个护士打探消息。这护士见状非但没觉得我们举动奇怪，还饶有兴致地和我们谈起了任达生。后来我们才知道，任达生作为医院的名人，时常有人来打听他，这都成了大家津津乐道的谈资，护士们对此早就见怪不怪了。

任达生为岛区第一精神病院赢得无数荣誉，是院领导眼中的红人，更是所有医生的楷模。在行医的这些年里，任达生解决了许多疑难杂症。除了慕名而来的病人，一些医生和护士到第一精神病院就职，也是为了能和任达生进行交流。

更有甚者，单身女护士时常想办法接近任达生，因为任达生至今未婚。

17

谁在说谎

“任医生至今未婚，连女朋友都没有吗？”我故意问道。

女护士失落地说：“任医生有一个很年轻的女朋友，偶尔会来找他。”

“叫什么？”我问。

“不知道，她长得很漂亮，就是穿衣服有些奇怪。”根据女护士说的这些，我已经确定任达生的女朋友就是林美了。

出了精神病院，小汪才说：“林美十九岁，任达生三十五岁，两个人整整相差了十六岁！”

“这有什么奇怪的，人家喜欢，你管得着吗？”

小汪觉得匪夷所思的事儿，我倒是觉得正常。林美太过叛逆，她是会做一般人觉得很大胆的事的。

“你觉得任达生会是凶手吗？”小汪问。

“我怎么知道，大家都在说任达生的好，谁知道他是不是人面兽心。我纳闷的是，为什么邢井还没来调查任达生。”我都能查到这里来，邢井拥有那么多警力和侦查资源，应该早就查到了。

“或许是老板的侦查策略吧。”小汪对邢井充满信任。

但第二天，警方还是没到第一精神病院调查。我觉得更不对劲了，“木乃伊凶杀案”已经发生许多天了，被害人身份都已经确认了，邢井就算再有其他策略，也不应该这么慢。我满心疑惑地又一次来到了林美的学校。

一到校门外，我就看到了一辆警车停在这里。

“一个大学调查了两天，看来，你老板已经把目标锁定在这个大学里了。”我说。

虽然不喜欢邢井，但对破案王的办案能力我并不怀疑。思索时，大汪匆匆忙忙从学校里跑了出来，上了警车。

我拉着小汪也赶紧上车跟着大汪，一个多小时后看到大汪下车进了郊区的一间民房，没多久，一个贼头贼脑的中年男人走向那间房子，但在看到停在门口的警车后吓得逃之夭夭。

“那个人可能是邢井要抓的嫌犯！”我说着，带着小汪追了上去。

那个人跑得飞快，我和小汪好几次差点跟丢。事情并没有我们想象中的那么顺利，他一直东躲西藏地绕圈子，我们跟到了太阳快要下山，还是没能抓住他。我已经累得全身发软，就在这个时候，他再一次出现在远处，这次我看清了他的脸，小汪刚要追上去，我拉住了她。

“怎么了？不抓了？”小汪问。

“没这个必要，我被你的老板阴了。”我没解释，带着小汪去了西岸分局。小汪见我凶神恶煞，怕我惹事，拉着我的手劝我不要冲动。

到了重案第二小组，我踹开了邢井办公室的大门。徐萧莜也在这里，他们正对着桌上的一堆资料商量案情。

邢井面如寒冰：“出去。”

“我为什么到这里来，你清楚得很！”我恶狠狠说道。

徐萧莜见状起身把门关上，邢井这才站了起来：“鹿远，西岸分局不是你家，你如果在这里闹事，我会按照规矩办事。”

“好一个调虎离山之计！”我咬牙。

“鹿远，别闹事了，到底怎么回事？”小汪也劝我。

“问问你老板，为什么不把精力放在查案上，反而一直跟我过不去！”当我看清大汪想抓的人时，我就觉得熟悉，仔细回忆过后，我才想起来那个人是西岸分局治安小组的一个警察，但这个警察的信息并没有挂在警员信息墙上，我在大汪桌上的一份文件中偶然瞄到过此人的信息。

让我看到大汪去抓人，本来就是他们自导自演的一场戏，为的就是把我引开。

小汪听糊涂了："我在分局这么久都不记得分局里有那个人，你怎么记得？"

"那名警员四十五岁，当了二十多年警察，基本没升过职，只为治安分队赢了一次卫生楷模的鸡肋荣誉，需要我把他的名字和警员编号背出来吗？"我把记在脑子里的信息，一字不差地说了出来。

小汪目瞪口呆，徐萧莜看我的眼神也满是诧然。

"鹿远，我果然还是低估了你的记忆力。"邢井叹了口气。

四周的空气仿佛冷了几分。

"为什么要用这种把戏阻止我调查？"我质问。

若非我认出了那名治安警察，我到现在还会把时间浪费在追逐那个人上，幸好我及时看穿了邢井的计策。此刻，我更加笃定，邢井宁愿暂缓接触岛区第一精神病院也不让我调查，绝对不仅仅因为我不是警察。

我紧盯着邢井："你不让我查，我偏要查！你果然有不能见光的秘密，我一定会把它公之于众！你和我之间的仇，该有个了断了！"

走出西岸分局，小汪安静地跟在我的身后，踌躇了很久，还是问道："你和老板之间，到底有什么深仇大恨？你能和我说说洛洛的事吗？"

见我一直沉默，小汪等了一会儿也就没再继续问了。她叹了一口气："你真奇怪，居然有那么多秘密。你的记性那么好，那为什么所有警校的学科都不及格？依照你的记忆力，就算是随便看看书，记下来的也不会不及格啊。"

小汪说得对，我身上最不缺的就是秘密，所有我不想再记起的，不想说出来的，全部变成了秘密，我想让它们烂在我的心里。但记不清有多少次，沉寂的秘密就骤然排山倒海地袭上大脑，让我不得不去面对。

静谧的夜晚，偌大的房间里，我抱膝而坐，取出了尘封的小匣子。匣子上布满厚厚的灰尘，轻轻一吹，记忆全被扬了起来。

匣子里躺着一支早已融化得只剩下木签和糖纸的五彩糖，它承载的故事，太多太多了。木签旁，放着一张差点被烧焦的照片，照片很旧了，泛着黄。

这是那场大火中，我唯一救下的两样东西。

照片上有三个人，小女孩洛洛站在中间，她笑得很甜，甜到融化了身边那张万年不变的冰山脸，也逗乐了不知多久没有真心笑过的我。这是唯一一张我和邢井同框的照片。

次日，我带着小汪找到了传闻中为了林美反目成仇的两个摇滚乐队的学生。

二人的穿着和林美生前不羁的装束倒是十分相衬，他们都是和林美一起搞音乐的乐队成员，这两个人也有着非常符合重金属摇滚乐手身份的绰号，一个叫鸡尾，一个叫小海。

林美的死讯早就在学校里炸开了锅。我们先找了鸡尾，就像他的外号一样，鸡尾的头发很长，染得五颜六色，像极了公鸡的尾巴。他的双眼发肿，没有去上课，待在狭小潮湿的地下乐室里。我见到他的时候，鸡尾蜷缩在角落里，坐在一面鼓上。

鸡尾把我当成了警察，他说林美遇害的那天上午来找过他，但林美只待了一会儿就说要去医院找她男朋友。我听到这个消息后，心里很不是滋味，昨天被邢井浪费了一天时间，此刻，警方一定正在调查任达生。

随后，我们又在宿舍楼里找到了小海。小海在天台上，正在弹着吉他，一边唱歌，一边哭。我郁闷地想：这些年轻人，感情真丰富！

和鸡尾一样，小海只顾着沉浸在悲伤里，对我和小汪十分不耐烦。千辛万苦撬开了小海的嘴后，我们得到的消息和从鸡尾那里得来的差不多。

小海证实，林美死的那天上午，的确来了一趟学校，他们原本约好要一起吃午饭，后来却打电话告诉小海她要去医院找男朋友了。

结合鸡尾和小海所说的分析，林美被害当天上午，原本是打算见鸡尾和小海的。后来，不知道为什么，林美先见了鸡尾之后，忽然就想去找任达生了，于是放了小海的鸽子。

记下这两个人的话，我和小汪马不停蹄地来到岛区第一精神病院。

医院里，窃窃私语声此起彼伏。任达生暂时停止了面诊，警方正在任达生的办公室里临时询问。

“听说了吗，电视上报道的‘木乃伊凶杀案’，死者就是任医生的女朋友。”

“这么多警察来找任医生，难道在怀疑任医生？”

“任医生女朋友死的那天，一大早就和任医生在面诊室里吵了一架，吵得厉害极了，我从来没见任医生发那么大的火。中午的时候，任医生不就请假了吗，整个下午也不知道他去哪里了。”

闲人八卦的心是永远不会消停的，如果这些人说的都是真的，那任达生的嫌疑就更大了。

林美死亡当天的行踪，逐渐浮出水面：早上，林美先是和任达生在一起，二人吵架后，林美愤然离开医院，去了一趟学校，约了鸡尾和小海，中午，见了鸡尾后，林美以见任达生为由，爽了小海的约。在离开学校后，林美最终也没能去医院，她在中途被杀。

巧合的是，任达生在当天中午过后请假离开了医院。林美的死亡时间，是下午两点钟到三点钟。除非任达生有那段时间的不在场证明，否则他很难自证清白。

等了一会儿，办公室的门总算被打开了，任达生被大汪带了出来。看样子，大汪是要把任达生带回分局问话。

任达生不断地自言自语着：“林美怎么会死？”

“任医生真可怜。”

“这些警察太无情了，也不让任医生缓缓。”

众人心疼地为任达生鸣不平，任达生满脸泪痕：“是林美乐队的那两个人杀了林美！那天中午我给林美打电话道歉的时候，林美说她正和那两个人在一起吃饭！”

一起吃饭？鸡尾、小海和任达生三人供词矛盾，他们当中必定有人在说谎。

直到任达生被带走，医院里的人才慢慢散开。

鸡尾和小海将嫌疑指向任达生，任达生又把皮球踢了回去。我仔细回想着这三个人说话时的表情暗自思索，说谎的人很可能就是凶手。

我和小汪找了一个和任达生走得比较近的护士，询问林美和任达生吵架的事儿。护士提供了一个细节：二人吵架后，林美嚷嚷着要走，任达生一反常态，不再温文尔雅，他非常暴躁地打了林美一巴掌，任达生扬言，如果林美敢走，他就杀了她。

任达生在情急之下竟然说出了这样的话。大汪带走任达生的时候，分明已经把任达生当成犯罪嫌疑人了，可见，任达生暂时没能交代清楚案发时间内他的行踪。

“讯问过任达生之后，警方应该还会再返回调查鸡尾和小海，凶手很可能就在这三个人当中。”我说，“我必须得在邢井逮捕凶手前，找到凶手，问出L的消息。”以邢井三番两次警告我的态度，如果凶手先被他逮住了，他是不会让我有机会问到关于L的消息的。

于是我和小汪又折回林美的学校。我要查一查，究竟是谁在说谎。

我们在操场找到了小海，鸡尾也在这里。林美的死，竟然让这两个情敌冰释前嫌。鸡尾和小海坐在一个角落里，他们的面前摆着许多酒瓶，看来都喝了不少了。

我们刚走近，二人忽然扭打成了一团。鸡尾和小海都年轻气盛，出手都狠，没一会儿，他们就鼻青脸肿了。鸡尾和小海打累了就瘫在操场上，周围的人还起哄，见实在没看头，才终于散了。

我和小汪走到他们的身边，他们醉醺醺的，脸上全是泪。

“打够了吗？”我问。

看到我，他们坐了起来。

“林美的男朋友任达生说，当天中午林美和你们在一起吃饭。”我不紧不慢地说道。

小海摇摇晃晃地站了起来，他指着鸡尾：“他在说谎，林美去找他了。”

“那天中午到下午，你们都在哪里，谁可以证明？”鸡尾和小海到现在都还以为我是警察，我问得比较直接。

小海好几次都差点站不稳，醉醺醺地说道：“不是说过了吗，那天下午我和鸡尾在一起，待在地下音乐室喝酒！”

看来，他们之前对警方也是这么说的。

我蹙眉：“你们不是关系不好吗，怎么会一起喝酒？谁可以证明？”

小海擦着嘴角：“警官，如果你怀疑我，揭穿我们撒谎的责任，不是你的吗？我们为什么要证明自己没有撒谎？”

小汪应和：“有道理。”

我瞪了她一眼：“闭嘴！”

“侦查本就是由警方证明犯罪嫌疑人有犯罪嫌疑的过程，而不是犯罪嫌疑人证明自己没有犯罪的过程。”我无语地盯着小汪，邢井带出来的人，都太遵守规矩了。“小汪美女，你确定你是站在我这边的吗？”

鸡尾坐在地上，抄过酒瓶就往嘴里灌酒。小海见我一直盯着他，这才告诉我，他和鸡尾，其实在小美死前的一天就已经和好了。他们都觉得林美不可能和自己好，为此争风吃醋地抛弃好朋友不值得。于是在小海主动求和下，两人和好了。林美死的当天下午，小海被放了鸽子后就约了鸡尾，一起在地下音乐室喝酒聊天。而那天乐队没有活动，地下音乐室没人，没有人能证明。

我狐疑地盯着他们：“刚刚为什么又打架？”

“鸡尾说，如果那天我们留住林美，林美就不会死。”小海说着，又哭了起来。

醉酒的两人因伤心过度，一言不合就大打出手，实在太正常了。没聊一会儿，鸡尾和小海就醉得不行了。

让他们回去之后，我带着小汪去了小海驻唱的一家酒吧。酒吧里很多人都目睹了小海和鸡尾一笑泯恩仇的场景，他们确实和好了。

回到家中的时候天色已经很晚了。

小汪把家里一些零碎的食材都利用了起来做了一顿饭。端上餐桌后，小汪笑嘻嘻地请我品尝："怎么样，好吃吧？"

"我已经好多年没在家里吃过饭了。"我感慨道。

自从鹿唯天死后，我一个人生活，鹿唯天留下的钱多到我不知道应该怎么花。每一顿饭，我都在高档餐厅吃，钟鸣鼎食的生活使我像失了味觉一般，吃饭，对我来说，只是维持生存。

第二天，小汪起得比我早，她一大早就接到了大汪的电话。随后就跟我汇报："有好消息也有坏消息，你想先听哪一个？"

"先说坏消息。"

"大汪代表警方警告我们，不要再随意接触'木乃伊凶杀案'的相关人员，否则就以妨碍公务的名头，把我们带回分局。"小汪严肃地复述了大汪的原话。

"好消息呢？"

"我从大汪那里听说了一些案件的侦查情况。"

案发当天，任达生自称心情不好，请假到郊外去散步了，因此没有人可以证明。但中午他给林美打了一个电话，听到的却是鸡尾和小海的声音，于是他一口咬定林美是在与鸡尾和小海吃饭。至于吵架时任达生扬言要杀林美的那句话，被任达生归结为气话。

"警方不是查了那个号码的通话记录吗？"

"大汪去查了，那天中午，任达生的确和林美的手机号码有一个通话。"小汪说，"任达生说是鸡尾接了电话，鸡尾和小海都否认了。"

但按照任达生的说法，鸡尾接了电话后非常得意地向任达生炫耀，说林美正和他们一起吃饭。

这三个人，当天下午都没有不在场的证明，鸡尾和小海好点，他们可以互相证明。

"任达生和林美吵架的原因呢？"我问。

"据说是因为林美顶不住家人的反对，跟任达生提了分手。"小汪说。

据警方调查的信息，任达生并非至今未婚，他在二十多岁时离过一次婚。而林美不仅各方面条件都很好，而且今年才十九的她与三十五岁的林达生整整差了十六岁，再加上任达生有过婚史，因此他们的恋情遭到了林美父母的强烈反对。

小汪又补充道："任达生的笔录有些奇怪。林美既然那么叛逆，又怎么可能因为父母的反对就和任达生提分手呢？"

"是有些奇怪，任达生现在被拘在分局吗？"

"应该不会，他是昨天被带回分局的，以现在的证据，任达生很难成为正式的犯罪嫌疑人，老板应该会按照规矩办事，没理由扣他太久。"

"走，去找任达生。"

"你还敢去啊。"小汪问我。

我微微笑道："怎么，难道我去精神病院看病，警方还能抓了我？"

18

惨遭毒手

医院里都在讨论着关于任达生和林美之间的纠葛。对任达生的评价依然一边倒，众人都觉得任达生不可能杀人。

而任达生一大早回了一趟医院，之后又气冲冲地离开了，据说又请了假。

小汪兴冲冲地打探到了任达生的家庭住址，我则担忧道："任达生带着气离开，如果他真的不是凶手，你觉得他还能待在家里吗？"

小汪一惊："如果他不是凶手，那说谎的就是鸡尾和小海，他们把嫌疑推给任达生，所以你是觉得任达生去找他们算账了？"

我点了点头："我们分头行动，你再去林美的学校盯着鸡尾和小海，看任达生是不是去找他们了。我去一趟西岸分局。"

"你去分局干什么？"

"去查探一下警方知不知道任达生的下落。"

到了西岸分局，我远远地看到了一道清丽的身影，她身穿白色碎花长裙，微风拂过，长发飞扬，犹见故人影。我的眼眶发热，是她！瞬间记忆犹如潮水般涌上心头，我努力克制着心头的激动，叫出了她的名字："辛岚！"

她没有回头。

我朝着她一步一步跑去。明明对她那样熟悉，当我轻拍到她的肩膀时，竟又觉得那样陌生。记不清多少年了，我已经太久太久没有见过她了，我还以为，她已经离开了这个世界，不会再回来了。

她回过头，不是她。

“鹿远？”

我深吸了一口气，控制住了泪水：“萧莜。”

是徐萧莜，她的背影竟然和记忆里的辛岚这样相像，尤其是徐萧莜穿上了辛岚最喜爱的碎花长裙。我长舒了一口气，不知心里异样的感觉是失落，还是解脱。

辛岚应该不在了，从那么高的地方摔下去，必死无疑。

“你怎么在这里？”徐萧莜一脸茫然地看着我，“眼眶怎么红了？”

“你长得很像我的一个朋友。”我讪讪地说。

徐萧莜扑哧一声笑了出来：“鹿远，这泡妞技巧可有点儿老套了。”

我恢复了常态，邪邪一笑：“你让我泡吗？”

“我可没时间让人泡。我还有事，我先走了。”

“等等。”我叫住了她，“知道任达生在哪里吗？”

“不知道，大汪也正在找他。”

目送徐萧莜的身影，我的心里萌生了想要接近她的念头。

警方也没有任达生的下落。正在思索的时候，小汪给我打来了电话。果然如同我预想的那样，任达生去找鸡尾和小海了。但鸡尾和小海不知所终，小汪正跟着任达生在地下车库徘徊。

“跟紧，有情况随时通知我。”挂断电话，我立刻上了车。

开了没多久，边上就跟上来一辆警车，警车里坐着邢井和大汪。他们也发现了我，邢井摇下了车窗：“鹿远，我的警告，你都当成耳边风吗？”

这是前往林美大学的路，邢井肯定也是得到了任达生去找鸡尾和小海的消息，担心出事，这才亲自前往。

“我什么时候没把你说的话当成耳边风了？”我把油门踩到了底，他们的警车怎么可能快得过我，很快他们就被远远地甩在了后头。

到了学校外，我打了小汪的手机，她没有接。我找到了地下车库的入口，车库里的人很少，我转悠了一会儿也没有发现小汪。我又给小汪拨了一个电话，铃声立刻在地下车库里回荡了起来。铃声离我很近，我叫着小汪的名字，没人回答我。

我摸索着朝声源方向慢慢走去，逐渐靠近安全通道的底层拐角，过了拐角就没路了。就在这时，我突然感觉到有危险，下意识地抬起了手挡在面前！手臂上猛地一疼，我觉得手都要折了，往后一个踉跄，我看清了攻击我的人，是任达生！

他的手上拿着一根棒球棍，上面还滴着红色的液体，地上全是血，是从小汪的后脑勺处洇出的，小汪躺在任达生的脚边，一动不动。我的大脑一片混乱，指着任达生："你干什么？！"

任达生的眼镜已经掉在了地上，他战战兢兢地摇着头："不知道，不知道！"他语无伦次，竟然又要提着棒球棍朝着我的脑袋敲过来。就在棒球棍要正中我的时候，任达生被人踢翻在了地上，邢井赶到了。邢井把任达生按倒在地，迅速给他铐上了手铐。任达生挣扎着，也不知道在喊些什么，就像一个疯子一样。

任达生被控制后，邢井把他转给大汪押走。我忍着疼，到了小汪的身边，她流的血太多了，我正要把她抱起来，邢井揪过我的衣领把我按在了墙上。

"鹿远，你不觉得你是扫把星吗？我说过多少次，让你不要瞎掺和，你为什么就是不听！"邢井咬牙切齿，脸上青筋暴起。

如若是在以前，我必然不甘示弱地回击。但看到小汪倒在血泊里，我的心里竟然难得地有些愧疚。

暴怒的邢井没有失去理智，他把我甩在地上，抱起小汪。小汪的后脑勺还在滴着血，邢井一边跑，一边扯下身上的衣服包住了小汪的脑袋。我忍着手臂的疼，跟上了他。

医院里充斥着酒精味，飘荡着病人家属的哀号和护士不耐烦的呵斥。我和邢井坐在抢救室外面，各自低着头，谁也没有说话。小汪被送到抢救室，半个小时过去了，还没有出来。

我的手已经做了简单的包扎，任达生的那一棒，差点打裂了我的手骨。

大汪和徐萧莜赶到了。徐萧莜问发生了什么，邢井分外冷漠，一句话都不说。气氛安静得可怕，徐萧莜追问我：“鹿远，到底怎么了？”

我欲言又止，邢井抬起了头，他的目光冷峻，猛地站起来再次把我按到墙上。邢井触碰到了我的伤口，我忍痛咬牙面对着如同猛兽的邢井。

“如果小汪有什么三长两短，我不会放过你。”邢井一字一句地恐吓道，这并不像是一个规规矩矩的警察会说的话。

徐萧莜抓住了邢井的手，试图拉开邢井。邢井的力气实在太大了。

“鹿远，我不管你用了什么手段让小汪跟着你，但你把她当成什么了？”邢井的眼球充血，“保镖？帮你调查的工具？她是我的人，非常重要的人，我宁可自己死，也不愿让自己的人受到伤害！你凭什么随随便便就让我的人躺在手术台上！”

“老板，别冲动！”大汪也过来劝架了。

邢井强忍着动手的冲动，松了手，他指着过道说：“立刻滚！”

徐萧莜给了我一个眼神，示意我先离开。我没有心思和邢井争吵，在徐萧莜的搀扶下，坐到了人行通道的台阶上。徐萧莜坐在我的身边，叹了口气：“西岸分局重案二组的每一个成员都和邢井出生入死。”

“你在为他说话？”我问。

徐萧莜柔声道：“邢井不需要任何人为他说话，他没有做错过。”

“你的意思，是我错了？”

“鹿远，我刚认识你，我不会因为别人对你的评价就看不起你。既然小汪到了你的身边，你就有责任保护她，就像邢井保护他的手下那样。”

已经多年没有听过别人指责的我，听到这样的话，心里很不舒服。

“我请她来，是给我当保镖的，我没有义务保护她。”我回答。

徐萧莜无奈，起了身：“所以，你的所有人际关系都只是交易关系，你有真正的朋友吗？”

徐萧莜的一个问题，堵住了我的嘴。

我在脑海里搜寻了很久，找不出一个可以称得上是朋友的人。

“我不需要那东西。”我转过了脸。

“每个人都需要朋友。”徐萧莜说道，“你可以有很多朋友，只是你把所有人都拒之门外了。”

徐萧莜说完就走了，高跟鞋踩在地上的声音，在楼道里回荡了很久才消散。

我的思绪复杂，记忆中辛岚也对我说过，我没有朋友。

刚刚那一刹那，我差点又把徐萧莜当成了辛岚。

一直从下午坐到了晚上，夜里有些凉了。大汪找到了我。徐萧莜很贴心，她怕我一直见不到小汪而担心，便让大汪在邢井走了以后来转告我小汪的情况。

大汪对我的态度也变了，他冷淡地告诉我，小汪伤得很重，幸好没有生命危险，但后脑勺损伤严重，医生也不能确定小汪什么时候能醒来。

小汪正在重症病房里，除了医生和护士，谁都进不去。

“任达生呢？”想起任达生手持棒球棍的样子，我的心寒了下来。

“已经被拘了。”大汪说，“他声称不是他打晕小汪的。”

我攥紧了拳头，恨不得在任达生的脑袋上敲出几个大洞来，都人赃并获了，他居然还在否认。

“鹿远先生，我代表警方最后一次警告你，请你不要再调查下去了。”大汪说完也离开了。

或许，小汪在跟踪任达生的时候，掌握了任达生犯罪的证据，才会惨遭毒手。一路上我都在想这个问题，快要到家的时候，我掉转方向盘，去了西岸分局，正好遇见刚结束加班的徐萧莜。

“我送你回去，有事请你帮忙。”我对徐萧莜说。

徐萧莜没有拒绝我。夜里很冷，但徐萧莜打开了车窗，任凭刺骨的寒风像鞭子般抽打着她白皙的脸庞。徐萧莜似乎有什么心事，我问：“怎么了？”

徐萧莜反问我：“需要我帮什么忙？”

“两件事，第一件，我想向你打听一下邢井的事。”我眼角的余光捕捉到徐萧莜皱了皱眉。

徐萧莜沉默了一会儿才开口："打听他的什么事？"

"你不觉得，东、西、南、北四岸破案王的经历，如同传奇？"我说道。

夜风吹乱了她的长发，她不断用手整理，听到我的话之后，她的动作里有了一丝慌乱。徐萧莜和邢井走得那么近，或许知道邢井的许多秘密。但看她的反应，她是准备替邢井保守秘密了。

我不再继续这个话题，微笑着对她说："以前，有个女人对我说，当一个人有另外一个替他保守秘密的人，这个人才称得上不孤独。那我跟你说第二件事吧，我想请你替我接触一下任达生，我觉得L和他有关系。"

徐萧莜依旧没有反应。

我叹了口气："看来我是找错人了，也对，你是邢井的女朋友，怎么会违抗他的意思帮我？"

听到这话，徐萧莜矢口否认："我不是他的女朋友。"

"你们吵架了？"

"我是他的朋友，如你所说，是一个可以听他倾诉秘密，为他保守秘密的朋友。"

车子停在了徐萧莜住的小区外，徐萧莜向我道了谢下了车，我看着她的背影，喊道："你不请我上去坐坐吗？"

徐萧莜委婉地拒绝："很晚了，改天吧。我会试着帮你接触任达生。"

送走了白天短暂的温暖，整座城市又赤裸裸地暴露在寒冷的空气中。L没有再出现，也没有给我带来任何消息，我一点线索都没再查到了。

我去了一趟医院，看到大汪守在病房外，小汪还没醒。小汪暂时不能离开重症病房，谁都说不准小汪能不能醒来，什么时候会醒来。见不到小汪，大汪劝我赶紧走，免得遇上邢井再起冲突。

我不愿意走，死缠烂打才从大汪口中打探到了警方对任达生的讯问结果。

由于证据不足，任达生原本并没有因林美的案子被警方扣住，但小汪受伤后，他因故意伤人被警方拘留了。在今天的又一次讯问中，任达生一再否认是他敲晕了小汪。他声称，他刚发现了躺在血泊里的小汪，正准备救人的时候我就赶到了。这让他觉得自己跳进黄河也洗不清了，情急之下，才抄起棒球棍，想把我也打晕。

不做亏心事，不怕鬼敲门，任达生的说法可信度不高。而地下车库的安全通道处没有监控摄像头，也没有目击证人，当时发生了什么没有人知道。至于那根棒球棍的来源，已经确认清楚，是出自地下车库安全通道拐角处的体育部的器材堆积处。因为棒球棍太久没用，除了任达生的指纹，警方并没有在上面提取到其他人的指纹。

我转身又到了林美的学校找另外两个嫌疑人。鸡尾和小海没有待在一起。找到鸡尾时，他把自己蒙在被窝里，他的舍友说，鸡尾从昨晚开始就一直喝酒，喝醉了就在被窝里哭。

和鸡尾相比，小海要理智得多，找到他后，他问："你又来干什么？"

"昨天，你和鸡尾去了哪里？"我问。

"一起去喝酒了。"

"你们知道任达生昨天来找你们算账了吗？"

小海面露惊恐："他没被警局扣住吗？"

"证据不足。"我骗他说，"警方查出来，他很可能没有说谎。"

"你这话的意思，就是我和鸡尾在说谎了？"

我拍着他的肩膀："谁知道呢。鸡尾不肯和我说话，你带我去找他。"小海答应了，他看了看手表，说让我等会儿，他要进去换个衣服。等了大约十分钟，小海才从宿舍里出来。我们一路朝着鸡尾的宿舍楼走去，已经是上课时间了，路上的人比较少。我们刚到宿舍楼，就听到一声巨响。

一道人影如千斤巨石从高处砸落在地，鲜血四溅，肢体离断，看到那颗滚动着的五颜六色的头颅，我惊住了，是鸡尾！

周围的人被吓得惊声尖叫，不知是谁指着天台："是从天台上掉下来的。"

"叫救护车，报警！"我对着吓傻在原地的小海喊道。

我立马冲进楼里，鸡尾的宿舍在六层，再往上就是天台了。经过鸡尾宿舍的时候，我发现宿舍门是开着的，里面空无一人。

天台上空荡荡的，一个人都没有。我找到了鸡尾坠落的地方，那地方的铁护栏坏了，破了一个大豁口，由于天太冷，地面覆了层霜，十分滑。鸡尾摔下去的地方，还有一个红酒瓶倒在地上。我小心翼翼地走过去，地面太滑了，连我都险些滑倒。

救护车很快开进了学校，鸡尾的脑袋着地，还没来得及送医就断了气。跟随救护车一起赶到的，还有西岸分局的警察，邢井亲自来了。邢井观察了惨不忍睹的尸体后，登上了天台，等他下来已经是十多分钟后的事了。邢井一步一步地朝着我和小海走来。小海还没有恍过神来，邢井气势汹汹走到我的跟前。

我翻了个白眼："邢井，收起你的死人脸，这事和我没有关系。"

邢井沉着嗓音开口了："鸡尾掉下来的时候，你在哪里？"

"我在楼下啊，还能在哪里？"我发现他并没有在看我，"你什么意思，你还怀疑是我推他下来的啊？"

邢井这才扫了我一眼："我在问他。"

邢井转看向小海，小海双腿一抖紧张得口不择言，指着我说："我一直跟他一起。"邢井的目光犹如毒蛇盯上了猎物，他居然怀疑小海。

"破案王，不过如此。"我嘲笑道，"又或者说，几个破案王其实都没有传说中那么厉害？你们四个究竟是怎么成为破案王的呢？"

我试探性的一句话，换来了邢井的一个冷眼。他闭口不言，指挥着现场的警员，把鸡尾的尸体带走了。

19

迷奸药水

第二天，徐萧莜通过法医室的电话联系我了。

“其实，我不觉得任达生是‘木乃伊凶杀案’的凶手。”徐萧莜说。

“为什么？”

“‘木乃伊凶杀案’的凶手，先绑架，后杀人，最后给尸体打上石膏，全程应该历时两个小时。要连续两个小时面对尸体慢慢地打石膏绷带，还打得那么均匀，只有心理素质很强的人才办得到。”徐萧莜解释着。

凶手杀死林美后没有将凶器和绳索带离现场，没有采取任何隐藏尸体的措施，徐萧莜觉得凶手非常自信，一点都不惧怕警方。心理素质如此好的凶手，就算被警方抓住了，情绪也不该像任达生那样有大的波动，况且，目前还没有足够的证据证明任达生是凶手。

“你不要忘记，任达生是个精神病医生。”我提醒道，“他对人的心理了如指掌，或许，他是故意装作情绪崩溃的样子，扰乱你们的侦查思路。”

“如你所说，任达生并不傻，警方明明没有足够的证据证明他是凶手，他又何必去找鸡尾和小海算账，进而敲晕小汪，惹祸上身呢？”徐萧莜问住了我。

我突然意识到，小汪受伤这事，真的没有那么简单。假设任达生是杀死林美的凶手，那依照他犯罪时的冷静和自信，在明知警方没有任何明显的证据的情况下，他的确不该做蠢事。就算这种激动和反常是伪装出来的，他也不应该气上心头就去找鸡尾和小海算账，还伤了小汪，给自己招惹那么大的嫌疑。

我开始相信，任达生的情绪可能是真的失控了。

小汪是在跟踪任达生和寻找小海二人过程中受伤的，那么对小汪下手的人，最有可能的便是这三个人。小汪可能是在地下车库里听到了什么，所以才会遭来毒手。好不容易才捡回一条命，现在小汪处境可能更加危险，她没死，对凶手来说就是一颗不定时炸弹。

带着满心的不安，深夜，我把车开到了医院。看到安然无恙的小汪后，我才松了一口气。小汪从重症病房转移到普通病房了，只是她仍旧没有醒来。

警力有限，邢井派了一个便衣警察在这里照顾小汪。

“没有可疑的人来过吗？”

“没有，只有医生来过一趟，怎么了？”

我的心一颤：“医生来干什么？”

“注射药水。”警察回答。

我不安感更重：“那个医生可能有问题！快去查查是怎么回事！”

便衣警察还没做出反应，小汪的身体突然剧烈颤动，病床旁的检测仪发出了刺耳的噪声，我来不及解释，即刻喊了医生和护士，医生稍作观察之后，立即进行了抢救。我和那个警察一边在外面焦急地等着，一边调查，不出所料，医院的医生都不曾给小汪注射过药剂。便衣警察这才告诉我，进病房的医生戴着口罩，没看到脸。

三个最有嫌疑的人中，鸡尾已死，任达生暂时被警方扣住，我把目标放在了小海身上！

大半夜的，我不知道找谁帮忙，便打了西岸分局法医室的电话，徐萧莜还在加班。我把这里的情况全部告诉了她，她立马通知邢井，调查小海的去向。

医生的抢救已经结束，小汪被注射了毒物性质的化学试剂，若非我发现得早，小汪可能已经没命了。

等小汪情况稳定后，我立马掉头去了小海的学校，警方已经将学校封锁了。但学校附近有不少夜店，像是小海他们会经常出没的地方。既然进不了学校，我决定去这些地方调查。

在一家夜店内，我发现了角落里有几个鬼鬼祟祟的人。其中一个人是夜店的老板，他的手里正拿着一小瓶药水，正卖劲地说服其他几个年轻人购买。我顿时明白这是什么药水了。隐隐约约中，老板提到小海和鸡尾之前也从他这儿弄走了一瓶同样的药水。

推算时间，小海和鸡尾买这药水的时间正好是林美被害的前一天晚上。

听到这个消息，我意识到这是条线索，于是从老板那儿弄到了一瓶，随后返回了学校。走到校门外发现徐萧莜已经赶到了。在她的帮助下，我也进了被封锁的学校。

我问徐萧莜："邢井呢？"

"他已经在里面了。"徐萧莜回答。

邢井不是一个莽撞的人，他弄出这么大的阵仗，必然是有足够的证据对小海实施抓捕了，我和邢井的调查方式与方向不同，我们双管齐下，都查到了小海。

"林美的尸体上，没有勘验出什么化学药品吗？"我问徐萧莜。

徐萧莜迷惑地反问我："为什么这么问？"

我没来得及回答她就到了宿舍楼下，看到了邢井。他穿着警服，当场下令抓捕小海。刚和邢井有过冲突，本以为他不会搭理我，没想到，他径直走到我的面前："警方掌握了新证据，需要你回分局协助调查，证明小海的犯罪事实。"

我也想尽快抓住凶手，探出L的更多消息，强忍着对邢井的厌恶："我也有一些线索，或许可以帮警方将小海定罪。"

大汪问："你有什么证据？"

"关于小海杀死林美的辅助证据和证词。"我回答道。

大汪惊讶道："你有小海杀死林美的证据？"

我摸不着头脑了："你们这么大阵仗来抓小海，难道不是因为他杀了林美？"

"我们怀疑是小海杀死林美，苦于没有证据。"大汪直挠头。

我的目光放在了邢井的身上："没有证据你们还抓人。"

“老板要抓小海，不是因为‘木乃伊凶杀案’，而是因为鸡尾的死，还有小汪受伤的事儿。”大汪回答道。

警方认为，今晚假扮成医生的人和那天打伤小汪的人，很可能都是小海。对此，我深信不疑，可邢井却怀疑鸡尾的死是小海干的。我凝视邢井：“你这破案王是不是当糊涂了，鸡尾死的时候，小海正和我在一起。”

“非要在场，才能杀人吗？”

我不想和邢井纠缠下去，我攥着兜里的药水，与邢井面面相觑。

邢井非常聪明，他很快就猜到我是有条件和他谈：“有话快说。”

“答应我的条件，我可以把我掌握的证据交给你们。”不待邢井表态，我继续说道，“我的要求是，抓到凶手之后，我必须和他面对面交谈一次。”

“就算凶手真的和L有关系，你以为凶手会给你提供L的信息吗？岛区警方花了这么多年时间，还没有抓到L，你想得太简单了。”邢井冷冽道。

“这就不劳你费心了，你只管答应我就行。”

邢井没有犹豫，他承诺，如若我提供的证据有用，他就答应我这个条件。邢井说一不二的性格我是知道的，他点头后，我从兜里掏出了那瓶药水，交到了徐萧莜的手上。

“萧莜，拜托你回分局后，勘验药水成分。”我说。

徐萧莜没问为什么，接过了药瓶。

我没有急着把鸡尾和小海从老板那里购买药水的事说出来。邢井没多问，透过他的眼神，我猜测他已然了解一切。

警方搜了一圈，没找到小海，收队回了西岸分局。

天刚刚亮，西岸分局重案第二小组的办公室里已人头攒动。

小海畏罪潜逃的事实已经确定，警方正在搜寻小海的下落。大汪手里拿着一沓卷宗，大声宣布道：“小海故意杀害鸡尾，杀害小汪未遂的证据已经整理完毕，请大家打起精神，一鼓作气，破获‘木乃伊凶杀案’。”

大汪的这番话打破了第二小组死气沉沉的气氛。对于第二小组所有的拼命三郎来说，案件有进展就是最大的回报。大家鼓起了掌，不少人夸赞邢井能在这么短的时间内就查到了凶手。

我看着站在角落里的邢井，想起了在警校时的他。那时他就生活在所有人的夸赞之中，每一次活动，邢井都作为警校生代表上台宣誓。

抛开邢井和我的过节，我曾经也以为邢井会成为非常优秀的警察。那场爆炸，却让我看到了邢井身上的不堪，洛洛的死时刻都在提醒着我邢井的劣迹。

“破案王就是这么破案的吗？”我一开口，所有人都沉寂了下来，“证据是伪造的吧？鸡尾死的时候，小海和我在一起，你们告诉我，小海是怎么杀人的？”

并没有人理会我的质疑，我仿佛成了挑拨离间的小丑，这让我更加恼怒。

“鹿远，案子破得是不是公正，法庭自会裁决，这不是你该考虑的问题。”大汪义正词严，“老板从来没有错过，他也不需要向无关的人交代侦查细节。”

我讥讽道：“你就那么确定，他从来没有犯过错？”

恐怕，只有我能观察出邢井神色的变化。听完我的话，他的脸上露出一丝痛楚。他越是痛苦和难堪，我的心里就越是舒坦。

连夜对药水进行勘验的徐萧莜这时走进来，她察觉到办公室里异样的气氛，扫了一眼邢井：“大家怎么了？药水成分已经鉴定出来了，我发现大量γ-羟基丁酸，药水全称Gamma-Hydroxybutyrate。”见大家听不太明白，徐萧莜补充道，“也有人，叫它液体迷魂药。通常口服10毫克以上，就会使人昏迷和短暂性记忆散失，这种化学物质，近年来常见于不少强奸案中。”

“鹿远，这药是怎么回事？”徐萧莜转向我。

我双手环在身前，目光没有从邢井身上挪开：“他还没有回答我的问题呢。”

我没有想过要给邢井台阶下。我们的恩怨被搁置数年，如今再次相遇，它如同火山一样，慢慢地升温，最后终将爆发。

“你还是和当年一样，始终只相信自己看到的。”邢井不带一丝情绪地说道，“你说小海不可能是杀死鸡尾的凶手，那我就告诉你我掌握的证据。”

邢井的语速非常快，他告诉我，鸡尾坠亡的天台铁护栏的豁口处，缺口平整，通过鉴定和天台维修记录，证实是被不知名的人用工具故意切开的。警方从天台提取到了鸡尾的脚印，分析了他的脚步间距和行走趋势，据此推测鸡尾上天台的时候处于醉酒状态，鸡尾的舍友们也证实了这点。鸡尾坠楼之时，天台上还残留着一个红酒瓶。邢井就是看到酒瓶才断定这不是一起意外事故。因为鸡尾的宿舍里只有许多啤酒瓶子。红酒对于学生来说略微奢侈，因此天台上的红酒是凶手引鸡尾上天台的工具，再加上天冷起霜而变得湿滑的地面，凶手制造出了一起看似意外事故的谋杀事件。

我的脑海里，浮现出了鸡尾从天台坠亡的情景：醉酒后的鸡尾，上了天台，看到天台铁栏杆豁口处，有一瓶红酒，大脑迷糊的鸡尾，此刻最想借酒浇愁，他不作任何思考地朝着红酒瓶走去。

一失足，千古恨。

"鸡尾坠亡的前后，你和小海在一起，难道没发现，他给谁打了电话吗？"邢井一针见血地反问。

我猛地想了起来，小海随我离开宿舍前，说要换衣服，他可以利用那段时间给鸡尾打电话，将他引上天台。大汪证实了我的推测，警方在鸡尾的手机里，找到了小海的来电记录。

"我们根据红酒瓶的商品信息，锁定了出售商店，通过商店监控录像，确定了小海买主的身份。可以基本上确定，红酒是小海事先放置到天台上的。"

我还是不死心："你们怎么确定红酒不是小海送给鸡尾的？"

"我们还有其他证据。"大汪这才告诉我，邢井断定这是一起故意杀人案后，第一时间让警方对大学各个角落进行了搜查。结果在杂草丛里发现了一柄锯子，通过工具痕迹比对，确认是毁坏天台铁护栏的工具，同时，警方在小海宿舍提取了指纹，比对之后，证实小海使用过那柄被遗弃的锯子。

昨天夜里，警方又对小海宿舍外垃圾桶进行了搜查，发现了一副脚套，脚套上有一些植物汁液残留，与天台上的植物汁液吻合，是小海用来隐藏天台脚印的工具。

种种证据联系在一起，足以证明是小海蓄意策划了鸡尾的坠亡。

若不是邢井迅速确定了小海是犯罪嫌疑人，这起案子，十之八九是破不了的。光靠一个红酒瓶，没有办法将小海定为凶手，锯子和脚套上的痕迹，才是确定凶手的关键。痕迹是会灭失的，只要邢井的反应再慢一点，或许再过上一天时间，锯子上的指纹和脚套上的痕迹，就都不见了。

小海恐怕之前没有想过，他会遇上大名鼎鼎的破案王。原本一起计划周全的犯罪，邢井只用了一天时间，就把案子给破了。

回想起来，小海借口换衣服的时间那么久，看来是怕被舍友察觉他的异样，故意拖到了上课时间才给鸡尾打电话。

况且一个电话记录，事后小海很容易推脱。天台上的冰霜，成功地让醉意蒙眬的鸡尾送命。小海的运气很好，一切都如他计划的那样发生了。

感受着众人异样的目光，我咳嗽了两声，掩饰着尴尬，嘴上没有承认邢井的厉害："小汪呢？你们有什么证据证明是小海对她下的手？"

大汪笑道："不用证据，两个小时前，医院来了电话，小汪已经醒了。"

我心中的大石落地，长舒了一口气。

小汪清醒后，描述了当时的情况。小汪跟丢了任达生，但在地下车库发现了小海和鸡尾正在吵架。二人发现了她，以为小汪听到了他们不可告人的秘密。鸡尾借故与小汪搭话，小汪被小海从身后暗算。而事实上，小汪什么也没听清。正巧任达生看到躺在血泊里的小汪后，慌了神，竟因怕被人误会，对我动了手。

小汪被送到医院后，迟迟没有醒来，小海忐忑不安，在昨天夜里假扮医生，企图永绝后患，失败后立马畏罪潜逃。

"至于小海杀害鸡尾的原因，很可能是二人兄弟阋于墙，小海害怕鸡尾会连累自己。"大汪说道，"之前鸡尾好几次都对我们欲言又止，像是有难言之隐。"

20

强奸未遂

林美的死和这两个人脱不了关系。这些天，鸡尾备受煎熬，大汪推测鸡尾可能想向警方自首，而小海不同意，所以二人才屡次发生争执。

案子已经进展到这一步，邢井也答应了我的条件。于是，我把鸡尾和小海狼狈为奸购买液体迷魂药的事说了出来。

众人惊讶，只有邢井是一副早已经猜到的表情。

“尸体里没有发现γ-羟基丁酸成分，尸体也没有被强奸的痕迹。”徐萧莜疑惑道。

“不管怎么样，先抓住小海。”我说道，“或许是二人企图强奸不成，所以杀人了。”

邢井并不赞同我的推测：“林美未必是这两个人杀的，石膏裹体的杀人手段，不符合鸡尾和小海的犯罪心理侧写画像。”

警方发出了通缉令。

我第一时间去了医院，小汪已经醒了，她的头上缠着绷带，双唇没有一丁点血色。我坐到她的身边，见她不停地呢喃着什么，我把耳朵凑近才听清。原来小汪是在担心她的爷爷，我告诉小汪，她的爷爷一切安好。

就在我起身的时候，照顾小汪的警察从外头进来了，他莽莽撞撞地撞到了我。我正弯着腰，被他这么一撞，我的身体瞬间前倾。嘴唇相对，我感觉到了小汪唇间的冰凉和柔软，她的两只眼睛睁得浑圆。我立即起身，尴尬地看着小汪，她苍白的脸上，多了两抹红晕。

我避开了小汪的目光：“对不起，我不是故意的。”

那个莽撞的警察见此情景，笑也不是，不笑也不是，只能一个劲儿地道歉。

手机铃声为我解了围。

听筒里，传来了L熟悉的声音：“你们要找的人，在铁路公园。”

短短一句话后，通话被挂断了。

“我有事出去一下，你好好休息。”我大窘，丢下这句话，没敢看佯装睡觉的小汪就出了医院。

铁路公园在岛区郊外，曾经铁路纵横，在铁轨被废弃之后，自然形成了一片杂草园，现在已经许久无人问津。我很忐忑，不明白L为什么要告诉我小海的下落。如果要害我，他不必大费周章，如果要帮我，他明明又是我的敌人。

临近傍晚，黑夜即将到来，透露着危险的信号。我在铁路公园里找了两个小时一无所获，苦寻无果之际，旧车厢旁的一串项链映入了我的眼帘。我俯身捡了起来，这是一串骷髅头项链，可能是小海的。小海是玩重金属摇滚乐的，他的穿着装扮和佩戴的首饰都比较浮夸张扬。

把骷髅头项链收好后，我登上了车厢。

铁路公园里的光线逐渐黯淡了下来，冬季冰冷的弯月洒下不怎么明亮的光。我听到了一些动静，随手从地上抄起了一截铁棒，声音是从一节车厢里传来的。我双手握住铁棒，悄悄靠近，前脚刚迈上车厢，一阵阴风袭来，我下意识地跳下了车厢。

落地的刹那，一声巨响几乎刺破我的耳膜，是大石头落在火车金属地板上的声音。只要我再晚一秒，那块大石头就会精准地砸在我的脑袋上！我来不及多做思考又赶紧闯了进去。车厢里，一道人影在飞速移动，借着微弱的月光，我看清了那正是逃亡当中的小海！

小海火速逃窜，我紧追不舍，越是慌乱，越是容易出错，关键时刻，小海跌倒了。我一脚踩在了他的身上。小海在地上挣扎着，我轻蔑道：“还想跑？”

不知道是不是错觉，我的耳边响起了若有若无的音乐声，那是一曲重金属摇滚乐。在地上反抗的小海，仿佛在随着那音乐张狂地扭动着身体，像是在没有犯下滔天大罪前在舞台上肆无忌惮地狂野一般。

“我和你无冤无仇，你别再追我了。”小海哀求道。

“你是没得罪我，你身后的那个人得罪了我。”

小海一愣：“你在说什么？”

“还想装傻吗？”我提防着说道，“只要你告诉我L的所有消息，我就不追你了。”

“我真不知道你在说什么，L是谁？”小海的反应不像是在装傻。

我还是不愿意相信，继续问：“你和鸡尾杀了林美，如果你们和L没有关系的话，林美的手机为什么会在L那里？”

“你不要胡说，林美不是我杀的。”提起林美，小海的情绪万分激动。

“林美不是你杀的？真是不见棺材不落泪，林美出事的前一天晚上，你们在夜店里买了药水，你以为我不知道吗？”

月光下，小海狼狈的面容，尽收于我的眼底。“是，我和鸡尾是准备一不做二不休要了林美。我们对她那么好，还比不上一个年纪那么大的医生？得不到她的心，我们就要得到她的人。”小海咆哮道，“可是，我们根本没有找到机会，那天中午，林美和我们吃了饭之后，说要去找任达生，就走了！”

看来任达生没有撒谎。据小海所说，林美在和任达生争吵之后，便先后约了鸡尾和小海。那时鸡尾和小海已心生歹意。等到林美与鸡尾见面时，鸡尾带上了小海。林美见二人和好，十分开心，答应与二人共进午餐。趁着林美去洗手间的时候，小海把液体迷魂药放进了林美的水杯中。彼时林美的手机响了，是任达生打来的。鸡尾未经林美同意，擅自接听了电话，还幼稚地向任达生炫耀林美正与他们在一起。林美回来发现了通话记录。她怒斥二人后便匆匆离开，说要去向任达生当面解释清楚，根本没喝加料的水。

之后鸡尾因林美的死心怀愧疚，数次想向警方供述强奸未遂的事实，因此被小海杀害。

如今小海身上背着一桩杀人案和一桩强奸未遂案，再否认杀害林美的话，似乎没有什么意义。

耳边又响起了那曲摇滚乐，小海也忽然仰着头，四处张望着。我这才明白，这不是错觉，真的有人在铁路公园的某个角落，放起了这首曲子。

音乐声若隐若现，我无法分辨那是从哪里传出来的。这一会儿问话的工夫，小海又有了气力，他从我的脚下挣脱，朝着远处跑去。我刚要追，一道身影挡在了我的面前，他提起我的衣领，轻松地将我甩了出去。

我重重地落地，再从地上爬起来的时候，看清了他的样子。

是L。

L朝着我慢慢地走了过来，我抡起手中的铁棒，往L身上砸。他微微侧身，轻而易举地躲过了，并干净利落地夺过了我手里的铁棒。一个照面儿的工夫，我彻底处于下风。

刚想反击，我就觉得脖子上一疼，脖子被L掐住了。L虽然个头比我高，但看上去并不强壮，没想到他的力气却非常大。他加大手劲，似乎只要稍微一用力，就能扭断我的脖子。我快要窒息了："你到底是什么人？"

"能掌控你一生的人。"

"你所说的掌控，就是指让我成为警察吗？"

L骤然松手并推开了我，枪响的声音几乎要震破我的耳膜，一颗子弹与我和L擦身而过，我慌乱地回头，是邢井。

邢井双手握着枪，他的枪法我是知道的，在警校期间，就已炉火纯青。但这一次邢井失手了，还是在距离L不远处。躲过邢井的第一枪后，L也掏出了一把黑色的枪，枪口并没有对准邢井，而是对准我。

"今天，我要亲手抓住你。"二人就如同两座冰山一样对峙着。

"上次你也说过同样的话。"L不屑一顾。

"你以为我不敢开枪吗？"邢井说道。

我的心一沉，我这个人质在邢井心里根本没有任何分量。面对邢井的威胁，L并不畏惧，甚至扭头来看我。

"鹿远，你不喜欢被人控制，那我给你一个机会，如果你能在我之前抓到他，我不会再找你麻烦。”

L指的是小海，但如今，小海已经不知道去哪里了。

铁路公园里，摇滚乐的声音又响了起来，L抬头望天：“他终究会死在自己的世界里，每个人都是。”

电光石火间，L掷出一把飞刀，刀子飞速地朝着握枪的邢井射去。邢井跃身躲过，再站稳时，L已经蹿进了草丛之中，邢井对着L的背影连开了几枪，没能打中。

“分局的人很快就会赶到，不想死的话，留在原地。”邢井留下一句话后，飞快朝着L离开的方向追去。

我没有听从邢井的警告留在原地，我要在L之前抓到小海。

我顺着偶尔传来的打斗声一路寻去，终于在车厢边上，看到了正打得难舍难分的邢井和L。他们徒手肉搏，难分高下。

虽然不喜欢邢井，但此刻我更希望L落败。

我也看到了小海。他已经精疲力竭，正缩在角落里，一动都不敢动。我大喜，朝着小海跑去，他见了我，忽然颤颤悠悠地站了起来。

他的手里多了一柄枪。

我的大脑一片空白，那是L的枪，我的目光又在地上扫到了另外一柄黑色枪支，是邢井的。我全然明白了，这两个人斗得枪都掉了。我举起了手，不敢再上前了。亡命之徒，什么都做得出来。

摇滚乐的声音飘荡在耳边，角落里，正放着一个播音机，嘈杂的音符不断从那里跳跃出来。小海哭着大吼：“为什么不肯放过我？”

面对指着我的枪口和精神溃散的小海，我全身发麻：“你冷静一点。”

“冷静？你们要我死，我就要你们陪葬！”混着小海最喜爱的重金属乐，枪响盖过了重鼓的声音，铁路公园成了血腥的重金属舞台。子弹擦过我的臂膀，灼疼感传来，危急时刻我本能地躲了一下，否则子弹或许已经穿透我的心脏。暴走的小海不断地扣动扳机，好在那柄枪里没有子弹了。他把枪丢下，飞快地消失在了夜色之中。

我手臂还流着鲜血，已无力再追，只能眼睁睁地看着小海逃走。我吃力地扭过头，看着黑夜中交斗得难解难分的两道身影。邢井和L，都身手卓绝，月光下的打斗动作，看得人眼花缭乱。我坐在地上，撕下衣服包扎自己的手臂，等把血止住了，我才感到后怕，刚刚太危险了，差一点我就死了在小海的枪口下。等我回过神后，现场只剩下邢井一人了。

“L呢？”我的脸色大变。

邢井没有回答，他也在寻找L的踪迹。

L无心与邢井久斗，他不会等到其他警察赶到。

“干什么吃的！就这么让他跑了？”

“有本事，你去抓。”

邢井从地上拾起掉落的两柄枪后，在铁路公园里仔细搜寻。我疲惫地跟在邢井后头，时刻严阵以待。路过一个拐角时，一只手搭在了我的肩膀上！顺着回过头，我看到了L脸上意味深长的笑意，还没明白过来L笑什么，我就被拽到了一边。我大叫了一声，身体就跌进一口枯井。我的身体悬空，只要L松手，我就会掉下去。

我听到了井上邢井的说话声，他警告L束手就擒。

L一直看着我，没有回头，丝毫不惧邢井。

“我真想看看，你们两个人的命运，究竟会怎样。”L低沉的嗓音，幽幽传来。猛地一松手，我直直地要往下坠！几乎在同一瞬间，又有一只手迅速抓住了我的手腕，是邢井！他一只手拉着我，另一只手和L打斗。

原本旗鼓相当的两个人，因为邢井多了我这个累赘，落了下风。打斗中，L把邢井也给推搡了进来，邢井的手攀在枯井的井缘上，另一只手还拉着我，我们两个人都悬在枯井里了。我刚包扎好没多久的伤口，又裂开了。

“你们的命运，果然还是会交织在一起。”枯井上传来L的话。

邢井尝试着攀上枯井，他一只手撑着，井缘很滑，没撑多久，我们两个人就都掉下去了。感觉像要跌下万丈深渊，让我的记忆霎时间回到了好几年前。

烈火烧在洛洛的身上，整座大宅在爆炸声中摇摇欲坠。

我浑身是血，滚烫的空气也在我的身上留下了数不清的伤口。洛洛被火海包围，那么小的孩子，却要面对这样非人的痛苦。她无处可逃了，到处都是滚烫的火焰，洛洛的身上、头发上，都烧了起来。

这是在辛岚走后，唯一让我牵挂的洛洛。

洛洛笑容下的小虎牙仿佛能化解一切忧愁，因为她，我和邢井走在了一起。也是她让我曾经相信，我和邢井或许能成为非常好的朋友。

邢井抱着洛洛，拽着我，往火海外冲去。屋顶上被烧断的横梁，砸中了邢井的背，压在了洛洛的身上。他艰难地向洛洛伸出了手，想把她拉出来。

火越来越大。

“相信我，我会把你救出去，我会是一个好警察。”我永远都不会忘记，当邢井对洛洛说出这句话时，洛洛露出多么渴望活下去的目光。她的眼睛里，没有了恐惧，全都是对邢井的信任。

然而，为了活下去，邢井还是放手了。

枯井并没有我想象中的深，我和邢井都跌到了底。邢井起身摸索，井壁太滑，他没有办法攀上去。

邢井掏出手机，没有信号，他愤怒地一拳砸在了井壁上。错过了这次抓捕L的机会，下一次，也不知道要等到何年何月。

枯井很窄，邢井就站在我的身边，我瘫坐在地上，犹疑了许久：“你后悔吗？”

邢井背对着我：“我为什么要后悔？”

“你知道我在说什么。”

“已经过去的事情，我不想再提起。还有什么意义吗？”

我艰难地从地上爬起，井底十分拥挤。

“难道，你就不会有一丝内疚吗？这么多年，难道你每天都睡着安稳觉吗？你明明可以救她，你为什么不救？”

“鹿远，我再说一遍，我不想提以前的事。”邢井沉声道。

他的责任，他竟只字不提，我无法容忍邢井的态度，提起了拳头结结实实地打在了他的脸上。

月亮躲进了云层里，枯井里一片漆黑，我看不清邢井的表情。

“打够了吗？”

“破案王，好警察，顶着这些头衔，受了这么多赞颂，你这个伪君子！”

“鹿远，无论你说的话有多恶毒，我都不会在意。你也不需要感谢我救了你，每个警察都会这么做。”

“警察？”我讥讽道，“所有警察，都是一个样。”

仇恨在狭窄的枯井里蔓延开来，我不顾一切地朝着邢井攻去，邢井还手了。在这么小的空间里，任凭邢井的身手再好，也无法施展开来。我们在井底扭打在一起，宛若当年在洛洛的葬礼上我们彻底决裂了那样。

不知过了多久，直到我们力竭，一阵接着一阵警笛声响彻在铁路公园。我们被救出枯井的时候，车灯刺得我睁不开眼。

徐萧莜把我扶上了车，细心地替我处理着伤口。我安静地躺着，思绪翩翩，徐萧莜把我拉了回来：“在想什么？”

我嘴角侧扬，坏笑道：“在想你。”

“大少爷，受了伤还闲不下嘴。”

“我还不能想你了吗？”我伸手轻抚徐萧莜的头发。

“鹿远，我总觉得，你的轻浮是装出来的，真正的你，不是这样的。”徐萧莜的这句话，让我停下了手。

她的表情很严肃，眼睛直视着我，我避开了她的目光，闭上了眼睛。

徐萧莜把我送到了小汪住的医院，听说我受伤了，小汪央求照顾她的警察把她扶到我的病房。小汪的脸色还是很不好看，我看着她皱起了眉头：“你过来干什么，别刚度过危机，回头死在了我这里。”

小汪倒是不在意我说什么，她嘿嘿地笑着：“也没受什么重伤。”

徐萧莜微笑地站在一边，听了小汪的话，她说道：“邢井也受了伤。”

小汪一听，急得差点跌倒，在这些人的眼里，邢井显然要比我重要得多。

我不悦道：“祸害遗千年，你们还担心他出事？”

这话引起了小汪的不满，她重伤未愈，徐萧莜把她劝了回去，在医院一直陪我到了天亮。

在医院根本坐不住的我打开了病房里的电视，就看到媒体报道了一则新闻，一具尸体被丢在了西岸分局的大门口，死者，正是昨晚逃走的小海。

21

三好男人

休息了两天后，我顺利出院了，小汪的身子骨好，伤势也恢复得很快，我出院的那天，小汪也要求一起出院。我们刚到家，大汪就来了。

大汪想请我回分局协助调查，我很是头疼：“大汪，你们非得和我过不去吗，又有什么事要我协助你们调查？”

“小海死前跟你有过交流，你需要向警方坦白你们当晚交谈的所有内容。”大汪严肃道。说完就看到小汪坐在屋里，大汪不敢相信道：“你们真住一起了？”

“没有。”小汪一听着急了，连忙否认。

“嗯。”同一时间，我简单明了地说。

小汪生气地问我：“你在胡说什么！”

到了分局，我把当晚经历的一切，全部如实说了。做好笔录的时候，正好有警察要去检察机关。听说是要移交小海故意杀害鸡尾和企图杀害小汪未遂的案子。

“林美的案子呢？”我问身边的大汪。

“证据不足。”大汪言简意赅地说。

“林美死得真冤枉，现在鸡尾和小海都死了，一句‘证据不足’就搪塞过去了？”

“有几个目击证人证实，林美遇害的时段内，小海和鸡尾在江边喝酒。”大汪叹息道，“犯罪未遂的事情，需要用杀人来掩盖吗？”

邢井踱步走了进来：“小海和林美一样，家里对他们的管束很严厉，他父亲酗酒，性格暴躁，一点小错就会让他的父亲大发雷霆，小海是从小被打到大的。”邢井的脸上还有不少瘀青，这些伤，不是和L搏斗时候留下的，而是出自我手。

大汪点头应和：“难怪小海犯了错，会这样不择手段地掩饰罪行。”

“既然做完了笔录，那就走吧。”邢井下了逐客令。

“木乃伊凶杀案”的嫌疑重新回到了任达生的身上。

我在精神病医院里绕了几圈，发现八卦的医生和护士又在乐此不疲地议论着任达生。任达生刚刚被警方放出来不久，凶手未定的情况下，大家揣测着任达生究竟是不是凶手。我到了任达生的诊室外，原本的门庭若市变成了如今的冷冷清清。

任达生靠着座椅闭目养神，我敲了下门，任达生才睁开了眼睛。看到笑嘻嘻的我，任达生的脸上写满了不欢迎。

“传言足以摧毁一个人。”我看着任达生办公室里的奖杯，“没人敢来你这儿看病了吧？”

“你来干什么？”任达气恼道。

“反正你这儿也没有病人，不如我们坐下来聊一聊吧？”我没在意他的愤怒。

任达生直接拒绝了：“你第一次来的时候假扮成病人，为的就是从我这儿套话吧？你不是警察，为什么要来纠缠我？”

我不顾任达生同不同意，坐在了桌前。

“相信你出来之后，警方又来找你了吧？小海和鸡尾都死了，现在你的嫌疑最大。”

任达生激动地说：“我不是凶手，林美不是我杀的！”

“你是一个精神科医生，能帮病人控制情绪，为什么就不能控制住自己的情绪呢？”我问。

看似是在嘲笑任达生，但这的确是我的疑惑。不管任达生是不是凶手，他如此冲动地上门找鸡尾和小海算账的行为，我都无法理解，这根本是在给自己找麻烦。就算任达生是真的头脑发热，那他因为怕被人误会是他伤了小汪，就对我动手，实在匪夷所思。

“你是在怀疑我的能力吗？”任达生的语气有些吓人，他的脸上闪过一丝让我捉摸不透的表情。

“你不用管我是不是警察。”我说，“我对谁杀了林美一点兴趣都没有，哪怕你真的是凶手，我也不会告发你，我只想知道，L的所有信息。”

我观察着任达生脸上的表情变化，就和我第一次试探他一样，我再次失望了。

“你不要血口喷人，我没有杀林美！”任达生咬牙，“我一定会证明给你们看，我不是凶手！”

任达生说完，脱下白大褂跑出了办公室。我跟着任达生出了医院，看他上了一辆车，这才发现有一辆警车跟着他，警方也重新调查这个人了。

我等了一会儿，等到小汪前来与我会合。

“你确定不用再休养一段时间吗？”我问。

“嘿嘿，你在关心我！”小汪乐呵呵道。

我摇着头：“怕你这个当保镖的没有能力保护我而已。”

小汪吐了吐舌头，给我说了一个消息：“‘木乃伊凶杀案’有最新的进展了。”

“怎么，任达生认罪了？”

“不，警方又锁定了一个新的犯罪嫌疑人。”

新的犯罪嫌疑人是第一精神病院内一个名叫钱森的医生。

我们走到钱森的诊室，发现门锁着，警方正在问话。

外面围着的医生和护士正在窃窃私语，我从中听到了一些关键信息。

钱森今年四十五岁，和任达生同属一个科室，在这家医院，钱森的名气和水平算是中等偏上。钱森平日里和任达生的关系并不好，起初，二人仅仅是因为学术问题而争执，慢慢地，钱森把对任达生的偏见带到了生活当中。他从来不放过任何可以找任达生麻烦的机会。这一次，林美身亡，任达生数次被警方带走，钱森幸灾乐祸，四处散播任达生的谣言。

钱森已婚，孩子今年十岁，经济条件也算不错，家庭美满，大家都很羡慕。钱森待人很好，除了任达生，和每一个医生、护士都非常熟络，在大家眼里，钱森每天准时下班陪伴家人，简直就是一个三好男人。

非说缺点的话，那便是有些虚荣。每次院里有什么表彰评比，钱森都极力推荐自己。如若赢得表彰，钱森便会沾沾自喜，四处炫耀；倘若未得到荣誉，钱森就会自觉颜面扫地，见人就躲。钱森容不得他人说他不好，为了让人留有好印象，钱森随时随地端着自己，摆出彬彬有礼的模样。钱森又总会给同事们一些小恩小惠，因此，没有人讨厌他。

钱森和任达生在几年前有过合作，自从二人不和的消息传开后，院方再也没有让他们联手负责同一个病案。

问到钱森的不在场证明，有模模糊糊记得当天事的人说，钱森那天是和任达生一起请假出去的。钱森还因任达生和林美吵架这事，说了不少风凉话，任达生当时的心情不好，两个人差点吵起来。

听到这里，我暗自揣摩：“同一个时间请假，挺有意思。”

当天钱森也是一下午没有回医院，据说钱森请假的原因是回家照顾生病的妻子。见钱森和问话的两个警察一时半会儿出不来，我打听到了钱森的家庭住址，立即开车去他家了。

我装扮成钱森的学生，与钱森的妻子聊了许久。我意外地发现，钱森的妻子当天压根儿就没有生病，钱森也没有回家照顾她，他说谎了。

我摸着兜里的录音笔，走出了钱森的家，我前脚刚迈出去，大汪就带着一个警察赶到了。

看到我，大汪质问道：“小汪问我那么多，果然又是在给你打听消息！”

我掏出录音笔在大汪面前晃了晃："回去告诉你老板，让他来谈条件吧，我这里有他想要的东西，得看看他要不要得起。"

一切都如我预料，钱森的妻子见到警察，得知事态的严重性后，对警方改口说钱森当天在家照顾她。

邢井果真亲自前来了。大冷天，邢井只穿了一件单薄的衣服，身上的肌肉轮廓隐约可见。

"怎么，破案王终于肯放低姿态了吗？"我揶揄道。

邢井依旧保持着他的冰山脸："我是警察，我只会为了证据低头。"

"说得真好听，警察，什么时候变得那么高尚了？"

"如果因为我当年没有救下洛洛，就让你仇恨所有的警察，这是你的悲哀。"

我不再和邢井废话："我的手上的确有你想要的录音证据，就看你要怎么交换了。"

"'L连环故意杀人案'的卷宗和已经死去的几个破案王的信息，是警方的侦查机密，我不能告诉你。"邢井一开口险些吓到我，他仿若能看穿我的心思，直白地讲了出来。

"你很聪明。"我说道，"你们四个破案王和L的秘密，我会自己查。别的我可以不问，我要你如实告诉我，为什么千方百计阻止我调查L。"

"为了你的命运不被人掌控。"邢井抛出了一句听似高深的话来，他告诫我，"趁着现在还能离开岛区，离开这个地方。不然等你想走的时候，未必走得了。"

邢井的嘴比任何人都不好撬开。妄想让他妥协，我觉得自己太天真了。那支录音笔，对我来说作用不大，既然真正想要知道的没法探出来，倒不如换点其他消息。我想了一下说："'木乃伊凶杀案'查得怎么样，钱森是不是凶手？告诉我，我就把手里的东西给你。"

"不知道。"邢井说。

我恼了："你是来开玩笑的吗？"

"证据齐全之前，我不能确定谁是凶手。"邢井说完，双手插进了口袋里，转过了身，“明天，我让大汪来告诉你案子的进展，要不要交出录音证据，你自己考虑。”邢井就像吃定了我一样。

天亮后，大汪联系了我。我到了分局，他给我看了一段监控录像。大汪指着监控画面上一个头发稀少、身着白色医生服的男人：“他就是钱森。”

监控画面里的是第一精神病院里的一处角落。画面里的林美穿着红色的短裙，雪白的大腿露在外面。钱森上前找林美搭话，林美很不耐烦，一直要走。钱森挡着林美的去路，丢了手里的烟头，肮脏的手探向了林美的裙底。林美当即给了钱森一巴掌。

大汪关掉了监控录像，又放了一段。

地点同样是在医院，钱森又一次企图骚扰林美，林美激烈地与他争吵。

“这是警方调查到的最新线索。”大汪说着，看了看手表，“再过一会儿，钱森就会被传唤到分局来，任达生也会被带到，我们要分别对这两个人进行问话。”

钱森的行为和他传闻中三好男人的形象一点都不相符。

“两段监控录像说明不了更多。我们询问钱森的不在场证明时，觉得他和他妻子都在撒谎。老板说你手里有钱森说谎的证据。”大汪义正词严，“鹿远，查案是警方的事，老板不让你参与，是为了你好。”

“为我好？”我冷漠一笑，“大汪，你的思想还真单纯，你真以为邢井不让我涉案，仅仅因为我不是警察吗？你们真是太蠢了，你的老板和死去的三个破案王都有问题！”

大汪怒而反驳：“老板和牺牲的破案王高山景行，你不要胡说！”

“不必多说了，证据也可以给你们，但接下来，你们不准阻碍我的调查，有信息也和我共享，我要参案。”

大汪迟疑片刻，讨价还价道：“涉及重大侦查机密的信息，不能与你共享。”

我不想磨叽，把兜里的录音笔递给了大汪。大汪听完录音之后大喜。我等了一刻钟，钱森和任达生几乎在同时被带到了。任达生失魂落魄的，还没从最近连续发生的事里缓过劲儿来。钱森则一副畏畏缩缩的模样，见了对头任达生，也没有工夫拌嘴了。

距离“木乃伊凶杀案”发生，已经过去了很长时间。细想案子的线索，警方没有任何诸如犯罪嫌疑人的指纹、DNA等实质性的线索。

先前锁定的鸡尾和小海，非但不是凶手，他们还制造了其他连锁案件，干扰了警方的侦查。如今，除了嫌疑最重的任达生，还多了一个钱森，我很想看看传说中的破案王究竟要怎么锁定凶手。

对钱森和任达生的询问持续了一个小时。结束后，他们额头上满是汗水，脸色铁青。

“每一个被老板问过话的人，都这副模样。”想在破案王面前偷奸耍滑很困难。

“说得那么厉害，人家不还是没认罪吗？”我说。

任达生和钱森几乎是异口同声：“人不是我杀的。”

我嘲弄道：“怎么，死对头也有这么默契的时候？”

钱森回家照顾妻子的谎言虽被我的录音揭穿，但看钱森出来时的表情和第二小组的反应，钱森依然没有说出当天去了哪里。

钱森无法提供不在场证明，无非三个原因：一是钱森去的地方确实没有谁可以证明；二是钱森有难言之隐，他不想暴露隐私；三是钱森就是凶手。

我觉得后两种可能性更大。

钱森骚扰林美的消息传开后，在医院的口碑急剧下滑，也被不少女患者更换了责任医师。我带着身体差不多恢复的小汪来到医院，经过他的办公室的时候，看到他愁眉不展的。

小汪问我：“要去当面质问他吗？”

“他对警方都没说实话，你觉得我们去问，有用吗？”我否决了小汪的提议。

“那怎么办？”小汪不解了。

“看到他脸上和手上的伤口了吗？”我反问。

钱森的脸上有瘀青，手上也有不少伤口。自从钱森被怀疑，警方就一直监视着他，钱森在外受伤的可能性不大。

“女人动起手来，还真重。”

小汪一怔：“是他妻子打的？”

“八九不离十。钱森那天请假，谎称回家照顾生病的妻子，如果你是钱森的妻子，会怎么做？”

小汪一听，立马瞪了我一眼：“我还没谈过恋爱呢，我怎么知道？”

小汪长得清秀可爱，我没想到她还没谈过恋爱。感受到我的目光，小汪踩了我一脚：“正经点，继续说。”

我疼得龇牙咧嘴：“我还是想从钱森的妻子入手，查查钱森那天到底去哪里了。”

“你不是骗过她一次了吗，她会对你开口吗？钱森妻子做了一次假证，肯定还会继续守口如瓶，毕竟钱森现在捅出的娄子不小。”小汪并不乐观。

“骗女人我最在行了，能撬开她第一次嘴，就能撬开第二次。邓欣刚和钱森吵过架，是下手的好机会。”

邓欣是钱森妻子的名字。

我们去了钱森的家，敲了门，邓欣看见我立马想关门。

我用手抵住门，邓欣恼怒道：“你们竟敢骗我！我要报警！”

我无所谓道：“你可以报警，我巴不得你把警察招来呢。”

邓欣的脸色微变：“你到底想怎么样？钱森没有杀人，他的胆子没那么大。”

“我也知道他不是凶手。”我说，“但警方不是这么想的。你让我进去，我还有可能帮他。”

邓欣的敌意不再那么浓了：“你为什么要帮钱森？”

“死的那个人是我朋友，我想尽快抓到凶手，但也不想冤枉好人，让她死不瞑目。”我又撒了一个谎。

邓欣终于放行了，小汪跟在我身边掐着我的手臂：“你还真是鬼话连篇。”

我没在意她的话，坐下之后随即问邓欣："钱森那天到底去了什么地方？"

邓欣叹了一口气："他说他心情不好，出去瞎逛了。"

"你信这个三好男人的话吗？"

"当然不信。出去瞎逛，怎么会骗别人说回来照顾我了？"邓欣的脸色很难看。

我四处打量了一下，发现角落里有两个很大的行李箱。

"你打算离家出走吗？"我说，"你和钱森同床共枕，关系最亲密，你是最有可能让他说实话的人。"

邓欣犹豫不决，欲言又止。

"你可以离家出走，可以离婚，这都是很好的选择。"我笑道，"但如果钱森真的在陪外面的女人，你最好跟他问清楚。要是没人替钱森作不在场证明的话，他真的可能会坐牢。你们不是还有个孩子吗？"

一提到孩子，邓欣泪眼婆娑，不再犹疑了："我知道了，我会尽快打听出消息来的。"

给邓欣留下了联系方式，我和小汪离开了。小汪很不可思议地看着我，她不敢相信邓欣会这么轻易地答应帮忙。

"如果邓欣真的不在乎钱森和他们的孩子，想要一走了之的话，我们来钱森家时就已经见不到邓欣了。"我解释道，"她收拾行李是做样子给钱森看的，她很明白，钱森要是坐牢，对她没有好处。"

小汪听明白了："你确定她是真心帮我们？"

"不是帮我们，是帮钱森。"

22

身败名裂

傍晚，精神病院有了动静：任达生和钱森大打出手，任达生的脑袋被钱森给砸破了。

我立即赶过去，任达生的额头已经被包扎好了。

“任达生还真古怪。”我疑惑地想，“上次去找鸡尾和小海，就给自己惹了大麻烦，他现在竟然还敢这么冲动。”

“据说下午的时候，任达生去了钱森的办公室，两个人不知道谈了什么，随后就传出了打斗声。”小汪把打探来的消息告诉了我。据说是钱森先动的手，但钱森说是任达生先用言语不断挑拨，他忍不住才打人。

邢井也带队来了。林美的案子本就在医院里传得沸沸扬扬，任达生和钱森的冲突又吸引很多人围观看热闹。

大汪对钱森出示了一份监视居住的强制命令，要求钱森暂停工作，不得离开住所的合理范围。

钱森顿时就傻眼了，急忙说道：“为什么？”

“听听这个。”大汪说着，手里多了一支录音笔。这不是我交给大汪的那支录音笔。

“你从了我，我会对你好的。”录音笔里，先传来了钱森的声音。

“油腻的老男人，你离我远一点！”这是个女人的声音。

“通过辨认，已经确定这就是林美的声音。”大汪按下了暂停键，“钱森先生，这支录音笔，是上个月你交给医院领导的会议记录，医院方面重听录音内容的时候，无意间听到这段对话，你不否认吧？”

这支录音笔是医院交给警方的，钱森可能是忘记关闭录音笔，无意间录下了他和林美的对话。

钱森没有否认，他很着急，努力在回想着自己当时和林美说了什么。

大汪继续按了播放键。

“你跟了我，你想吃什么、穿什么、用什么，都不用愁！”录音里，钱森极力地劝说林美满足他卑鄙的欲望。林美不断拒绝，嘴里一直骂着脏话。听声音，这二人可能发生肢体冲突了。

“你不怕我说出去吗？！滚开！”

“你敢？信不信我弄死你！”

录音到这里戛然而止。钱森的脸色苍白，木讷地坐到了椅子上。

任达生的情绪再次爆发，他猛地上前揪住钱森的衣领：“是你杀了林美！”

钱森惊慌失措地连连否认，警察上前把任达生拉开，任达生像是突然想起什么似的，翻起了钱森办公室里的大柜子，柜子门被打开的刹那，所有人都惊讶不已。柜子里装得满满的，都是石膏绷带。

“这不是我的！”钱森当即矢口否认，他也聪明了一回，“如果真是我杀了林美，我不可能傻到还在办公室里留着这么多的石膏绷带。”

大汪立即让手下去查监控。检查过程持续了一个小时，天完全黑了，这一个小时里，大家都保持着沉默，气氛沉寂得可怕。

终于，检查的人回来了：“我们查了近一个月的监控录像备份，除了钱森，没有人单独进过这间办公室。”

听到这话，钱森万念俱灰，险些跌倒，但让他更哑口无言的事情，还在后头。钱森同事们站了出来，他们指认，钱森打得一手好石膏。

精神病医院不比其他综合性医院，打石膏这种基本的技巧虽然医生和护士都会，但在这个科室几乎用不上。偶尔会有一些精神病人因情绪失控而受伤，医生和护士才会给病人打石膏、缠绷带。

钱森的石膏打得好，所以有需要的时候，都是由钱森处理。钱森身为医生，不仅亲自给病人打石膏，还经常做示范给其他医生和护士看。

被人指出来之后，舆论风向马上变了。钱森，一个原本在大家眼中的三好男人，现在被骂作了人面兽心的东西。

案情侦查取得了重大进展，本以为邢井会紧急逮捕钱森，但他竟然维持原来的指令，仅仅派人监视钱森的住所。

众人散去之后，邢井把我拦下了。

“干什么？”

“你又去接触了邓欣？”

我玩味一笑：“是又怎样？怕我先破了案，坏了你破案王的名声？”

“鹿远，不要自作聪明，你太过激的做法，不适合钱森，那样会造成无法挽回的后果。”邢井留下了这句话就走了。小汪站在我身边，看都不敢看他。

“鹿远，要不我们听老板的？”小汪有些底气不足。

我不高兴了：“你是我的保镖，不是我的军师吧？”

我没有马上离开医院，而是去了钱森办公室后面的草丛看了看。这里正对着钱森办公室的窗户，借着医院里的灯光，我观察了好一会儿，才带着小汪离开。

第二天，我终于接到了邓欣偷偷给我打的电话。

邓欣在电话里告诉我，昨日钱森回家后依旧战战兢兢。在邓欣苦言相劝后，钱森终于承认自己在外面养了一个女人，案发当天下午，钱森请假去陪那个女人了。

钱森是一个非常要面子的人，骚扰林美的消息传开，他的面子已经扫地，他不想再让更多人知道他还在外头养了一个女人。对警方隐瞒了这些，或许他觉得事情还有转机，邓欣更愿意相信我，她不敢直接给警方这个线索，先告诉了我。

我也从邓欣那儿知道了那个女人的地址和名字。我带着小汪，找上门去。

门一打开，我们看到了一个漂亮的女人，她的肚子高高地隆起。

我谎称是钱森的好朋友，替钱森来看她，女人很开心，把我们迎了进去。

女人很年轻，不到三十岁。我在屋子里看到了钱森和她的合照。细细打听之下我才知道，这女人跟钱森两三年了，为了钱森，她放弃了事业，也和家人闹翻了，孩子是在半年前怀上的。

我问道："前几天钱森是不是来过？"

女人点头和我确认了时间，证实了钱森有不在场的证据。女人很高兴地说："那天他还带了很多水果给我吃，在这儿陪了我一整个下午。"

小汪听了，惋惜道："钱森他有妻子，你为什么非要跟他呢？"

女人不高兴了："你懂什么，我爱他。他说过，有一天会和他妻子离婚，和我结婚！在爱情里，只有不被爱的那个人才是第三者。"

女人的情绪一激动，肚子隐隐作痛，我怕出什么乱子，不敢多待，和小汪离开了。

出门后，小汪认真地问我："你们男人都喜欢花言巧语吗？"

"别一棒子打死所有人。"

小汪白了我一眼："你不也经常骗人，我看你和钱森是一丘之貉！"

顾不上和小汪拌嘴，新的疑问又来了：钱森不是凶手，那为什么所有嫌疑都指向他？难道是凶手故布疑阵，想要嫁祸于钱森。或许，从一开始，给林美的尸体打上石膏的行为，就是根据钱森擅长打石膏的技能而设计的。而嫁祸他的人，很有可能是任达生。

任达生和林美有过争吵，他有犯罪动机；给不出不在场证明，他有犯罪时间；和钱森是死对头，他有嫁祸理由。回想一切，任达生的嫌疑最大。

至于钱森办公室的柜子里的石膏绷带也是有人故意放到那儿的。钱森办公室后头的草丛正对着窗户，那里没有监控探头。一定是有人从那里进钱森办公室，把石膏绷带放进柜子里。这个人，极其熟悉精神病院内的监控摄像头分布，说明他是医院内部的人。

想到这儿，任达生的一句话在我的脑海中响起："我一定会证明给你们看，我不是凶手！”

任达生与钱森是死对头，昨天却主动进了钱森的办公室。他用言语挑拨钱森动手将自己打伤，一为博取众人同情，二为引警方来发现他偷偷塞进柜中的石膏绷带。

傍晚，我理顺了思路，匆匆忙忙赶到任达生的办公室。任达生没有逃走，还坐在办公室里。他的脸上没了前几日的愁眉不展。

还未走进去，办公室外头就热闹了起来，钱森进了医院。

钱森精神恍惚，曾经夸赞他的同事和朋友，对他指指点点，不少人的嘴里，骂着十分难听的话。两个警察跟在他后头，陪着钱森进了办公室。

钱森是回来收拾东西的，他的事在医院里引起了极恶劣的反响，院方在今天一早对钱森发出了开除通知。钱森求了警察好一阵，警方才同意钱森回医院进行最后的争取。钱森在院方办公室里说得声泪俱下，还是没能让院方收回开除的决定。

“突然觉得他有些可怜。”小汪嘟囔道，“要不要现在就把钱森的不在场证明公布出来？”

“他的不在场证明不适合对大众公开。你信吗，众口铄金，言语能杀死一个人。”

邢井警告过我，不要去接触邓欣，一些过激的行为将会造成无法挽回的后果。如今，我明白邢井所说的后果是什么了。邢井早就摸透了钱森的性格，真正让钱森沮丧的，并不是他被误当成犯罪嫌疑人，而是骚扰林美的事实被公开，三好男人的头衔破灭。

他被院方开除了，声名狼藉，整个岛区都在关注“木乃伊凶杀案”，一旦证据传开，他和女人的婚外恋情会被推到风口浪尖上。

邢井早就想过后果，所以才态度强硬地警告我。我甚至怀疑，邢井早就先于我查到了钱森的不在场证明，所以才在钱森包揽重大嫌疑的情况下，维持监视居住的命令不变，而不是紧急逮捕钱森。他没有公布出来，是为了保护钱森和那个女人，也是为了引出真正的凶手！

周围人的谩骂声越来越难听，钱森终于受不了了，他歇斯底里地吼道：“我没有杀人！我没有骚扰林美……”

钱森说他没有杀人的时候，底气十足，可是后半句话，钱森明显心虚了。

这时邓欣赶到了。听到对钱森滔滔不绝的声讨声，邓欣的情绪也险些崩溃：“我可以证明，他没有杀人！”

钱森慌了：“闭嘴，不要说！”

“他在外面有个女人！”邓欣大喊，“那天下午，他去找那个女人了，那个女人可以证明！”

我想把钱森不在场证明对公众隐瞒下来的，没想到，最后说出来的，竟然是钱森的妻子。

“她的名字叫……”

“住口！”

就在邓欣要把那个女人的名字说出来的时候，一声严厉的暴呵吓得她顿时住了嘴。制止她的人是邢井，他朝着众人一步一步地走来，严肃得可怕。

邓欣唐突的话，让众人看钱森的目光透露出越来越浓的鄙视。钱森手里的文件在邓欣说出事实的时候就掉落在地，他号啕大哭。在众人还没有反应过来时，钱森就猛地跑开。他往天台去了！

凑热闹的人一下子把楼道口挤得水泄不通，我拨开人群，好不容易爬到了天台。只见钱森站在天台的边缘，纵身一跃，朝下跳去。

小汪早我一步，不顾一切地往前扑去，她拉住了钱森的手。钱森太重，小汪被拽着一起往下坠，邢井赶过来拉住小汪的手，护栏太滑，邢井单手抓着护栏，他们随时会一起往下掉。

只有我距离邢井最近，来不及思考，我拖住了邢井的身体。

三个人的重量，让我险些承受不住。我用力地把他们往上拉，脑海中不由自主地闪现出我和邢井曾经的恩恩怨怨以及洛洛火海中的那张脸。

我的心犹如刀绞，纠结，愤怒，不能自拔。邢井仰着头，我和他的目光撞在了一起。

我清醒过来，用尽全身的力气将他们拖了上来。帮忙的警察也上来了，在众人的保护下，三个人都平安获救了。只不过钱森的脑袋磕在了坚硬的水泥板上，昏厥了过去。他被扛上了救护车送往一家综合性医院。

小汪的手腕肿了，但她还是傻呵呵地笑着，为救下一条生命而欢喜。

而任达生趁着所有人上天台的时候，离开了医院。

“任达生应该就是凶手，他跑了。”警方马上大规模搜捕任达生。

23

消失的妻子

晚上，我得到了消息：又出人命了。我立即赶往案发现场。案发现场依旧是一片杂草丛，西岸分局的人已经到了。幽暗的杂草丛被警方的警灯照得一片通亮。远远望去，草丛里正躺着一个人，身上覆满了石膏绷带！

“木乃伊凶杀案”，第二起！

徐萧莜接过大汪递来的手套和脚套，进了现场。我被拦在了警戒线外面，徐萧莜的动作专业，在出现场的其他法医师和侦查人员的协助下，敲开了尸体头上的石膏。

距离太远，我看不清死者的面貌，远远地听见有人惊呼：“是钱森！”

“不可能！他不是被送去医院了吗？”我惊诧道。

站在我身边的一个警察开口解释：“钱森被送进医院后没多久，又失踪了。”

警方排查发现，钱森醒来没多久后，趁着邓欣上卫生间的间隙，穿着病号服独自离开了医院。警方苦苦搜寻都没能找到他，却在这片距离医院不远的杂草丛里发现了他的尸体。

钱森独自离开医院到尸体被发现，不到三个小时。凶手在三个小时内，完成了杀人、石膏裹尸、逃离现场等一系列犯罪行为。

远远望去，警方和法医师忙得热火朝天，生的热闹和钱森再也无关。

“在医院待得好好的，为什么要离开呢？”拉着警戒线的警察叹道。

“他如今臭名远扬，没有脸再面对。就算凶手不杀他，他也会再次想不开。”我回答。

钱森把名声看得比命还重要，荒谬的是，却在背地里干了不少与之相悖的龌龊事。

晚上十一点整，现场的初步勘查结束，邢井和徐萧莜出来了。

“怎么样？”我问徐萧莜。

“基本可以确定杀死钱森的凶手和杀死林美的凶手是同一个人。”徐萧莜给出了自己的意见，“钱森的后脑勺遭到重击，被砸得比林美的尸体还要烂，颅骨和脑内组织暴露在脑外。眼球充血，口鼻溢血。尸体身上的尸斑还未明显形成，根据尸体温度，推测死亡时间是在一个小时前。”

光是听徐萧莜的描述，现场不少人都倒吸一口冷气。

“现场勘查只能给出这些结论，进一步的需要我回分局进行尸检和勘验。”徐萧莜说着，跟着搬运尸体的侦查员离开了。

一天后，尸检报告和勘查结果出来了。钱森的死亡时间和死因，跟徐萧莜初步推测的一致。警方在现场找到了一块沾满血迹的大石头，石头上的血迹和脑部组织液都是钱森一个人的，是致使钱森死亡的凶器，凶器上未发现指纹。警方把犯罪现场翻了个底朝天，没有提取到有用的痕迹线索。

警方搜查了钱森住的医院，没有发现可疑人员。

另外，警方也在极力搜寻任达生。他是趁着众人上天台时离开的，院方还接到了任达生的请假申请。虽然从现在的线索来看，任达生极有可能是凶手，可我没见过哪个凶犯畏罪潜逃还带请假的。

任达生有一个姐姐，我找到了她，跟她说：“我是任医生的学生，我相信任医生没有杀人，我想帮他！”

就如同当初应付邓欣一样，我故技重演。任达生的姐姐联系不上弟弟，想替弟弟洗刷嫌疑，很快跟我聊了起来。这让我了解到不少关于任达生的信息。

任达生很小的时候父母就去世了，是姐姐照顾他长大的，对他来说，姐姐同时也扮演着母亲的角色。任达生年轻有为，事业也如鱼得水，感情却不太顺利，自从和前妻离异后，再也没有找过女朋友。任达生的姐姐先前并不知道任达生交了林美这个女朋友。

“警察有问过你这些情况吗？”我问。

任达生的姐姐点头：“问了一些。”

邢井和大汪没有亲自前来接触任达生的姐姐，通过任达生姐姐的讲述，我发现警察问得并不详细。邢井很厉害，但他手下的能力则参差不齐。我心头大喜，或许可以从任达生姐姐这里得到被警方忽略的线索。

我把重点放在任达生前妻身上。

任达生的前妻叫方凌珏，离婚前，她经常大发雷霆，精神好像出了点问题。任达生很爱方凌珏，最开始不同意离婚，拖了很久，二人反复纠缠争吵近一年时间，才终于离婚。

“离婚后，他们还有联系吗？”我问。

任达生的姐姐摇头：“没有联系了。”

既然没有联系，任达生投奔方凌珏的可能性就更小了。我心头失落，起身要走。任达生的姐姐拦住我说：“你一定要帮帮达生！他不会杀人的！”

“大姐，任医生现在的嫌疑太重了，我要帮他，只能先把他找出来。”我敷衍道，“任医生有什么关系特别好的朋友或者亲戚吗？”

任达生的姐姐还是不放弃：“我不知道，我这里有他的相册，他和许多人合过影。”

她找来了本相册，我不想浪费时间，正打算应付过去的时候，任达生和一个女人的合影引起我的注意。我指着那个女人问道：“这个人是谁？”

“她就是方凌珏。”任达生的姐姐回答道。

我愣住了，方凌珏的长相竟与林美有些相似。

“你有方凌珏的联系方式吗？”

任达生的姐姐翻了电话簿，最后只找到了方凌珏母亲的电话。离开后，我拨通了电话，听声音，方凌珏的母亲已经很老了。我伪装成方凌珏的朋友，打听她的消息。

方凌珏的老母亲告诉我，方凌珏已经好几年没有回家了，只是固定地每周寄一封信，每月汇一笔生活费，这么多年了，也就打过两个电话。

“在电话里，她有说什么吗？”我越发觉得不对劲了。

方凌珏的老母亲说在仅有的两次通话里，方凌珏只是不断诉说想念母亲，最后就一直哭，直到电话挂断。方凌珏的母亲也想不通，她怎么忙到连多打几个电话的时间都没有。

既然方凌珏两次打电话都哭着诉说思念之情，还坚持负担着老人的生活开销，说明她并非不孝。那是什么原因让方凌珏不仅回不了家，连多打一个电话的时间都没有？

下班时我找到了徐萧莜，她穿着碎花长裙。

我朝着法医室的大门扫了一眼：“你不请我进去坐坐吗？”

“里面有几具尸体，你确定要进去吗？”

我赶紧摆手：“算了，你忙好了，一起吃个饭吧。”

她没有拒绝，这让我惊喜万分。我原本准备带她去高档餐厅，徐萧莜却说要带我去个地方。

到了之后，我目瞪口呆，徐萧莜竟然找了一个路边摊。

徐萧莜和路边摊的老头非常熟络，直接要了两碗馄饨。坐下来之后，我觉得有些不自在，我从来没有在这样的地方吃过饭。徐萧莜盯着我打趣道：“大少爷，瞧不起我们这些吃路边摊的？”

我摇头道：“没有，有些新鲜罢了。”

馄饨摊的生意惨淡，徐萧莜盯着小木桌，缓了一会儿说：“老师以前经常带我来这里吃饭。”

“秦海？”我问。

“对。我是老师从孤儿院里领养回去的，老师一生钻研法医学，没有儿女，我算是他唯一的亲人了。”徐萧莜叹了一口长气，说起了往事。

秦海德高望重，待人严肃，唯独对徐萧莜宠爱有加。在徐萧莜的印象中，秦海从来没有对她发过火。徐萧莜长大后，继承恩师衣钵，钻研法医学。她曾以超越秦海的成就为理想，在恩师亡故后，只希望不要辱没了已故恩师的名声。

徐萧莜说着说着落了两行清泪，我替徐萧莜擦去了眼泪。徐萧莜没有躲开，她的脸几乎没有温度，肌肤细腻。

馄饨摊老板突然端着馄饨上来了。

我只得把手缩了回来，嘴里骂道：“来得真不是时候。”

徐萧莜听了破涕为笑。

第一次吃路边摊，我意外地发现居然很美味。

徐萧莜的食量不大，一碗馄饨最后还给我匀了不少。徐萧莜还说，她和秦海来这儿吃馄饨的时候，也是这么匀的。

我的嘴角抽搐：“我这么年轻，你不会把我当成你老师了吧？”

徐萧莜笑了笑：“我把你当朋友。”

我放下手里的勺子，迟疑了许久之后，问道：“这场合似乎有些不合适，我想问，你和邢井到底是什么关系，我一点机会都没有吗？”

听了我唐突的话，徐萧莜并没有很惊讶，她笑着回答：“有机会。可是，鹿远，你要问问自己的心，你为什么想要和我在一起，我们相识没多久，你是真的喜欢我吗？”

徐萧莜整理了细碎的长发。

“等你想清楚了，我们再来讨论超越朋友的情感，好吗？”她的声音很温柔。

我发现，我没有办法对徐萧莜说“不”。徐萧莜没有直接拒绝我，这证明我的确有机会。

回家休息了一夜后，小汪告诉我：“任达生已经回医院上班了。”

“啊？”

“怎么，出乎你的意料？”

我睡意全无，收起惊异的表情，打肿脸充胖子说道：“意料之中。警方的证据不足，就算任达生是凶手，他也可以铤而走险回来和警方继续周旋，他真的一走了之，那就等于不打自招了。”

我们去了岛区第一精神病院。大汪已经在这里，他正和几个警察在外头商量着什么，我和小汪绕开他们，进了任达生所在的科室大楼。

任达生开始正常上班，他正在为病人面诊。我看到任达生脸上带着笑意，小汪有些捉摸不透了："这任达生到底什么情况？"

"如果他不是凶手的话，我猜他还不知道钱森已死的消息。"我说，"他应该还在为自己洗刷了嫌疑而窃喜。"

"他有那么傻？"小汪反问。

"如果他聪明的话，就不会三番两次给自己招惹大麻烦了。"

我还不太确定任达生是不是凶手，但嫁祸钱森这件事，十之八九是他干的。小汪问我接下来的打算，我看着任达生门诊室外头排着的长龙，说道："一时半会儿也见不到他，见了面也没什么用，你先和我出去一趟。"

"去干什么？"小汪满脸疑惑。

"去查查任达生的情史。"

我们去了方凌珏以前上班的公司，这是我从方凌珏老母亲口中探知的。方凌珏从大学毕业后就入职这家公司，直到和任达生离婚才离职。现在的方凌珏究竟在哪里，我不知道，只能通过她以前上班的公司去调查。

到现在方凌珏的老母亲每天都会按照她打来电话的号码给她打电话，但从来没有打通过。若不是每周还能接到方凌珏的手写信件，方凌珏的母亲早报警了。

但信件上，没有写明寄信地址，无法查证方凌珏如今身在何方。

听我说起方凌珏的事，小汪难过道："天下也就只有父母最包容自己的孩子了。"

我冷笑着："不要把父母说得那么高尚，最不关心孩子的也是他们。这么多年了，难道她就没想过，方凌珏可能出了事吗？"

"出事？那些信件是怎么回事，方凌珏的母亲连自己女儿的笔迹都不认得吗？"

"笔迹可以伪造。"说话间，车子已经停在了目的地，我随手从车上掏出纸和笔，在纸上随意写了几个字，小汪一看，惊讶地跳了起来。

“这是我的字！”小汪惊讶不已。

我又在纸上写了几个字：“你看看，这是不是你老板的字迹？”

小汪瞠目结舌：“雷厉警官说的是真的，你真的还会伪造笔迹！难道，他说你以前在侦查实战演习中赢过老板，也是真的？”

“你真当我的警校白读了吗？”我收起了纸笔，嘿嘿笑道，“西岸分局重案第二小组大部分人的字迹，都记在我脑海里了。我会的本领多到你想象不到。”

“擅长伪造字迹的人，伪造出来的字迹，连专门研究笔迹学的人都真假难辨，更何况，方凌珏的母亲不是笔迹鉴定专家。”我开了车门，“就算那些信件是方凌珏亲手所写，万一方凌珏被控制了人身自由呢？这种情况下，逼她给家里写信报平安，不是很简单吗？”

小汪随我进了方凌珏以前上班的公司，这是一家大型证券公司，多年前，能在这儿上班的方凌珏，前途不比任达生差。方凌珏以前的同事对我们提起，方凌珏当年离职前说她要到另外一个市的证券公司上班，劳动合同都已经签好了，就差去报到。

我联系了方凌珏跳槽的证券公司，对方反反复复地查了数次，称方凌珏并未入职。

我的神情凝重：“方凌珏绝对出事了。”

“怎么办，要报警吗？”小汪的警察天性又展露了出来。

“自己能解决的事，为什么要找警察？和我去一趟任达生的家里。”

听说我要潜进任达生家中，小汪死活不同意：“我们没有这个权力！”

我苦思良久，打了个响指：“找任达生的姐姐。”

任达生的姐姐还在家里干着急，见我又来了，喜出望外，她还不知道任达生回医院上班的消息。她刚好有任达生家里的钥匙，焦急万分下同意让我们一起去任达生的家。

我们非常顺利地进了任达生的家里，任达生的家中干净整洁，我翻了任达生的抽屉，意外发现任达生有存购物小票的习惯。任达生对自己的人生十分有规划，就连一些细节都处理得非常好。

“小汪，帮我找出任达生所有的速食食品购物小票。”我说道。

“速食食品？”小汪不明白我的意图，但还是迅速整理出来一大沓购物小票。

我发现，几乎是每三天，任达生就会购买一堆速食食品，购买地是郊区的一个小便利店，距离这里很远，足足一个多小时的车程。

“任达生总跑那么远去买吃的干什么？”小汪疑惑。

“大姐，我刚得到消息，任医生已经回医院上班了，警方正在监视着他，你最好不要联系他，免得招来不必要的麻烦。我会帮任医生洗刷嫌疑的。”我心里有了主意，先稳住了任达生的姐姐。

任达生的姐姐已经没了主意，听说任达生回来，总算勉强露出笑容，答应了下来。

我开着车带着小汪去了购物小票上的便利店。我对小汪说：“我们要辛苦一下午了。”

一直忙到晚上，我和小汪才回精神病院。大汪和几个警察早一步进了任达生的办公室。

“任先生，西岸分局正式逮捕你，请你和我们回西岸分局协助调查。”大汪的手里，明示着一份文件，“这是检察官开的逮捕令。”

邢井终于要动手了。

任达生先是大惊，随后勃然大怒：“为什么又要抓我？林美不是我杀的，是钱森杀的！”

“我们已经查过钱森办公室的石膏绷带来源了。”大汪说道，“是你从距离这里很远的一家药品店购买的。”

任达生显然没想到，西岸分局竟然连这都能查出来。他慌忙摆手：“石膏绷带是我放的，我承认，我是为了让钱森认罪，人是他杀的！”

“钱森已经死了，就在你下落不明的那天晚上。”大汪耐着性子说道，“警方需要你提供你当天的去向！”

听到钱森死了，任达生双眼瞪得浑圆，他震惊的表情，夸张到使人真假难辨。

大汪不再废话，把任达生铐走了。“木乃伊凶杀案”一波三折，最早进入警方视线的任达生，终于还是被捕了。围观的人依旧在窃窃私语，小汪大声呵斥：“你们就不能少说点话吗，你们差点害了钱森，还要再害死一个人吗？”

大楼里顷刻间鸦雀无声。

24

禁锢之爱

出了医院，我揉着小汪的脑袋："怎么这么大反应？"

"不是你说的吗，言语能杀死一个人。"

"怎么，我说的话，都成为名言警句了？"

"鹿远，你正经点。"小汪的双眸清澈，"我知道，你不是不学无术的纨绔子弟，为什么总要装出这副样子呢？"

"别自作聪明。"

奔波了一天，我们累得不行了，见我没有回家的意思，小汪又问我去哪里。

"查出这么大的事，你这就要回家了？"

我准备去西岸分局，我猜测，今天晚上必有大事发生。

小汪仍旧觉得没脸进西岸分局，我把她留在了车上。我还没走进重案第二小组的办公室，就被拦了下来。

"告诉你们老板，我又来和他做交易了。"我说道。

警察传了话后，邢井为我放了行。大家都还在忙活着，我问大汪："你那个虚伪的老板呢？"

大汪瞟了我一眼，指了指讯问室的门。

邢井正在讯问任达生，我心里暗笑，上次仅仅是询问，任达生就已经满头大汗，这次换成讯问，任达生还不得爬着出来。

我跷着腿坐在办公室里耐心等候着。

这时任达生的姐姐赶到了，她一看到我，就指着我骂道：“小子，你骗我，为什么我弟弟现在被警察抓了？”

“大姐，这个你得问警察。”我敷衍道。

“亏你还是我弟弟的学生！”任达生的姐姐气急了，但警察拦着，她扑不过来。

“大姐，这位阔少爷可不是你弟弟的学生，你要小心，别被他的花言巧语给骗了。”大汪插嘴道。

任达生的姐姐听了之后，气得脱去脚上的鞋子，朝着我砸了过来。被我躲过后，她又脱下另一只鞋子，向我甩来。

讯问室的门开了。

“住手！”是邢井的声音。

任达生的姐姐马上不敢闹了。戴着手铐的任达生也走了出来，任达生的姐姐大步上前，紧张地抓着任达生的手：“怎么回事，你真杀人了？”

任达生低着头，全身打着战。

“邢老板，任达生在你的刑讯逼供下，受了不少罪。”我调侃道，“又有一笔交易，这一次，足够让你回答我上次问你的问题了。”

邢井朝我走来，任达生的姐姐又改抱住了邢井的腿。警察上前拉开了她，她又抓着任达生的双臂：“你快说，你去了哪里，你说不出来，是要坐牢的！你有什么难言之隐？”

任达生抬起了头，他的双目通红，犹豫了起来。

邢井这时也停下脚步，回头观望任达生的反应。

“不是吧？”我暗想，“既然选择了不说，那就不说到底啊！”

事与愿违，任达生再三斟酌后，轻声道：“我有不在场的证明。”

大汪催促：“快说。”

“你们带我去一个地方，到那里，你们就明白一切了。”任达生面如死灰。

“行，你别想着耍花样。”大汪同意了。

第二小组的所有警员行动了起来，这么多人押送任达生，就算是他长了翅膀，也飞不走。

邢井走到我的面前："说吧。"

我压着气："算了，这交易做不成了。"

邢井洞若观火："看来，你又比我先查到了任达生的不在场证明。"

任达生认㞞，主动开口了，我好不容易得来的线索也没用了。

"邢井，你不是我的对手。"我回应，"忘记了吗，几年前的侦查实战演习，是那个不学无术的差生，赢了荣誉满身的优生。"

"我不认为你赢了。我很庆幸你没有成为警察，和几年前一样，你是不会注重规则的人。"

"那也比你墨守成规好！"

回到车上，我把小汪拉下了车："再替我跑个腿。"

我在小汪耳边说了几句，就放她下车，跟上了警队。

深夜十一点，警车停在了岛区郊外的一栋私人住宅外。这栋住宅地处偏僻，周边遍布丛林和杂草。不知道的人，恐怕会以为这是哪户有钱人家在荒郊野外建起来的避暑庭院。

房子一共两层，一层是大客厅和仓库，二层是卧室。屋子不算大，很别致，看起来像没人住，非常干净。客厅的酒柜上摆满了各种名贵的红酒，我随手取过高脚杯，往杯子里倒了一点红酒，抿了一口笑道："味道还不错，任医生，你在这儿倒是挺会享受生活的。"

感觉到我话里有话，大汪："你想说什么？"

我把杯里的红酒一饮而尽："任医生坏了我的交易，既然那么有诚意，就让他自己说吧。"

大家又把目光放到了任达生的身上，任达生低着头，默默地上楼。

"达生，这房子是你的？"任达生的姐姐不安道。

"大姐，到现在你还关心房子，你还是关心关心你的弟弟要吃多少年牢饭吧。"我嘲弄道。

任达生指着一间房间："在里面。"

大汪和不少警察掏出了枪来，十分警惕，邢井毫无畏惧地把门推开。门撞在了墙上，房子里一片沉寂。危险的情况并没有发生，臭气迎面扑来。

邢井走了进去，不到三秒钟，他又走了出来。

"你要我看什么？"邢井淡漠道。

任达生大惊，绕开邢井，大步进了屋子，我们都还没有跟进去，就听见任达生在里面激动地大喊："人呢？"

屋子里空空如也，任达生崩溃了，他甚至还钻到床底下去找。大汪将窗户打开，冷风吹进来，臭气消散了一些。

"任达生，你在耍什么花样！你要谎称可以提供你不在场证明的证人不见了吗？！"大汪面对犯罪嫌疑人时，不像平时那样随和。

任达生冒着冷汗，激动得眼球凸起，仿佛随时会掉下来。

"不可能，她昨天还在这里！"

几个警察立马讯问任达生，只有邢井如同捕捉猎物的目光，锁定在了我的身上。被他盯着浑身不自在，我索性靠在墙上，细细品着红酒。警方如此着急，我看着十分舒坦。

"达生！"任达生的姐姐按捺不住了，"你到底在这里藏了什么人？"

任达生浑身颤抖："姐姐，是她！"

任达生的姐姐听了，双腿一软瘫在了地上。

"是谁？"大汪问道。

我端着酒杯，慢悠悠地打开房间里的柜子，随手把里面的东西倒到了地上：针筒、输液管、酒精棉……

看着惴惴不安的任达生，我说："不敢说是谁？那我来说，她是方凌珏！"

"方凌珏是谁？"大汪极力地思索。

邢井提醒："是任达生的前妻。"

"哟呵，破案王记性不错。可惜，你没好好查查这个人。"

邢井问责道："怎么回事？"大汪低着头："我让下面的人去查了，调查的结果是一切正常。”

事到如今，邢井也不想追究。大汪让任达生当即交出方凌珏，任达生也跟着他的姐姐瘫坐在了地上：“我不知道她去哪里了。”

“不用问了。”邢井开口，“鹿远，把人交出来。”

我把酒杯放到了一边，看了看手表：“也差不多该到了。”话音一落，脚步声传来。门外出现了小汪和一个女人。女人坐在轮椅上，是在楼下负责看守的两个警察把她抬上来的。她的头发又浓密又长，也不知道多久没有修剪过了。

女人骨瘦如柴，脸上的颧骨突出。才三十出头看上去却像五六十岁一样。看到任达生时，她一副恨不得要冲上来把他撕碎的模样。

几乎是皮包骨头的方凌珏，看着让人头皮发麻，我惋惜地看着她：“曾经也是一个长得好看的女人，任医生，你这么对待美女，可不是男人所为啊。”

任达生的姐姐盯着弱不胜衣的方凌珏看了很久，激动得昏厥过去。她弟弟干了什么，她肯定已经明白了。任达生的姐姐被抬了下去，方凌珏怒视着任达生，任达生的眼神飘忽不定。

“鹿远，方凌珏为什么会在你的手上？”大汪如坐云雾。

我和小汪忙活了一个下午，不是没有结果的。确定了任达生购买速食品的便利店后，我和小汪以便利店为中心，搜寻附近偏僻的房屋和其他建筑物。我非常肯定，方凌珏就被任达生藏在便利店附近，而且是在几乎与世隔绝的建筑里。

小汪一开始还将信将疑。在我们发现了方凌珏后，小汪表明了警察身份，成功地把方凌珏救出，先安置了起来。原本，我想套出邢井的话后，再把人交给警方，没想到，任达生主动坦白，坏了我的交易。

小汪义愤填膺：“任达生，你还不肯招供你犯下的罪行吗？！”

任达生不敢开口。

小汪深吸了一口气：“你不说，那我就替被你迫害的方凌珏说出来！从你们离婚开始，方凌珏就被你囚禁在了这里！”小汪指着方凌珏的身体，“我们救出她的时候，她比现在还要狼狈！”

回想起初次见到方凌珏的时候，我的心情久久难以平静。方凌珏卧倒在地上，形销骨立，她的手脚全被铁链上着锁，被绑在房间里，乱糟糟的长发遮挡住她的脸，身上又脏又臭，看上去像是怪物。她的面前放着一个食盆，她只能用嘴去食盆里舔水和食物。把方凌珏安置好，小汪替方凌珏洗澡后告诉我，方凌珏太久没有活动身体，身上不少地方长了疮。

更加骇心动目的是，方凌珏的双臂上，满是针孔和瘀青。被输了太多药水，方凌珏的血管一直肿胀得厉害，那些针孔，成了永远都好不了的伤痕，周遭的皮肤也坏死发黑。曾经，一个漂亮优秀的女人，被任达生非人地囚禁了数年，折磨成了如今人不人鬼不鬼的模样。

方凌珏哭着告诉我们，这么多年了，如果不是还念着家里的老母亲，她早就放弃活下去的念头了。

这些年，唯一让方凌珏开心的事，便是每个星期，任达生都允许她亲笔给自己的老母亲写一封信。一旦方凌珏写了不该写的内容，任达生就会将信件撕碎。回忆起和母亲仅有的两次通话，方凌珏哭着告诉我和小汪，通话时任达生拿着手术刀，架在她的脖子上。

日积月累，方凌珏染上了不少病症，她的心病比身体的病情严重得多。

我和小汪救出方凌珏的时候，她不顾身体的虚弱，不断磕头感谢我们。

听小汪这样说，在场所有警察都憋着怒。

“你们或许还没见过方凌珏曾经漂亮的模样吧？”我从身上掏出了从任达生姐姐那里拿来的照片。

目光聚焦在照片上，大汪非常诧异，并非因为方凌珏的漂亮，而是因为林美和方凌珏眉目之间的相似之处。

“可以把照片给我吗？”方凌珏虚弱地带着哭腔请求道。

我把照片递到了方凌珏的手上，方凌珏看着曾经的自己，霎时间痛哭流涕。

“任达生，你会和林美在一起，是因为林美和方凌珏长得像吗？”邢井开口问话了，一旁的警察掏出纸笔开始记录。

在这里，任达生的所有供述，都会成为呈堂证供。

任达生艰难地扶墙而立："我爱我的妻子，一直都爱着，她不能离开我。"

"这就是你说的爱吗？！"一向冷静的邢井，也被任达生给激怒了。

方凌珏泣不成声，小汪轻轻拍着方凌珏的肩膀，安慰着她。

"我爱她，她不能和我离婚，我可以照顾她一辈子！"任达生的双腿抖动得厉害，连站都站不稳了，"你们懂什么，她也爱我，她想要和我离婚，是因为她有病，她的精神有问题，我在救她！"

大汪指着地上的针筒和输液管："就用这些救她？如果觉得她有病，为什么不送她去医院？"大汪问道。

"他们治不好她，只有我可以，我不能相信他们，我的爱人，只能由我来治！"

大汪怒极反笑："任达生，你究竟哪里来的自信？"

"连我都治不好，还有谁能治？没有人比得了我！"任达生自负到目无天地。

"你知不知道，最应该接受治疗的人，是你！"大汪怒斥道。

心理极度扭曲的任达生，囚禁迫害了前妻数年，竟然只因为不想方凌珏离开他，并且坚信只有他能治疗方凌珏。让人无法接受的犯罪动机，放到此刻歇斯底里的任达生身上，却一点都不让人觉得奇怪。眼前这个年轻有为，在岛区享有盛名的精神病医生，恰恰如同疯子，无药可救。这样的人，竟然救治了那么多精神病人，这使人难以相信。

任达生被激怒了，戴着手铐的任达生朝大汪扑去。大汪一个反身，将任达生擒住，按在了地上。

任达生咆哮着："她只能接受我的治疗，别人凭什么触碰她！"

邢井盯着趴在地上的任达生："任达生，我代表警方讯问你，请你如实回答。你和林美为什么吵架？"

"她看到了我爱人的照片……"

"我不是你爱人！"方凌珏磨牙凿齿。

案发当天，林美无意间看到了方凌珏的照片。发现自己与方凌珏外貌相似后，林美明白了任达生与她在一起的原因。林美大发雷霆，任达生担心林美把这个秘密捅出去，慌乱之下，动手打了林美。

任达生从地上挣扎着腾起了身："他们都不是我杀的，林美和钱森死的那天，我请了假，来见我的爱人了。"

任达生一直给不出不在场证明，是因为他极力地想要隐瞒囚禁方凌珏的罪行。

我一直疑惑任达生为什么时常会那么冲动，屡次给自己招惹麻烦，现在回想，一切都了然了。

任达生在害怕，尽管他没杀死林美，可一旦嫌疑上身，警方就会对他的所有人际关系和背景进行调查，他囚禁前妻的秘密，也终将暴露。

所以，当鸡尾和小海把嫌疑转给任达生的时候，任达生冲动地想去找他们当面对质；当我误打误撞看到任达生手持棒球棍，蹲在受伤的小汪身边时，他怕警方查他，对我动了手。

没想到，更戏剧化的一幕发生了，方凌珏听到任达生的话，大吼道："不，那两天，他根本没有来找我！"

方凌珏不愿意为任达生提供不在场证明。即使所有人都能看得出来，任达生没有说谎。

任达生顿时六神无主，跪地求饶："凌珏！求你了，我爱你！"

方凌珏冷眼旁观，不愿意回应他。失去方寸的任达生忽略了，只要警方调出那家小便利店的监控录像，就能直接当作任达生的不在场证明。

邢井没有道破这点，淡漠地看着焦急得如坐针毡的任达生。

"我爱你，我真的爱你！"任达生面无人色，"你感受不到吗？你快告诉他们，我没有杀人！"

方凌珏以一声声放肆的大笑回应任达生，这怪笑配上此刻方凌珏的外表，使她也成了彻头彻尾的怪物。

任达生忽然从地上跳起，戴着手铐的双手艰难地掐住了方凌珏的脖子。小汪就在方凌珏身边，她飞起一脚，踢在了任达生的身上。而发了狂的任达生，依旧不顾一切地死死锁住方凌珏的喉咙没有松手。他面目狰狞，恶狠狠地说：“那就让我们一起死！”方凌珏的身体本就虚弱，被任达生一掐，快要呼吸不过来了。邢井见状，飞快抓住任达生的手腕，用力一扭，任达生惨叫出声，双手不由自主地松开了。

邢井揪住任达生，重重地扔在了地上：“把他带回分局。”

任达生被带上了警车，方凌珏也被送上了救护车。

这对夫妻曾经同榻而眠的情分，以这般不共戴天的生死大仇的方式，惨淡结束。

小汪跑过来，露出了两颗小虎牙问我：“任达生的事解决了，接下来我们干什么？”

被小汪这么一问，我立即感到头痛。我的本意是想查出“木乃伊凶杀案”的凶手，折腾了这么久，凶手没有抓到，我还替原本的嫌疑人洗刷了嫌疑。

鸡尾、小海、钱森、任达生，这四个人，都不是凶手。

25

第三具木乃伊

第二天我去找徐萧莜，却在法医室里扑了个空。打听之后才知道她去了墓园。

我找到岛区最大的墓园，鹿唯天也葬在这里。我经过他的墓碑时，没有一丝悲伤，平静得就像我得知鹿唯天去世的时候一样。

“你在下面，应该很高兴吧？你控制了我的自由，强迫我做不喜欢的事情，让我再也见不到辛岚。现在，又多了一个杀手，他在做和你一样的事，你开心吗？他是你化身的魔鬼吗？”我盯着鹿唯天的照片问道，回答我的，是萧瑟的微风。

我在墓园里找了一会儿，看到了徐萧莜。她穿着一身白衣，头发随意地披在肩上，正站在一座墓碑前。墓碑前放着一束白花，上面刻着秦海的名字。

徐萧莜转过了头，满脸清泪。见到是我，她扑进了我的怀里失声痛哭。我不知所措，只能搂着徐萧莜，轻轻地抚着她的背。徐萧莜哭了很久，一直到天快黑，我和徐萧莜才出了墓园。

今天是秦海的忌日，徐萧莜的心情非常低落，我把她送回了家。一路上，徐萧莜一句话都没说。下车的时候，邢井正等在徐萧莜的家门前。

“这已经不是我第一次看见你和鹿远在一起了。”邢井语气不善。

徐萧莜没有抬头，声音里透露着倦意：“邢井，我有点累了，我们明天再说好吗？”

“鹿远，你是在报复我吗，你为什么不能离我身边的人远一点？”邢井又转向我。

“你管得着吗？”我挑衅地反问。

徐萧莜快要进家门的时候，邢井又跟了上去。一向温柔的徐萧莜蓦然转身，大发雷霆：“我说了，我今天累了，有什么事明天再说好吗？！”

这是我第一次见徐萧莜发火，邢井也满脸惊异。

“萧莜，你怎么了？”邢井朝着徐萧莜走去。

“站住！”徐萧莜喊道，“你难道不知道今天是什么日子吗？我等了你半天，你在哪里？”

我饶有兴致地看着这两个人，见他们吵架，我的心里产生了快意。我推测，他们应该是相约去拜祭秦海，但徐萧莜在西岸分局等了很久，邢井一直没有出现。

寒风吹来，徐萧莜的发丝被吹得更加凌乱，她随手把发丝捋到了耳后：“邢井，老师当年也对你很好，不要做忘恩负义的人。”

邢井愣在原地，我嘲讽了他一番后，回家了。

“木乃伊凶杀案”未破，警方焦头烂额。得知邢井一早便离开了西岸分局，不知去向后，我在西岸分局外蹲了一下午，傍晚，穿着便衣的邢井终于回来了。小汪坐在我身边，都有些发困了：“鹿远，咱们在这儿吹了一下午的风，你到底要干什么？”

“我要看看这破案王还有什么能耐。”我说，“案子已经发生很久了，真正有用的线索寥寥无几，你觉得他一点都不着急吗？”

“老板从来不着急。”小汪想了想，补充道，“不过，这么长时间，第二小组还没有任何实质性的线索的情况，倒是头一回。”

看邢井进了分局，我站了起来：“走。”

小汪捶了捶发麻的双腿：“去哪儿？”

“去邢井去的地方。”

半个小时后，我们又到了岛区第一精神病院。小汪惊讶道：“你是说，老板又来了这里？”

我嘿嘿一笑：“不信你去打听打听。”

小汪将信将疑，跑去打听了，很快她跑回来，不可思议地问道：“你怎么知道？”

果然，邢井下午在医院待了好几个小时。

我带着小汪进了精神病院：“我不仅知道他到这里来，还知道他到医院的哪个部门了。”

很快，我和小汪站在了精神病院领导办公室的外面。

我思来想去，觉得邢井不会把调查的方向偏离岛区第一精神病院。任达生和钱森都是这家精神病院的医生，林美是任达生的女朋友，又被钱森骚扰过，这样一来，林美和这家精神病院也间接有了关系。

而鸡尾与小海又和林美有关系，从第三级关系上，鸡尾、小海和精神病院也有间接的联系。

也就是说，到目前为止，“木乃伊凶杀案”的两个死者林美和钱森以及曾经被警方怀疑的嫌疑人任达生、鸡尾和小海，都和这家精神病院脱不了关系。甚至可以说，一切都是围绕着这家精神病院发生的。

这里发生了这么多怪事，说明岛区第一精神病院有问题！

这起案子，表面上看起来巧合的地方很多，除了每个人因为自己的秘密而互相嫁祸，更让我在意的是，凶手杀人后用石膏裹覆尸体的犯罪手法。

钱森擅长打石膏，骚扰过林美，和任达生有冲突，如果不是钱森有不在场证明，他是最具嫌疑的人。可我总觉得，真凶有意要嫁祸钱森。钱森死后，任达生又成了最具嫌疑的人。

这究竟是巧合，还是有人暗中操作，有待思考。

假设发生在任达生和钱森身上的巧合，是有人故意为之，那个人，最有可能便是这家医院的人。

“钱森和任达生都是凶手的目标。”我推测道。

任达生和钱森之间的矛盾，是在医院发生的，任达生和林美之间的争吵，是在医院发生的，而钱森和林美的冲突，也是在医院发生的，知道这一切的人，自然更有可能是医院内部的人。

钱森受伤住院的当晚，凶手很可能就在外头一直守着，才能在钱森离开医院后的第一时间把他杀死。而知道钱森行踪的人，除了我和警方便是医院里的人。况且在钱森上天台的时候，知道任达生离开医院并有机会借此时机陷害任达生的人，也只可能是医院里的人。

我找了院方的领导，随手把偷偷从小汪身上拿来的警官证丢在了桌子上。这位领导告诉我一个情况，近期有领导来视察工作，所以他安排护士把以前的会议记录重听一遍，整理成为文字资料。恰巧有护士听到了钱森犯蠢录下的话，这段录音后来就被交给了警方。

听上去合情合理，并不像是刻意所为。不过，我还是没有放弃，要求医院领导把整理录音的护士名单给我。他提笔写了一份名单，嘴里还抱怨道："又得再写一遍。"

邢井想的和我一样，他也这样要求了。

整理录音的护士有很多。一份名单上有十多个名字。我和小汪只有两个人，要把这些护士都查一遍，耗时耗力，但对于警方来说，这根本就是小菜一碟。

小汪知道我偷拿她警官证的事，气呼呼地不搭理我，我笑嘻嘻地拉住她的手。小汪强行把手给抽回去了："鹿远，你知不知道假冒警察是重罪？"

"你别说得那么严重啊，我又没说我是警察，再说，警员证的的确确是你的，哪里来的假冒。"我辩解。

"我不允许你这么做！"小汪的脸都涨红了。

恰巧，一个卖糖的小女孩儿手里捧着一大捧糖经过，拉着我的衣角："哥哥，买颗糖送给女朋友，姐姐就不生气了。"

小汪的脸更红了："别胡说！"

我看着小女孩儿，愣住了。直到小女孩儿再次扯着我的衣角，我才反应过来，掏钱把女孩儿手里的糖都给买下来了。小女孩儿拿着钱，很高兴地跑开了。

“鹿远，不就骂了你几句吗，一个大男人，至于哭得眼眶都红了吗？”小汪不知所措地说。我才察觉自己脸上湿湿的，擦干后，我强装笑意，把糖递给了小汪。

小汪木讷地接过了糖。

“消气了就跟我回家吧。”不等小汪回答，我拉着她上了车。

车子开了好一会儿之后，小汪问我：“你是不是认识那个卖糖的小女孩？”

我摇头：“看到她，想起了故人。”

“是那个小洛洛吗？”小汪说。

洛洛也曾在凛冽的寒风中卖糖，我还记得，我和邢井曾在人潮拥挤的街角，遇上了手捧五彩糖的洛洛。

攥着手里的那份名单，我和小汪一一去拜访这些护士。我们耗费了很多时间，走访了大部分护士，发现这些人都有不在场证明。当我们前往最后三个护士家的途中，遇到了大汪。大汪告诉我们，林美和钱森死时，名单中无法给出不在场证明的护士，一共有三个，正是我们接下来要拜访的三人。

在之前的调查中，这三个人自称案发时在家休息，或是独自外出。警方着重调查了这三个女护士，发现她们都会打石膏这一项基本技能。但这三个人的家庭和人际关系十分正常，平日里也并未与林美等人有过太多交集，更谈不上结怨。目前，无法通过犯罪动机去锁定她们谁有犯罪嫌疑。这三个女护士也都平易近人，没有犯罪倾向。

“又出了三个人。”我烦恼道，“这起案子的复杂之处，就在于它涉及太多人了。”

大汪点了点头：“所以，警方这次力求不被无关人员干扰。”

“当时把钱森骚扰林美的录音笔上交的，是哪个护士？”我问道。

大汪告诉我，当时有好几个人听到了钱森的轻薄之言，一起上交给了医院的领导。

“让我们头疼的是，这些护士对警方的询问，表面上看似配合，言语之中都有撇清的倾向。”大汪说道。

精神病院内人心惶惶，被警方询问的所有人，都想相互推诿，巴不得警方的视线转移到他人身上。这为警方的调查带来了更多的干扰。

天快黑的时候，我们到了第三个女护士的家里。这个女护士叫金穗，和前两个女护士一样，她表现得非常配合。

“金穗，你见过林美吗？”我问。

“没见过。”

大汪悄悄告诉我：“我们排查了林美每一次去医院的监控录像，包括金穗在内的三名女护士和林美都没有见过面。”其他途径的调查也证实，这三个女护士和林美确实没有交集，更谈不上相识。

“你能评价一下钱森和任达生吗？”和询问前两个护士一样，我问了金穗同样的问题。

金穗告诉我们，她在医院里也待了将近五年，自认对任达生和钱森非常了解。如果不是这些天的事，她还觉得任达生和钱森是非常优秀的医生。

金穗的说辞与前两名女护士一样。这三名女护士都在医院工作了好些年，她们的年纪都不超过三十岁，长相普通，大汪查过，医院和病人对这三个人的评价也都还可以。

询问过程中，大汪出去接了一个电话，回来后脸色大变。

我试探性地问了一句：“该不会又死人了吧？”

不幸的是，我说中了。

“在郊外，又发现了一具尸体。”

我和大汪驱车去了案发地点。邢井和徐萧莜早已经在这里了，有警察告诉我们，“木乃伊凶杀案”，再一次发生了。

借着灯光，我远远望去，徐萧莜和其他法医的脚边，正躺着一具被石膏覆满的尸体。

这一次，案发地点不再是西岸，而是北岸。

没过多久，邢井跟着徐萧莜出来了。这样的场景，我并不陌生，毕竟这已经是第三起案子了。

徐萧莜一如既往十分老练地给出了自己的初步推测："死者的死亡时间，大致是两个小时前。"

"那个时候，我们正在女护士金穗的家里。"大汪说道，"另外两个女护士，我们下午也都去见了，回头我查查两个小时前，那两个女护士在哪里。"

邢井的表情有些古怪。

"老板，怎么了？"大汪问。

邢井问出了自己的疑惑："死者怎么死的？"

"和前两起一样，脑袋遭到重击，不过这具尸体后脑勺的伤相比前两起案件要轻微许多。"与邢井吵架后，徐萧莜对邢井的态度十分冷漠，但她并未让情绪影响到工作。

"案发地点，也是偏僻的郊外。"大汪说道，"老板，你是怀疑这起案子，不是之前的凶手所为？"

邢井摇头："不，绝对是同一个人干的，可这一次的案子，却发生在远离西岸的北岸。"

大汪有些不解了："有什么问题吗？"

邢井还没解释，我已经知道他在担忧什么。前两起"木乃伊凶杀案"都与岛区第一精神病院有关联，凶手选择下手的目标，似乎带着某种目的，或许是仇杀，或许是利益冲突。但是这一次，案发地点远离西岸，和精神病院好似没什么关系。

"如果这是一起无差别犯罪，那就有些麻烦了。"我说出了邢井的担忧。

无差别犯罪，是指凶手针对的受害者不具有特定性的犯罪，经常出现在一些变态连环杀人案和激情犯罪案中。无差别犯罪的凶手的犯罪动机往往不是针对某个人，而是针对整个社会。

"木乃伊凶杀案"如果是无差别犯罪，那围绕着精神病院的那些案子和闹剧，可能真的是巧合，这样一来，警方一直以来所做的侦查都没有任何意义。

倘若凶手真的是无差别犯罪，那接下来，凶手下手的频率，可能会越来越高。更可怕的是，警方到现在还没有锁定凶手身份的线索。

邢井暂时收起了担忧：“先确定死者身份，然后调查死者和精神病院的那些人是否有关系。再调查他们是否有共同认识的人，把第二级关系和第三级关系，全部调查清楚。”

我也不希望这是无差别犯罪，否则，要找凶手，难如登天。

26 无差别犯罪

又是一个忙碌的夜晚，尸体被送回西岸分局后，徐萧莜即刻开始进行尸检。经过调查，三位护士也都有充足的不在场证明。她们的嫌疑，完全被排除了。

经过墓园事件，我感觉跟徐萧莜走近了一点，心情大好的我又去了西岸分局的法医室，刚到门外，就有人说徐萧莜交代过，我可以直接进法医室。我非常开心，明显地感觉到徐萧莜对我的态度不一样了。

等我们一起走出分局时，不少人都盯着我们看。我们遇到了出警归队的邢井，徐萧莜招呼都没打一个。和邢井擦身而过的时候，我对他挑衅般地扬了扬眉。

徐萧莜又带着我去了那家馄饨摊子，她虽然脸上挂着笑，可我感觉她的心情并不好："是不是因为邢井而不开心？"

徐萧莜点了点头："我对他很失望。"

徐萧莜和邢井相识多年，秦海还活着的时候，邢井时常会向他请教一些学术问题。由于徐萧莜的关系，秦海对邢井也关爱有加。秦海死后，每一年的忌日，邢井都会陪着徐萧莜一起去祭拜秦海，这次例外。

对于徐萧莜来说，这并不仅是一个仪式。秦海已经走了，徐萧莜能做的也只有每年忌日去给秦海送上一束花。邢井却连这样重要的日子都忘记了。

徐萧莜主动不再提邢井，她眨巴着眼睛问我："你呢，还有什么亲人吗？"

"没了。"我说。

“我听了一些你的事，你很痛恨鹿唯天和袁珊，但他们毕竟是你的亲生父母。”徐萧莜说完见我的脸色不太好看，岔开了话，“改天请我去你的家里坐坐吧。”

徐萧莜主动要到我的家里去，我没有迟疑，答应了下来。

第二小组的办事效率非常高，才一个晚上，第三起“木乃伊凶杀案”的线索脉络基本浮出了水面。

死者是男性，三十九岁，是北岸市场里一个卖猪肉的屠夫，据说昨天夜里，屠夫和朋友喝了酒后独自走夜路回家，不久后就和家人失去了联系。调查结果显示，与屠夫一起喝酒的几人，都有非常充足的不在场证明。

屠夫一家生活在北岸，由于生意繁忙，从来没有到过西岸，和岛区第一精神病院的人根本不相识。

这个消息加重了众人的担忧。

邢井一大早就出去了，大汪忧虑得脸色发青：“如果凶手真的是随机选择受害者，后果不堪设想。”想要从受害者个体身上着手，揪出无差别犯罪的犯罪嫌疑人，太困难了。

众多变态连环杀人案正是无差别犯罪的典型。那些案例中的凶手，或是心理极度扭曲，或是因个人遭遇仇恨整个社会，他们随机选择下手目标，酿成了一桩又一桩的惨案。

邢井回来后立刻召集大家开会，我被拦在了会议室外面。会后，他们又一头扎进了案件的侦查当中。邢井的脸色不好，我向大汪打听了会议的内容，原来，第三起“木乃伊凶杀案”发生后，上级高度重视，责令邢井在三天内破案。

警方如此严肃地督促邢井破案倒是头一回。由于案件迟迟未破，上级有意将案件管辖权交到另外一个小组手中，邢井必须抓紧时间。

西岸分局内部产生了严重分歧和激烈争论。部分人认为，这的的确确是一个变态凶手策划的无差别杀人事件；也有一部分人认为，围绕着岛区第一精神病院发生了太多案件，凶手选择的目标，是有针对性的。

除了确定是同一凶手所为，警方还没找到证据，将第三起案子和前两起案子联系在一起。那些坚持这是无差别犯罪的警察，用凶手“就近便利作案”原则，解释第一起和第二起“木乃伊凶杀案”间的联系。他们认为，岛区第一精神病院之所以发生了那么多事，是因为前一段时间，凶手就藏身在岛区第一精神病院附近，就近选择了目标。他们推测，凶手自己都没有想到，精神病院的这些人，都各有心思，加上一些机缘巧合，阴错阳差地成功干扰了警方。

这些人主张对精神病院附近的居民，特别是流动性居民进行排查。

“女大学生、精神病学医生、屠夫，两个在西岸，一个在北岸，连第二级和第三级人际关系都没有，看起来，的确像是无差别犯罪。”我念叨着。

邢井亲自前往其他三个分局，向众分局提醒：下一起“木乃伊凶杀案”将发生在东岸或者南岸。

邢井风尘仆仆地回来后，西岸分局里的电话铃声宛如催命铃般响起，大汪接完电话后说：“老板，南岸又发现了一具被石膏覆满的尸体。”

邢井的目光凌厉，迅速带队出警。

到了案发现场，我默默地跟在他们身后。大汪试探性地问邢井：“老板，你怎么知道这一起案子会在东岸或者南岸发生？”

“‘木乃伊凶杀案’，根本就不是无差别犯罪。”邢井态度坚决地说。

大汪没听懂，我却立马明白了邢井的意思。

案发现场仍然在一片杂草丛中，现场依旧没有提取到有用的痕迹证据。死者是一名女性，身材娇小，继醉鬼屠夫之后，凶手又选择了一个比较容易对付的受害者。

出完现场，已过正午。回到西岸分局后，警方人员开始了紧张的排查工作。傍晚时分，受害者的尸检报告和身份信息都出来了。

死者二十岁，右腿行动不便，和之前的屠夫一样，她和岛区第一精神病院的人没有任何关系。死者的致命伤在后脑勺上，和第三起案件一样，尸体后脑勺的伤口与前两起大案中的致命伤相比轻了许多。

“木乃伊凶杀案”再发，一向有条不紊的第二小组也有些乱了阵脚，关于无差别犯罪的定性彻底占据了上风。在分局待了一阵之后，西岸分局的上级又要召开会议。

让我没想到的是，邢井竟然不参加。

“老板，不太好吧，上头那儿不好交代。”

“给我找个理由请假，我没有工夫参会。”

大汪绝对服从邢井的命令，照做了。

我离开了西岸分局，刚与小汪会合，邢井便出来了。邢井停下了脚步，问小汪：“考虑好了吗，还是辞职？”

小汪正不知道该怎么回答，我就开口了：“她不辞职，她的假就休到‘木乃伊凶杀案’破获的那天。”

小汪惊喜万分，难掩心头的激动：“真的吗？”

“现在，你还是我的保镖。”我扭过脸去，不与小汪炽热的眼神相对。小汪因我命悬一线，我不想欠她人情。

邢井也没表态，匆匆前行，我再一次叫住了他：“邢井，我可以勉为其难帮你一次。”

我并不想和邢井共事，不管是要求参案，还是此次提出帮邢井，都是为了尽快破案。如果邢井迟迟不破案，等“木乃伊凶杀案”的管辖权不在邢井手上了，我想掺和进来，就更加困难了。我必须在邢井失去管辖权之前，把案子给破了。

邢井没有回头，脚步未停：“我不需要你的帮助。”

“现在，不仅是西岸分局，就连第二小组内部都和你的意见产生了分歧。”我道破了邢井现在身处的境地。

邢井转过了身：“所以呢？”

“那些人一叶障目，我和你意见一致，这不是无差别犯罪。”我说道，“围绕着精神病院发生的那些事件并不都是巧合，凶手的目标是和精神病院有关的某些人。第三起案件和第四起案件，是凶手用来干扰警方侦查方向的。凶手已经慌了。”

后两起案件，对于受害者来说，是无妄之灾。

我很确定邢井心中的推测和我一样。这也是邢井预测后一起“木乃伊凶杀案”会发生在南岸或者东岸的原因。

假设这真的是无差别犯罪，那一连死了两个和岛区第一精神病院有关系的人，便是凶手基于“就近便利”原则而做的选择，在第一精神病院被警方锁定后，凶手将目标换去了北岸，倒是有可能。可是，屠夫死后才一天，新的一起“木乃伊凶杀案”发生了，发生地却是在南岸。北岸和南岸遥遥相对，直线距离非常远，以凶手为了便利连在西岸犯两起案子的心态，他不会在这么短的时间内，去了最远的南岸，再杀一人。哪怕在北岸作案后，再在相邻的东岸或西岸，这都勉强说得过去。然而，凶手却在风声鹤唳之时，冒险去了最远的南岸。

后两起“木乃伊凶杀案”，分明就是凶手为了掩盖真实犯罪意图而进行的。

如今，持这是无差别犯罪观点的警察，都在用“就近便利”原则解释岛区精神病院的这些巧合的风波。林美死后，焦点聚集在了精神病院，倘若凶手真的是为了便利的话，就应该当即换个地方，而不是继续死盯着精神病院，那样风险太大了，想在警方的关注下，再杀一个人，不符合“就近便利”原则。

自第二起案子开始，足以证明凶手彻底盯上了岛区第一精神病院。

最开始凶手犯罪频率并不高，林美死后，过了很长一段时间，凶手才继续选择了钱森下手。但钱森死后没多久，第三起和第四起案件却接连发生，只隔了一天。悬殊的犯罪频率说明凶手慌了，警方紧盯着岛区第一精神病院，凶手担心再不干扰警方的侦查路线，身份会暴露。

“木乃伊凶杀案”并非无差别犯罪，还有一个十分重要的原因。前两起案件中，凶手恨不得将尸体的后脑勺砸烂，而后两起案件中，尸体后脑勺的伤口相对较轻。这是因为，后两起案件并非凶手的真正目标，凶手不会花太多时间和精力在后两起案件上。

“凶手分别在不同的区域犯案，这反而太过刻意了。”我对邢井说道，“而且，‘木乃伊凶杀案’的凶手还有一个帮手。”我非常自信地推测道，“凶手以为他能瞒天过海，可惜在本少爷面前，只是在自欺欺人，掩耳盗铃罢了。”

听到我的这些推测，邢井并不惊讶。我能想到的邢井早已经想到了。

邢井直接上了车，却没有立刻开走。我见状打开车门，上了车，小汪也跟上来了。这时邢井才开车。

“死对头竟然也会合作。”小汪低喃道。

半个小时后，邢井把车子停在了岛区第一精神病院外。

“老板，有一些人，一次两次给不出不在场证明可以，如果每一次都给不出来，是不是太奇怪了？”小汪说。

我扫了一眼小汪：“你不是不办命案吗？”

小汪对我做了一个鬼脸，继续对邢井说道：“凶手真的在精神病院里的话，我们结合四起‘木乃伊凶杀案’来看，都拿不出不在场证明的人可能就是凶手。”

“小汪，你太天真了。”我笑道，“我们只说，凶手和岛区第一精神病院有关系，但没说过凶手一定就是精神病院里的人。”

邢井坐在驾驶座上，侧着头，一直盯着精神病院的大门。小汪还想反驳，邢井就开口了：“凶手的帮凶，在精神病院里。”

听到邢井说的话，小汪愣住了：“真的有帮手？”

我无语：“你觉得我是在乱说？”

邢井拿出了一份名单，扔给了我和小汪。名单上是岛区第一精神病院最有嫌疑的人，邢井办事的速度非常快，他早就把四起“木乃伊凶杀案”发生时的没有不在场证明的人都罗列了出来。这么一看，竟然没有一个人是四次案发时间都拿不出不在场证明的。

换句话说，医院里的人，绝对不可能是行凶的人，但这并不排除他们是共犯的可能性。

之前的线索表明，凶手一定对任达生和钱森非常了解，他摸透了两个人的心思，猜到林美的死会让二人相互嫁祸，矛盾激化进而露出真实面目，同时凶手也很清楚他们的行踪，因此凶手被锁定在精神病院内部。后来邢井通过不在场证明排查，却将医院内部人直接作案的嫌疑排除。看似自相矛盾，实际上却可以解释：在这起案件中，存在一个帮凶。

真凶，并非医院的工作人员，可帮凶却是。

“那，究竟是谁？”小汪问出了问题的关键。

医院里的那些面孔，一一闪过我的脑海。

过了很久，邢井的嘴里蹦出一句话来：“和这家精神病院有关系的人当中，应该还有凶手想杀的人。”

小汪一慌：“为什么？”

“我们目前还没锁定凶手，这是凶手逃离岛区绝佳的时机。凶手没有这么做，却又犯了两起案子，干扰我们。后两起满是漏洞的案子，本不应该发生，他心急了。”邢井解释。

倘若凶手杀光了想杀的人，就不会再犯第三起和第四起案子来干扰警方调查，而是停止作案或就此逃跑。因为警方紧盯着精神病院，凶手更没有机会动手，所以才在遥远的北岸和南岸分别作案，使警方的关注点脱离岛区第一精神病院。

“排除后两起迷惑性的案子，前两起案子是围绕着钱森、林美和任达生发生的。”我分析，“凶手杀人总得有个犯罪动机。是什么样的理由，会让凶手唯独针对和这家精神病院有关系的人？”

“仇杀。”小汪很快顺着我的分析做出了推测，“我们是不是可以试着找出钱森和林美的共同仇人？”

“或许，是钱森、林美和任达生共同的仇人。”我想通了，任达生虽然没死，可他的麻烦才是最多的，或许他也是凶手报复的目标。报复不代表一定要杀死对方。

“两个医生，一个医生的女朋友。”我的大脑运转着。

小汪也在苦思冥想，她的嘴里呢喃着：“这三个人的所有共同人际关系，都发生在精神病院里，精神病院外，应该没有什么共同的仇人了。医院里的医生、护士和一些值班人员，都已经被排除了直接作案的嫌疑。”

“会不会是买凶杀人？真正和他们有仇的，是医院里那个直接给凶手通风报信的人？”小汪推测说。

她的话音刚落，我和邢井就同时开口：“不会。”

我们之所以这么说，是因为前两起案件中，尸体的后脑勺几乎被砸烂了，可以清晰地推测出凶手作案时带有强烈的犯罪情绪，并不像是受人所托。凶手和医院里的内应，是主犯和共犯的角色，绝不会对调。

邢井并没有进入医院，我明白他的心思，只要我们之前的推测是正确的，那凶手肯定还会再作案。邢井打算将计就计，佯装视线转移，放松对精神病院的调查，诱使凶手进行下一场针对岛区第一精神病院的犯罪。

小汪唉声叹气：“不是医院里的医生和护士，那还有谁同时和这三个人都有仇呢？”

邢井正准备开车离去，一辆救护车开进了精神病院里。我微微一怔，几乎是和邢井同时开口的：“病人！”

在思维定式下，我们一直将重点放在了医院员工上，却忽略了与医院息息相关的病人群体。

27

主犯和共犯

又是一个清晨，夜晚的冰寒被阳光驱散，这是连月来岛区最温暖的一天。

去西岸分局的路上，小汪见我忧心忡忡，安慰道：“鹿远，你在担心L会对你不利吗？别心烦了。”

我白了她一眼：“又不是你被盯上，说得轻巧。”

“你如果怕L，为什么不听老板的建议，离开岛区呢？为什么非得这么辛苦要抓住L？我看，你对岛区也没什么感情。”

“我的确对岛区没什么感情，这个城市，发生了太多让我不想记起的事情。”我顺着小汪的话说。

“那你为什么不走？”小汪翻了个白眼。

我瞥了她一眼：“你那么想我离开这里吗？”

小汪说不出话来了。

“再怎么痛恨这个地方，我也要生活在这里，因为我怕她回来，找不到我。”我难得惆怅地说。

“谁？”小汪的脸上带着好奇。

酸楚涌上鼻尖，我收拾好情绪后，骂道：“死女人，问题那么多？”

小汪撇了撇嘴：“听说老板和萧莜姐吵架了，是不是你搞的鬼？你最近和萧莜姐走得有点近！”

“吃醋了？你管这么多，该不会喜欢上我了吧？”

小汪一听，满脸羞红："你胡说什么！"

进了西岸分局，徐萧莜也来了办公大厅。她的手上正拿着一份资料，没发现我。有人见徐萧莜来了，顿时站起来："老板正在忙。"

徐萧莜一脸严肃地说："我不是来找他的，这是调任的申请，请帮我交给上级。"

看到徐萧莜手里拿着的调任申请书，不仅那个警察愣了，我也呆住了。

"徐法医，你要调去哪里？"那个警察试探性地问道，"老板知道吗？"

"我要调去哪里，需要他同意吗？"

那个警察不敢搭话了。徐萧莜转身要走的时候，发现了我。

"你要调任？"我问。

徐萧莜点了点头："想要调去北岸分局。"

我想起了雷厉那讨人厌的嘴脸，见我的表情不太对劲，徐萧莜问我怎么了。

"怎么突然想要去北岸分局？"

徐萧莜不像是一个会为了一件小事斤斤计较的人，二人的争吵不至于让徐萧莜赌气到要调任。再说徐萧莜和邢井已经合作多年，突然间调任对她自己的发展没有好处。

"北岸已经邀请我很久了，在西岸分局待了这么久，我也想去别的分局见识见识。"徐萧莜给的理由，我不怎么相信。

我没有深究，徐萧莜调任对我来说倒是好事。我不用再到西岸分局找徐萧莜，我着实不想再看邢井的脸色了。

我们聊了一会儿，等到邢井忙完后，那个警察立即把徐萧莜的调任申请交给邢井。邢井低头看着资料上的字，目光复杂地看向徐萧莜。

徐萧莜没有刻意回避，主动伸出手："这么多年合作都很愉快，上级已经口头同意了我的调任申请，剩下的，就是程序性的问题。"

邢井的声音微哑："就算要走，也没必要这么匆忙。"

徐萧莜把手给缩了回来，她笑道："邢组长，我走之前会把负责的工作和接任法医交接清楚。"

“你知道，我不是这个意思。”

徐萧莜的脸上仍旧带笑：“这些年，多谢邢组长的照顾。”

徐萧莜对邢井的称呼格外生分。我默默地看着他们，没有插嘴。

邢井把徐萧莜的调任申请交还给了那个警察：“立刻替她办。”

那个警察跑开后，邢井才问：“萧莜，你想清楚了吗？”

徐萧莜坚定地回答：“嗯。”

邢井不再阻拦。目送徐萧莜走后，我问邢井：“你是不是知道萧莜调任的真正原因？”

邢井瞪了我一眼，没有回答，转身就走了，我前往法医室外等徐萧莜。

阳光大好，催人昏昏欲睡之际，我听到两个人在八卦徐萧莜和邢井的事，顿时来了精神。

“听说是因为邢组长没去祭拜秦老法医。”其中一个人说道。

另外一个人很快就回答了：“你没听说吗？当天邢组长接到紧急命令出任务去了。据说途中经过墓园，邢组长还耽误了两分钟特地去祭拜了一下秦老法医。所以，邢组长去墓园的时间，要比萧莜早得多。”

“邢组长怎么不解释？”

“徐萧莜根本不听，邢组长也不是喜欢解释的人。”说着，他们觉得惋惜，“这才多大点事，非要闹得这么不可开交，旁人都感觉到了火药味，千万别影响了感情。”

原来，邢井没忘记秦海的忌日，而且早早就祭拜过了。

这个时候，徐萧莜开门出来了，八卦的两个人立即走开了。

“大少爷，看来你是喜欢上这法医室了，一天来这么多趟。”徐萧莜打趣道。

“不是喜欢法医室，是喜欢上法医师了。”回答着，我去牵徐萧莜的手，本以为会遭到她的拒绝，想不到她竟然任凭我牵起了她的手。

我喜出望外：“走，带你吃好吃的！”

“去你家坐坐吧。”

我愣了愣，脸上的表情被她捕捉到，她问道：“怎么，不方便？”

我挠着头：“我们会不会太快了？”

徐萧莜的脸色一红：“你想什么呢，我就是想看看你的家而已，之前不是说好请我去你家坐坐吗？”

我把徐萧莜带回了家，小汪正在门外等我，见到徐萧莜的时候，她就惊异万分，又看我牵着徐萧莜的手，更是不知所措。徐萧莜倒是坦然，我把她们迎到沙发上坐下。

我给徐萧莜倒水的时候，小汪支支吾吾道：“萧莜姐，你和鹿远什么情况？”

徐萧莜温柔一笑：“你觉得呢？”

小汪低下了头：“我觉得不太好，老板会不高兴。”

徐萧莜冷了脸：“小汪，我和邢井从来都不是那种关系。请你不要在我面前提起他。”

在我的示意下，小汪到门外等我了。我把水端给徐萧莜，坐到了她的身边，她又恢复了满脸温柔的笑。

见我支吾其词，徐萧莜抓着我的手：“有话直说吧。”

“有件事，我觉得有必要和你说。”我把刚才听到的事告诉了徐萧莜。

徐萧莜的神色没有太大的波动。

“他没有忘记你老师的忌日。”我说。

徐萧莜：“说完了？”

“萧莜，我不希望你是因为和邢井赌气，才到我身边来的。”我认真地说。

徐萧莜也收敛了笑容：“鹿远，我和邢井相处不是一天两天了，这么多年了，他的脾气我受够了。你希望的，同样是我希望的，我不想你因为其他原因才选择了我。”

我的心被她的话刺痛。今天的徐萧莜长发披肩，身上又穿着那件碎花长裙。

我请她稍坐一会儿，转身到门外透透气。见到小汪，我杵着她的肩头：“怎么了，闷闷不乐的？”

“鹿远，我警告你，你要是故意破坏老板和萧莜姐之间的感情，我饶不了你！”小汪摆着一副臭脸，掠过我，进屋了。

徐萧莜不在客厅里，我找了一圈，卫生间、厨房都没有。

我走向自己的房间，在门外就听到了一些动静。刚把手放在门把手上，门就打开了。徐萧莜笑着问道：“进你的房间看了看，你不会介意吧？”

我盯着徐萧莜，片刻后，我回答：“不介意。萧莜，你想去北岸分局，到底是为什么？”

徐萧莜似乎觉得之前的说辞骗不过我，又给了一个新的理由：“老师生前是北岸分局的法医，我想到老师工作过的地方。”

她给的新理由合情合理。我觉得还是有哪里不对劲，但见徐萧莜不肯说，我不再多问了。和徐萧莜聊了很久，她突然问：“你一直住在这里吗？”

我开玩笑道：“怎么，开始查户口了吗？”

“只是好奇，你这么一个阔少爷，应该不止一个家。”

“鹿唯天留下的房子几乎都变卖了，现在只剩下一栋他生前长住的屋子，留着没什么用，我打算过一阵子也卖了。”我对徐萧莜说。

“房子在哪里？”徐萧莜对此好像很好奇。

鹿唯天留的大房子在岛区北岸，得知位置之后，徐萧莜欣喜道：“你那房子可以先不着急卖吗？我去北岸分局之后，在找到新住处前，可以暂住那里吗？”

我没料到徐萧莜会提这样的要求。

“怎么，不方便吗？”徐萧莜见我没有马上答应，问道。

我摇了摇头：“倒也不是，就是房子太久没人住，很脏，不如我重新给你找一个靠近北岸分局的房子吧。”

我不太愿意徐萧莜住进去，因为讨厌鹿唯天，我也讨厌他住过的房子。一旦徐萧莜住进去，我去找她，不可避免地要再进那栋束缚了我很多年的房子。

“太麻烦了。”徐萧莜忙摆手，“我就住一阵，一定不会把你家弄乱的。”

徐萧莜都说到这种地步了，我只好答应了下来。

“那你真的和邢井断绝关系了？”我又问她。

“邢井是一个很优秀的男人，但我和他最多也只会是朋友关系。”徐萧莜对邢井的夸奖，让我如鲠在喉。

“我不觉得他有哪里优秀。”我说。

“其实，我不希望你们闹得那么不愉快。他很厉害，你应该比我更清楚。”

“不就是破案吗？”我试探道，“他们四个破案王一定有不为人知的秘密。”

徐萧莜没有回应，她刻意地想要转移话题。

我不依不饶：“你还是要为他继续保守秘密？”

徐萧莜低下了头：“鹿远，每个人都有不为人知的秘密。为什么你要针对他呢？”

“看来，他对你也不是掏心掏肺，他向你隐瞒了他数年前的恶行！我本以为和他不会再有交集，现在上天又安排我和他重逢，我就一定要他为当年所做的事情付出代价！”

这一次的谈话并不愉快。没多久，徐萧莜离开了，没让我送。

想着徐萧莜，我总觉得她和邢井吵架后情绪有些古怪。

次日，西岸分局忙活了一天，案件依然没有实质性的进展。

徐萧莜的调任申请很快就被批准了，我提前在西岸分局的大门外等着徐萧莜。徐萧莜穿着一身便装，长发上跳动着透亮的阳光，格外引人注目。她来到我的面前，手里什么东西也没有。徐萧莜伸了一个懒腰，无比轻松：“我来西岸分局的时候，两手空空来，现在也两手空空走。”

我把徐萧莜迎上了车，踩下油门的一刹那，我透过后视镜看到了伫立在分局大门外的邢井。匆匆一眼，我只觉得他的神色有些复杂，好像是在担心着什么。我没有多想，载着徐萧莜离开了这个让我反感的地方。

一个星期后，徐萧莜就会到北岸分局就任，这一个星期是徐萧莜难得的假期。吃过饭后，我把她带到了鹿唯天生前住的房子里。

踏进大门，闻着空气中灰尘的味道，记忆不由自主地被拉回到好几年前。

我所有关于这里的记忆，都是不美好的。袁珊和鹿唯天分居后，鹿唯天就再也没有对我笑过。家里所有的玩具被收了起来，鹿唯天开始强迫我干我不喜欢的事。没有人知道，也没有人愿意相信，在警校之前，我所有的功课都是最优异的。

因为害怕鹿唯天凌厉的目光和巴掌，所以从小到大，我都是最优秀、最听话的，一点也不敢违抗鹿唯天的命令。直到辛岚的死，让我彻底走上了反抗鹿唯天的道路，我把自己变成了他最看不惯的模样。

从出生至今，我经历过数次生死离别。

进入警校前一年，辛岚在我的人生留下不可磨灭的印记后，悄然逝去；

上警校的第四年，可爱的小女孩洛洛，葬身爆炸现场的火海，离开了我；

从警校毕业后，我痛恨的鹿唯天，去世了。

只是辛岚和洛洛的死，是我至今无法打开的心结。

我看着大屋子里豪华的沙发，宛若又一次见到鹿唯天坐在上面，正用严厉的目光凝视着我。这是被束缚了自由的味道，我喘不过气来，捂着嘴，剧烈地咳嗽着。

徐萧莜拍着我的背："被灰尘呛到了吧，放心，我会打扫干净，下次来的时候就不会了。"

我把钥匙交给了徐萧莜，匆匆带着她参观了一圈后想带徐萧莜先离开，叫个人替她打扫屋子，徐萧莜却非要亲自打扫。她挽起袖子，打算动手了。我觉得浑身不自在，没有留下来帮她。

离开鹿唯天的房子之后，我觉得一身轻松。

快回到家时，我身后的巷子里传来了窸窸窣窣的脚步声。我回过头却什么也没发现，脚步声也停了下来。我继续往前走，脚步声又尾随而来。我加快了步伐，感觉到了危险，我带着满心的不安，终于走出了狭长幽暗的巷子。

在人群里望着巷子口许久，我才放下心来。

徐萧莜住进鹿唯天的家后，接连两天都没有给我消息。我给她打了好几个电话，她没有接。这让我有些担心，我拖着疲乏的身体去找徐萧莜。

到岛区北岸时，已是深夜。远远望去，鹿唯天的家里亮着灯，徐萧莜应该在家。下了车，我不情愿地进了鹿唯天家的院子。按了好一会儿门铃，徐萧莜没开，我掏出钥匙，开了门。

徐萧莜把鹿唯天满是灰尘的大房子打扫得干干净净，闻着空气里的馨香，我仍然觉得浑身不自在。我叫了徐萧莜几声，她还是没有答应。我慢慢地上了楼，找了很多间屋子，没发现她，却听到鹿唯天生前住的房间传来些许响声。

我的双眉深锁，用力地推开了房间的门，看到徐萧莜背对着我，站在书桌前。

我的思绪复杂，深吸了一口气："你为什么会在这里？"

徐萧莜转过了身，脸上满是泪水，她手里拿着一个相框，那是鹿唯天和一个人的合照。

"我看到了老师。"徐萧莜哽咽着。

我从没有见过这张照片，照片上的鹿唯天正值壮年，他的身边站着一个同样严肃的男人，比他的年纪大，那是秦海。万万没想到，鹿唯天和秦海认识，还合过影。我盯着徐萧莜看了一会儿，目光扫过房间，徐萧莜的身边放着一个水桶，桶里装满了水。

擦洗过鹿唯天的房间后，桶里的水已经发黑了。

我接过徐萧莜手里的相框，随手放在桌子上："你不必每一间屋子都打扫。"

徐萧莜擦了眼泪："既然我在这里住了，就当作我付的房租吧。"说完就跟我离开了鹿唯天的房间。看到客厅里手机上我打来的未接电话，徐萧莜才明白我怎么会这么晚来找她。

"你一个人住这里，我还是不放心。"我说道，"要不，你还是住我家，以后我每天送你上班吧？"

徐萧莜的情绪不稳定，仿佛没听见我的话似的。

我手机不合时宜地响了，又是一个全新的陌生号码。我心里已经有了底，为了不让徐萧莜担心，我告别了她，直到上车后才接起电话："L？"

"我的条件变了。一年的时间变成半年。"果然是L的声音。

岛区一年有两次警察统招，L之前说的一年，是指第二次警察统招，但实际上，半年后岛区就会有一场警察统招的考试。

"你是不是有病，我答应你要成为警察了吗？"

“鹿远，你没有自由。半年后，你没成为警察，就会死在我的手上。”

我头大：“你听不懂人话吗？！我不同意！”

L像没听见一般，继续说道：“想要原来一年的期限，你只有一个办法，让邢井把人交到北岸分局雷厉的手中。”他说的是即将移交到检察院的任达生。

L把电话挂断了后，我气得差点把手机砸了。不知L为何又提出这样无理的要求。

我忐忑地思考了很久，回到家问小汪：“有没有办法让北岸分局把任达生给带走？”

小汪告诉我：“北岸没有管辖权，想把人带走，除非老板同意。”

“只有这个办法？”我又问了一遍。

小汪回答：“是的，你怎么了？”

我继续问道：“你有没有雷厉的联系方式？”

小汪慌了：“你到底要干什么？别乱来。”

28

拦截警车

我辗转反侧了一夜，第二天，我想起了徐萧莜很快就要调任北岸分局，她一定有雷厉的联系方式。我给徐萧莜打了一个电话，她依旧没有接。

我开车来到了鹿唯天的房子，轻轻地打开门，这一次，我没有叫门就直接进去了。

客厅里没有人，我径直上了楼。走到了鹿唯天的卧室，我的思绪变得复杂，犹豫着要不要打开这道门。想了一会儿后，我还是松开了握在门把手上的手，心里很难受。转过身要离开之际，我又止住了脚步，一咬牙，把门猛地给推开了。

屋里的人吓了一跳，手里的一堆资料掉在了地上。

徐萧莜慌张地望着我。

我朝着她慢慢走了过去，我也记不清有多久了，自从鹿唯天死后，我好像再也没有像现在这样生气过。

我一步步逼近徐萧莜，她一步一步后退，直到被逼到墙角，再也无路可退。我居高临下地和她对视。

徐萧莜回避着我的目光，欲言又止。

“告诉我，你在干什么？”我冷声问道。

徐萧莜低着头，支支吾吾地回答：“打扫房间。”

“一个破房子，需要天天打扫吗？！”这句话，我几乎是吼出来的。

徐萧筱的双肩一抖，不说话。

“为什么接近我？”我捏住徐萧筱的下巴，强行把她的头抬了起来。

徐萧筱挣扎着：“鹿远，你弄疼我了。”

“我再问一遍，为什么接近我？”

徐萧筱的眼眶涌上一层水雾。

“你离开邢井，到我的身边来，是真的接受我了吗？”我嗤笑，“不说吗？那我就当你是了！”

我对着徐萧筱的双唇就要强吻，还未触碰到，她就用尽全身的力气把我推开，情急之下还直接给了我一巴掌。

我强压着暴怒，盯着徐萧筱，回想起徐萧筱对我说过的每一句话。

最开始徐萧筱对我的态度就和西岸分局的其他人截然不同。我们初相识之际，面对我唐突的追求，她就没有明确反感，更在不久后突然接受了我。第一次到我家的时候，她未经允许便进了我的房间，而后还主动提出了要住鹿唯天的房子。

住进来之后，徐萧筱就更反常了。先前夜里的事情我没有说破，但这已经是第二次了。她想从这座房子里找到什么东西。

“这就是你接近我的理由吗？”我指着地上的那一沓散落的文件。

“鹿远，不是你想的那样。”徐萧筱试图解释。

“死女人，闭嘴！”我攥紧了拳头，指甲都要陷进手掌里了，“离开西岸分局，疏远邢井，也是为了让我放心，更加容易欺骗我、接近我，是吗？你一次一次主动透露案件信息给我，主动帮我，原来都是别有用心！”

今日的徐萧筱又一次穿着粉色碎花长裙，乌黑亮直的长发散落在胸前。我感觉到了被人背叛的滋味，就像巨石压在心头，伴随着阵阵刺痛，让我无法喘气。

徐萧筱的脸上神情复杂，有歉意，有内疚，也有犹豫。这种想要承认又愧疚到不想承认的表情，让我更加愤怒。

“我到底有什么值得你委屈自己，利用自己的感情去接近一个人渣的价值？我和你有什么深仇大恨，你这样欺骗我？”我的情绪游走在崩溃的边缘。

徐萧莜哭着说："鹿远，对不起。"

"道歉就是你所有的解释？"我怒视着徐萧莜，"你知道吗？你第一次到我家的时候，我就已经怀疑你了。但你的每一个微笑、每一句话，都让我下定决心去相信你。我想你留在我身边，就算成不了恋人，我们也可以成为朋友。可是，你非得把最后一丝可能都摧毁吗？！"

"我有苦衷。"徐萧莜慢慢地走过来，想拉我的手。

我后退了一步。眼前的徐萧莜，那样陌生，她并不像别人说的那样温柔单纯。

"你有苦衷，就可以骗我吗？告诉我，你到底要从我这里拿到什么？"我从地上捡起了那些文件，是鹿唯天捐赠公益事业的记录。我扫了一眼这些无关紧要的文件，随手丢掉了，"徐萧莜，看来，你还没有得到你想要的东西。"

"我……"

"你走吧，从今以后，我不想再看见你。你也不要妄想从我这里得到任何东西。"

我在二层的窗前看着徐萧莜离开鹿家大院的背影，直到她消失在夜色中，我才转身回到桌前。秦海和鹿唯天的合照还摆在上面，我把相框狠狠摔在了地上，连夜叫人换了锁。

回到家里已经很晚了。小汪在家门外等着我："鹿远，你向我打听移交任达生的事，到底要干什么？"

见我死气沉沉的，她又问："发生什么事了？你看上去不太好。"

我没回答，继续往屋里走。

"鹿远，你怎么了？"小汪在我身后喊道，"要不要我叫萧莜姐来？"

我回过头，冷漠道："从今以后，不要在我的面前提起这个人。"

小汪被我的眼神吓到了，闭上了嘴。

直到我关门的那一刹那，小汪才又说："你一直问任达生的问题，我怕你惹事所以替你打听了一下。明天上午，任达生的案子就会被移送检察院。"

“我知道了。”

清晨，西岸分局外熙熙攘攘，围观的人还在增多。一辆浅白色的豪华跑车挡住了警方破旧的警车。我靠在跑车上对着满脸怒意的大汪笑道：“大汪，去把邢井叫出来。”

“鹿远，你是哪根筋搭错了，还是吃了熊心豹子胆，你知不知道，你拦警车，我们可以把你抓起来！”

“我手上有非常重要的线索，我必须见到邢井。”我冷静地回答。

从小汪那里得到消息后，我一大早就守在西岸分局外头。我必须说服邢井把任达生交到北岸分局。僵持不下之际，大汪下令让几个警察把我控制起来。关键时刻，小汪跑出来阻止了大汪。

“大汪，鹿远可能真的有非常重要的事情要见老板，不如你先把老板叫出来吧。”小汪说道。

大汪看了看手腕上的手表，这才让人去通知邢井。没过多久，邢井从西岸分局里走出来。我加快脚步朝他小跑去，刚到他面前，他就揪住了我的衣领：“鹿远，让你再一次参案已经仁至义尽，你不要得寸进尺！”邢井的声音冰冷彻骨。

“我不是来和你吵架的。”我说道，“昨天，L又联系我了。”

邢井这才松了手，我把昨天和L的对话全部转述给邢井。邢井全程万分冷静，仿佛一切都在他意料当中似的。等我说完，邢井也没有反应。

“怎么样？”我说道，“任达生的案子西岸分局已经办完了，先把人交给北岸分局，这对西岸分局没有影响，还可以阻止L缩短我活命的时间。”

我和邢井站在分局大门的台阶上，警察们距离我们很远，听不到我们之间的对话。

邢井依旧没有回复，我的心沉了下来：“邢井，你是不答应吗？”

邢井不加掩饰道：“没错，我不同意。”

我忍不住心头的怒意：“这就是警察吗？你是想让我死！”

邢井对着大汪挥了挥手，大汪上了警车。警车里是被扣押的任达生，他会立即被送往检察院。这是我最后的机会，我想再次去阻拦，刚迈出一步，冰冷坚硬的枪抵在了我的脑袋上。

我没想到邢井竟然会在大庭广众之下拿枪对着我。警车开走了，剩下的人目瞪口呆地看着我们。

“怎么，你想杀了我？”

“鹿远，你已经不是第一次妨碍公务了。不管是拦警车，还是对警察的攻击性语言和行为，我都有正当的理由对你开枪！”邢井的每一个字都在告诉我，他没有在说笑。

我不可能屈服于邢井的枪口下，嘲讽一笑：“看来，正如传闻中一样，雷厉的弟弟死得真冤。”

“对于雷厉弟弟的死，我问心无愧，这件事，于法于公于私，我都没有任何错误。”

“那洛洛的死呢？”我咆哮道。

邢井的目光突然放空，趁这一瞬间，我夺过了邢井手中的枪，所有的警察警戒了起来，他们的枪口都对准我。

“放下武器！”

“举起手，否则我们开枪了！”

警察对我发出了警告，我没想到事态竟闹大了，把枪下了膛，递还给了邢井：“破案王，如果我是L，刚刚你早就死了。”

邢井接过枪，放回腰间。

“洛洛这个名字，看来你还没有忘记。”

“鹿远，过去的事我不想再提。我是个警察，这真的是我最后一次警告和建议你，离开岛区，随便到哪里去，你所有的担忧和烦恼才会都消失。”邢井对着周边的人挥手，警察这才放下戒备。

“又在说自己是一个警察？警察不过如此，你也想我死吧？”我不想再和邢井纠缠，邢井却把我叫住了。万万想不到，邢井会对我解释，尽管他的语气不善："你难道没有想过，L为什么要求把任达生交给北岸分局吗？"邢井反问我，一语道破了L的心思，"北岸和西岸，距离很远，不管是西岸分局派人护送过去，还是北岸分局派人前来押解，都要花上许久时间。L是想在北岸和西岸之间的偏僻路段，动手劫人。"

任达生要受囹圄之苦，不管由哪个分局送往检察院，结果都一样。L要求由北岸分局接管任达生，唯一的目的就是要在途中劫人，对任达生进行裁决。一旦任达生抵达检察院，纵使L能力通天，也没有办法从警方和检方手里抢人。

我成了他的一枚棋子。

"那又怎么样呢？偌大的警方，为什么会怕L一个人？"

"他不是一个人！"邢井愤怒了，"他背后有个犯罪团伙，没有亲身经历过的人，不会知道它的可怕。"

"裁决所"——我的脑海中立刻浮现出这三个字来。

"听你的意思，你亲身经历过？"我似笑非笑地反问。

邢井收敛了情绪："鹿远，或许你该想一想，L是不是还有其他目的，不要蠢到真的被他控制了。"邢井说完这句话，回了分局。

我琢磨着邢井的话，转瞬明白了。L早该知道我不会成功，他在逼我与邢井和警方产生冲突。以挑战司法权威为乐趣的L，针对大名鼎鼎的破案王邢井，我还可以理解，但他为什么要捉弄我？

小汪小跑过来，她暴跳如雷："鹿远，你能不能不要干蠢事？知道有多危险吗？！"

"大汪派你来盯紧我？"我问小汪。

"鹿远，你就不能不要这么冲动吗？连老板的枪都敢夺，你知不知道，那个时候，所有警察的枪都已经上膛了。"小汪没理我，还在继续她的话。

我笑了笑："搞了半天，原来是在担心我。"

小汪被我气得不轻，生气地直跺脚。

夜深了，小汪随我回家。车子开了一会儿，我从后视镜发现，一辆无牌车子尾随着我们。

小汪也察觉了："你又惹上谁了？"

"我怎么知道？没事。"嘴上这么说，我却想起了先前在巷子里被人跟随的那晚。

我全速前进，甩掉了那辆车。

回到家，徐萧莜正在家门口等着我。

"鹿远，我们谈谈。"徐萧莜郑重道。

我没理徐萧莜，正要进门时看到远处的角落里有一道鬼鬼祟祟的影子，我告诉了小汪。徐萧莜也应和："我在这儿等了很久，那个人好像一直在这儿徘徊。"

"跟了我好几次了，小汪，你去把他揪出来。"我说。小汪点了点头，刚想行动，我拉住了她的衣角，小汪看向我："怎么了？"

"小心点，别再受伤了。"

小汪躲开了我的目光，笑了笑示意让我放心后，就像离弦的箭一样冲向了那个黑暗的角落。大约五分钟后，小汪跑回来，摇着头，喘着气说："跑得太快了，没追上。"

"没事。"我说道，"给个警告就行。"

"鹿远，你是不是得罪什么人了？"徐萧莜有些紧张地问我。

"你怎么阴魂不散呢？你听不懂人话吗？我不想再看见你。"

小汪不知道我与徐萧莜之间发生了什么，不敢插嘴。徐萧莜叹了一口气，落寞地转身走了。

警方的侦查还没有进展，天亮后，我带着小汪去了精神病院。

"不是说不要打草惊蛇吗，又来干吗？"小汪不解。

"邢井要等凶手再次出手，但我要给自己制造机会。"

小汪想阻止我："鹿远，你别添乱。老板不是让大汪去查了吗？说不定很快能锁定凶手。"

"等不及了。"

我非常高调地打听起了任达生和钱森以前共同负责过的病人。这一打听，果然发现了端倪。

我不是警察，高调地调查了一整个下午，医院里的人早就烦透了我。他们告诉我，要查那些病人的档案，自己去病案室。但病案室不是谁都可以进的，在众人的围观下，我和医院里的人发生了数次激烈的争吵，他们坚持只有警察才能进病案室。

我大骂了一声："要是警察肯来，我还来干什么！"

想了许多办法，我还是没得到医院的许可。

"我就算闯也要闯进去！"我骂骂咧咧留下一句话后带着小汪离开了医院。

29

帮凶落网

夜里十二点，我又准备带着小汪出门，但她一听我的意图，立即就拒绝了。我想潜进医院的病案室，查查任达生和钱森一起负责过的病人的资料。

小汪非常硬气地说："老板肯定已经派大汪去调那些档案了，也一定派人去讯问任达生了，你为什么非要冒这个险？"

小汪始终觉得潜入医院是非法的行为。我只好丢下小汪，独自出门。

深夜的岛区冷得让人窒息，天上黑压压一片，随时会下大雨。再过一阵子，岛区才会回暖。

医院里还有不少病房和办公室亮着灯，我小心躲避着值夜班的医生和护士，偷偷地到了病案室的门外，白天来的时候我观察过了，这里没有监控探头。我敲破窗潜了进去。

我举着手电筒翻找五年前的病案资料。病案室很大，岛区第一精神病院成立以来的纸质文件都储存在这里，密密麻麻看得人头晕目眩。

但按照时间、责任医师和科室，找档案并不困难。我故意装作无头绪地翻资料，大约过了十分钟，眼看就要找到对应的资料柜时，我猛地转身，接住了迎面敲来的棒子。

我冷冷一笑："上钩了吧？"

手电筒的光打在了对方的脸上，露出一张熟悉的面孔，是女护士金穗！

金穗只有一米六，十分瘦弱，她的脸色苍白，身体因紧张而战栗着。

“你怎么会在这里？”没想到，金穗倒打一耙，“我还以为是小偷。”

“这句话，应该我问你，这么晚了，你怎么会在这里？”

手足无措的金穗还在狡辩：“我听到动静过来的。”

“别撒谎了，外面要下大雨了，你来这里干什么？”我收了脸上的笑，“这里和你上班的科室相距那么远，你怎么会发现这里的动静？我看过你们的排班表，今晚根本就没有你的班。”

金穗出现在这里，我并不惊讶。下午我在医院里不同的地方扬言要进入病案室时，我就注意到了金穗。虽然每个地方都有很多围观者，可每一次围观的人群里，都有金穗。当时，我就对她起了疑心。

白天，我是做给隐藏在医院里的帮凶看的。我确定，帮凶得知我要去病案室后，一定会守着病案室冒险出来阻止。眼看警方就要放弃调查精神病院了，我故意表现出来的高调，又挑拨着他们的神经。只要熬过这一阵，等他们杀了他们想杀的人，就可以逃之夭夭。他们决不允许在这个节骨眼上，有人再让精神病院高调地进入警方视野。我今晚潜入病案室也不是真的要偷档案，而是要引蛇出洞。

“其实，在你进病案室之前，我都不确定这个病案室是不是存在线索。”我笑道，“现在看来，凶手可能真的是任达生和钱森曾经共同负责的病人。”

“你是猜的？”金穗的脸色煞白，“我真的是恰巧经过这里。”

“不见棺材不掉泪。那好，你就跟我一起去公安局吧。”

金穗见我掏出了手机，跪在了地上：“求求你，别报警。”金穗压低了声音，生怕有人听到病案室里的动静。

我居高临下地俯视金穗：“‘木乃伊凶杀案’的凶手是谁，会不会被绳之以法，我一点兴趣都没有，你告诉我L的所有信息，我就不报警。”

金穗却茫然地盯着我，她不知道L是谁。

看来，与L有关的人，是真凶。我只能把真正的凶手也给揪出来。

我抓住金穗的肩膀扭着她出去的时候，身后骤然一声惊天的巨响。我下意识地回头，发现只是一道闪电。意识到不好，我回过头来看到了金穗狡黠一笑，还来不及反应，我就觉得腹部通过了一道电流。

失去意识的那瞬间，我后悔莫及，我该把小汪强扭来的……

再醒来的时候，我发现我坐在车里的驾驶位，副驾驶座上坐着金穗。

四下漆黑一片，豆大的雨珠不断地砸着车窗。我一点力气都没有，连动都动不了。我吃力地张望，发现这里是山顶。

一道又一道闪电不断撕破天边的黑幕，照着金穗的脸时明时暗，让人发寒。金穗没了平日里对待病人的温柔，她不再是白衣天使，她变成了幽夜里的恶魔。

金穗打开了车窗，雨水淋了进来："我不想杀人，可我也变得和你一样了。"这句话不是对我说的，金穗在自言自语。她口中的"你"，是凶手。

我用尽了全身的力气，好不容易挤出一句话："你对我干了什么？"

金穗这才转过头来，面有痛楚地说："别挣扎了，给你用了点药。你为什么要醒过来，就这么睡过去不好吗？清醒地让你死去，太残忍了。"

"疯女人！"我咬牙骂道，可连说话的语气都软绵绵的，"你到底想干什么？"

"为什么要多管闲事，你又不是警察，为什么不肯放过我们？"金穗绝望地嘶吼着，车窗外混着寒风卷进来的雨水打湿了她的头发。金穗开了车门，下了车，绕到我这边。我看到车子远处是一道大陡坡，坡下是万丈悬崖，到了那里，必将车毁人亡。

我用力地挣扎着，但所做的一切都是徒劳，我连手指都动不了。

"明天你的尸体就会被警察发现。"金穗说着，伸手启动了车子，"阔少爷深夜上山，发生车祸，车毁人亡。"金穗从地上搬起了一块大石头，用石头压住油门。

我不想就这样死在这里，此刻，我叫天天不应，叫地地不灵！

车子缓缓地往前开去，金穗在车外对我挥了挥手，仿佛在道别。车门被她用力甩上的瞬间，朝前加速了。我从来没有这么绝望过，我坐在驾驶座上却无法控制方向盘，无法踩刹车，只能眼睁睁地看着自己，一步一步往鬼门关滑行。

生死关头，一道剧烈的震动传入车内，它震得我的内脏都仿佛要碎了。不知从什么地方冲出来的一辆车子，横挡在面前。我的车顶着那辆车子的车身，推着它继续朝前冲去。两辆车都要翻下悬崖时，终于停稳了。

我全身疼得厉害，模模糊糊中只看到一道高大的身影从闪烁着警灯的车上下来了。

之后的事情，我全都不知道了……

再睁眼时，空气里弥漫着酒精的味道。

“鹿远，你醒了！”是小汪惊喜的声音。

我猛地起身，却不料小汪也凑着过来了。

两唇相对，我和小汪都瞪大了眼睛。

这该死的意外，已经是第二次了。

小汪立即起身，伸手就给了我一巴掌。头上的疼，让我闷哼了一声。

小汪后悔不迭：“你怎么样了？”

我摸了摸脑袋，发现自己的脑袋被缠上了绷带。隐隐约约记得，强烈的冲击磕破了我的头。

“差点被你打死。”我没好气地说道。

小汪满脸通红，坐到了一边。

我的运气很好，身上没有骨折，没有受重伤。

“是你救了我？”我问小汪。

“是老板，老板为了救你，身上又添了好多伤。”原来我失去意识前看到的人是邢井，他如同鬼魅，危急时刻，降临在了荒无人烟的山顶。

昨天晚上小汪见我出门后迟迟未归，在联系不到我的情况下，便通知了邢井。邢井担心我惹事，去了精神病院没发现我，就调了监控录像，发现我的车子开上了偏僻的山路。

邢井第一时间意识到了不对劲，就赶紧开着车顺着山路找人，这才及时救下了我。

而金穗已被捕，警方正在审讯她。

出了医院，我去了西岸分局。分局里的警察见我裹着绷带而来，都感觉大快人心，强行憋笑。

恰巧，邢井对金穗的讯问结束了。见到邢井，我呆滞了数秒，他受的伤比我想象中还要严重。邢井的脸全是瘀青和擦伤，他没有穿外套，只套了一件白色的内衫，手臂健硕的肌肉上也都是伤口。有些伤处已经做了简单的包扎，更多的是没有被包扎的触目惊心的大口子，特别是手上那道足足有十厘米长的伤口，像是被玻璃碴划破的。

扶着我的小汪，看到邢井的伤势，忍不住红了眼睛："老板，你还是去好好处理一下伤口吧。"小汪劝道。大汪无奈地说："劝过老板了，老板说身上缠着太多纱布行动不方便。这么多伤口，外套也没法穿，一套上就压到伤口了。"

邢井出来之后大家聚拢过来，目光关切之余，看向我时还带着责备，他们都认为是我连累了邢井。

"没有我，你们没法这么快把金穗揪出来吧？"感受着无声的指责，我不屑地说。

金穗也被铐着出来了。"美女护士。"我嘲笑道，"看来我的命比你的大。"

金穗被带走后，我问邢井："招供了吗？"邢井摇头否定，又问大汪："锁定凶手了吗？"

大汪十分为难："五年前，任达生和钱森共同负责的病人一共有二十多个，有男有女，除去至今还长期住院的几人，还有十几个人是已经出院了的。"

正在住院的几个病人大汪查过了，他们中的绝大多数都完全不能辨认自己的行为，不具备犯罪的行为能力。再说他们被医院照顾着，没有时间出去作案。

嫌疑在那十几个已经出院的人身上。

大汪讯问过任达生，他说和钱森共同负责过的病人，精神都是有问题的，他们向来对病人悉心照顾，不可能会和谁结下仇怨，并且在病人出院后，就再也没有交集。

线索又断了，现在所有的希望只能放在病案室的那些资料上。

我迅速翻阅资料，小汪也跟着我一起看，她想尽快结束这起案子重回西岸分局。大汪整理出来的资料非常详细，不仅有他们的住院记录，还有对他们的调查结果。

十几个人的资料加起来有近百页，我一目十行地翻阅。二十分钟后，在小汪的抱怨声中，我起身了。

小汪讶异地问："你都记住了？"

"你们的速度这么慢，能两天之内破案才有鬼了。"

金穗的落网证实了邢井的判断，西岸分局内部不再认为是无差别犯罪，与邢井也没有任何意见分歧。

我推开了邢井办公室的门，邢井站在落地窗前，眺望着远方黑压压的天际。昨夜的那场雨，一直下到了现在，依旧没有停下的意思。

小汪刚想跟进来，我转身就把门给反锁了。邢井还沉浸在自己的世界里，没有转身。

"这么悠闲，锁定目标了？"

办公室里很安静，只听得到雨水打在落地窗上的声音。办公桌上的资料凌乱，邢井显然翻看过了。在我印象中，邢井绝对无法忍受如此凌乱的办公桌，住校期间，邢井寝室桌上干净整洁得挑不出任何毛病。

邢井忽然转过了身，他的眼睛泛着血丝，若不是办公室里只有他一个人，我一定会以为他刚和谁大打出手。邢井的反应吓了我一跳，这个人对我来说是既熟悉又陌生。

"谁让你进来的？"邢井沙哑着嗓子。

邢井刚才居然在分神，他都没察觉我进了他的办公室还跟他说了一句话。

"你在想什么？"我察觉到了邢井的异常。

邢井皱着眉回到办公桌前整理凌乱的桌子，他的手臂在轻轻颤抖。

我又猜测说："你是不是在想，无所不能的破案王，为什么这一次没了从前的能耐，这般吃力，就像那三个已经死去的破案王一样？"

邢井停下了手中的动作，他抬起头冷冷地凝视我："你想说什么？"

"你们四个破案王，一定有问题。"我肯定地说道。

邢井没有回答，我继续问："徐萧莜申请调任，故意接近我，你是知道的吧？"

邢井没理我，他把文件收拾好后与我擦身而过，拉开办公室门，我和邢井皆是一愣，外面围着很多人，显然想听清我们在里面说什么。小汪和大汪可能之前把耳朵贴在门边，门忽然打开，他们险些跌个人仰马翻，表情非常尴尬。

"去查查这三个病人的近况和不在场证明。"邢井在这么短的时间内就圈出了一个小范围。他说完，我就把那三个人的名字一一念了出来。

这三个人有一个共同点：出院时间。他们出院的时间，都不超过一年。凶手有针对性地对付任达生和钱森，犯罪动机很有可能是仇恨。而需要以生命为代价的仇恨，很少有人甘愿等上好多年。出院时间距离案件发生时间越近的人，越有可能是凶手。

而那些没有完全治愈就出院的精神病人，无法完成如此复杂的犯罪手法，暂时被排除了嫌疑。

听我说的三个名字，大汪并不相信，他等邢井指令。让他惊讶的是，邢井默认了。大汪便不再磨叽，立时着手去调查。

凶手虽然与任达生和钱森有交集，但他杀林美的动机，仍然是个疑问。如果只因为林美是任达生的女朋友，那太说不过去了。凶手的目标肯定是任达生和钱森，可事实却是林美先遇害。

按邢井的推测，任达生女朋友的身份只是凶手杀死林美的间接理由，林美和凶手或许也有过直接的冲突。

回到家中，我想把头上的纱布拆了，小汪却坚决不让。

"太丑了！"

"不行！"

"很不方便！"

“就是不行！”

在家中与小汪吵了一下午，大汪传来消息，他查了那三个人住院期间的访客记录，又问了任达生，还问了医院里的很多人，大家都否认林美和这三个人有过接触。

这三个人的病房位于住院部的角落，林美要去那里必然要经过住院部的大门。警方调了医院内住院部大门的监控录像备份，发现林美从未去过那三个人的病房。

现在，西岸分局的另外一个小组已经做好了接管案件的准备，按照第二小组这种速度，别说抓住凶手了，期限内能否锁定凶手都难说。我和邢井的推测一旦出错，第二小组和我就更加没有机会了。

30

锁定真凶

我心烦意乱，来回在客厅里踱步。小汪看我走来走去，抱怨道："鹿远，你能不能安静一会儿？"

"安静不了。"我想到了个主意，对小汪说，"你陪我走一趟。"

小汪问："又去哪里？"

"精神病院。"

"又去惹事？"

我无意解释太多，吓唬她说："你跟不跟我走？你就不怕我又被人弄到山上去？"

小汪听我这么说立马跟上来，随后我们到了医院的安保室。

我们调出了三个病人出院当天的监控录像备份。住院期间，这三个病人与林美没有过接触；出院后，三个病人与林美接触的机会渺茫。如果凶手在这三个人当中，那他们与林美接触的机会只能是在他们出院时。

连看了两段录像，都没有什么端倪，我已经不抱希望了，直到看到第三段监控录像，我的心都要跳出来了。

监控显示，当天下着雨，进出医院的人都打着雨伞，林美的身影出现在大门处，只有她用手挡着脑袋，很好辨认。

我全神贯注地盯着屏幕，如我所料，第三个病人真的在这个时候从医院出来了。他同样没有打伞，和前两个病人不一样，他出院的时候没有人接，是一个人孤零零走出来的。

漫天大雨中，他张开双臂，享受着这场大雨。

我在他的病历本上看过他的信息，他叫赵峰，在精神病院整整住了五年。长期住院的人，闻着难闻的酒精味，对着单调纯白的病房，在出院时会有这样的反应，完全正常。对于病人来说，出院本来就是一件值得高兴的事，我不太愿意相信，他会是凶手。

这时画面中显示，林美和赵峰就在即将要擦身而过的时候，赵峰突然脚一滑摔倒了，地上被溅起来的脏水落到了林美的衣服上。

林美见状，指着赵峰不知道说了什么，但看得出来，林美是在骂他。骂完之后林美就进了医院，可赵峰爬起来后却盯着林美的背影，看了很久。

画面戛然而止，小汪有些错愕："他是杀林美的凶手？"

"可能是。"

"仅仅是因为林美随口的一句谩骂？"小汪完全不敢相信。

金穗被捕后，凶手联系不上她，肯定会猜到她出事了。他徘徊在暴露和被捕的边缘，只有两个选择：要么立刻逃亡，要么继续冒险行凶。

直觉告诉我，凶手会继续犯罪。之前为了掩盖自己的犯罪目的，他不惜杀两个无辜的人，我不信他会这样罢手。

西岸分局灯火通明，我和小汪火急火燎地进了第二小组的会议室。

会议室的白板上贴着赵峰的照片，出乎我的意料，邢井也锁定了赵峰。

"赵峰有犯罪动机。"大汪说，"他是被强制治疗的病人。"

五年前赵峰被岛区第一精神病院鉴定为重度的躁郁症患者，必须接受强制治疗。躁郁症是狂躁症和抑郁症的结合，患者情绪非常不稳定，严重的还有很强的攻击性。

那个时候关于精神病人强制性治疗的规定还不完善，只要亲属提出申请，经专科医生确诊后，病人就会被强制治疗。

赵峰就是那个时候被强制入院治疗，直到前几个月才终于离开岛区第一精神病院。大汪查过，赵峰并非痊愈后出院，而是对他申请强制治疗的人没有继续申请了。当年，负责鉴定赵峰病情的两名专科医生，正是任达生和钱森。

讯问任达生后得知，当时他和钱森只负责做精神疾病鉴定，其他事项，都是别人负责的。在与钱森关系崩坏后，他与赵峰几乎没有接触。他依稀记得，赵峰极度不配合治疗，情绪激动下还伤了不少医生和护士。

医院里的其他人也说，在治疗的前几年，赵峰的情绪都还是非常不稳定，直到第四年，他才慢慢地开始配合治疗。大汪还查出，在赵峰住院期间，护士金穗曾经有一段时间负责照顾赵峰，在调走后偶尔还会去看望赵峰。

努力了这么久，“木乃伊凶杀案”的犯罪嫌疑人终于被基本锁定，但难题并未迎刃而解，岛区的城市规模巨大，人口众多，想要抓到赵峰，如同大海捞针。

“我们可以尝试锁定凶手的下一个目标。”我对邢井说，“赵峰的家庭情况查了吗？”

邢井指着办公桌上的一沓资料，我走过去，翻阅了起来。

赵峰从小就失去了生母，他是跟着父亲和后妈唐芳华长大的。唐芳华很年轻，只比赵峰大十岁。七年前，赵峰的父亲死于一场因刹车失灵造成的车祸，留下了一笔可观的遗产由唐芳华和赵峰继承。赵峰被唐芳华送进精神病院后，赵峰那部分财产由唐芳华代管。

“三口之家，可观的财产，刹车失灵导致的车祸，儿子进了精神病院。”听我罗列出这么多线索，小汪很快反应过来，“最大的财产受益人，是唐芳华！”

接触不到任达生，赵峰的下一个目标，或许就是把他送进精神病院的唐芳华。

“我们一定要在赵峰之前，找到她。”

邢井又传唤了金穗。

“美女护士，我们又见面了。”我指着自己受伤的脑袋，“你是不是该为我受的伤做出点补偿。”

金穗不愿搭理我。

“赵峰就是凶手。”邢井的开场白言简意赅，金穗听到后却用力地抬起了头。

“我说过，就算你不开口，我也会查出来。”邢井不怒自威，问道，“告诉我，他在哪里？”

金穗的双唇抿成一条线，我感觉她和赵峰的关系不一般。见金穗迟迟不肯松口，我问：“你们俩是恋人吗？”她的表情，验证了我的推断。他们的关系，应该是在金穗照顾赵峰期间确定的。金穗并没有融化赵峰心头的寒冰，反而被赵峰所影响，和他一起走上了犯罪的道路。

邢井刚想开口，我阻止了：“这个警察呢，不太会谈生意，我来和你谈。”我笑着递给了邢井一个眼色。

“赵峰被抓，是迟早的事情，我们还知道，他的下一个目标，是他的后妈唐芳华。”我胸有成竹地说，“等他被抓住，你觉得他有什么下场？”

金穗的脸色又苍白了一分。

我继续说道：“我身边这个警察呢，时常管不住自己腰间的枪，如果在抓捕过程中，赵峰有什么过激的行为，子弹可是不长眼的。趁警方还没抓到赵峰，如果他在这个时候自首的话，对你和他，都有好处。”

金穗的情绪突然激动，她不断地重复着：“他们死不足惜，害人害己！”

她终于松口了，据金穗交代，赵峰被强制治疗的时候反抗激烈，伤了许多人，包括她自己。后来很多护士都不敢靠近他，金穗觉得赵峰可怜，本着护士的职责，一直尝试与赵峰沟通。金穗始终都没有放弃过赵峰，她的温柔，拉近了与赵峰之间的距离。不知道从哪一天起，赵峰开始向金穗掏心掏肺，倾诉自己的遭遇。

“他根本就没有病！”

我一惊：“没病？那怎么进的精神病院？”

金穗愤愤不平地说：“钱森和任达生收了唐芳华的贿赂。”

原来唐芳华嫁给赵峰父亲那年，赵峰才十岁。赵峰父亲常年在外地做生意，赵峰在家被继母虐待，苦不堪言。他被唐芳华打骂却不敢反抗，更令他绝望的是，父亲也不相信他。赵峰还告诉金穗，他在父亲死后，无意间发现唐芳华在小汽车的刹车上做过手脚，并神不知鬼不觉地将所有证据销毁。为了抢夺遗产，唐芳华不择手段地为赵峰申请了精神疾病强制治疗，代管了赵峰继承的那部分财产。

赵峰清晰地记得，他躲在钱森和任达生的办公室外，亲眼见到唐芳华给钱森和任达生偷递信封，信封鼓鼓囊囊的，里面塞的是什么，不言而喻。赵峰见到这一幕，拔腿便跑，但很快，他被抓了回去。

金穗也暗自调查过，唐芳华贿赂两名医生时，恰有另外一名护士经过，那个护士确认了唐芳华曾给两个医生递信封。确定赵峰所说属实后，金穗更加同情赵峰，她想了很多办法帮助赵峰脱离精神病院。起初，金穗通过正规渠道，替赵峰申请重新鉴定，经过多次努力，医院再次对赵峰进行精神病鉴定，鉴定结果令他们大失所望。

“钱森和任达生在岛区第一精神病院待了这么多年，医院里到处都是他们的人，我们没成功。”金穗哭得痛彻心扉，“只有他明白那种感受，明明不是精神病却被当成精神病，被困在那个暗无天日的地方好多年。无论他说什么都没有人相信，因为，那是从一个精神病人口中说出来的话！”

每天，赵峰只能待在狭小的病房里，面对着空白的墙壁，望着窗外那片广阔但不属于他的天空。他不是病人，不是囚犯，却被人囚禁，还要听迫害了他的医生和护士假惺惺为他做心理疏导。

他无数遍痛诉过他没病，没有人相信他。他越是反抗，越是暴躁，就越被认为精神疾病严重。

五年时间，一千多个日夜，赵峰只能痛不欲生地煎熬着。而金穗来到他身边，随着恻隐之心的发酵，金穗和赵峰之间酝酿出了爱情。

一年前，赵峰突然想通了，他开始积极配合治疗。赵峰把自己最好的状态展示给医院，他要争取早点出去。金穗后来才知道，那是赵峰委曲求全，假装配合治疗，为的不仅是重获自由，更为了给自己报仇。

几个月前，赵峰如愿以偿了。疯狂的报复计划也终于开始。

“如果是你们，你们要怎么证明自己不是精神病？”金穗把我们问住了。

全世界都认为赵峰是精神病人，赵峰无论如何也无法证明自己没有精神病，他说的每一句话都被视作疯言疯语，我能感觉到他的绝望。

“林美呢？”邢井冷静地问。

“她骂他是神经病！”金穗面目狰狞，“为什么不杀？”

原来，监控录像里，林美骂的是这三个字。这或是被林美当作口头禅的三个字，刺痛了赵峰的心，激起了赵峰的杀心，再加上任达生女朋友的身份，她便成了赵峰第一个下手目标。

石膏裹体是金穗给赵峰出的主意，他们想在杀了林美之后嫁祸给擅长打石膏的钱森，这不仅是一石二鸟之计，还因为赵峰在住院期间受伤后，钱森也给他打过石膏，当时他就狠狠地发誓说有天要给钱森裹上石膏。为此在住院期间，赵峰经常观察护士给病人打石膏，又有金穗帮助，赵峰娴熟地掌握了这门技能。

“钱森给他打石膏，他就发誓要给钱森全身裹上石膏？”我觉得滑稽，“什么逻辑，你确定，他真没有精神病吗？”

邢井把手机丢到了桌上。

“他坠入了深不见底的深渊，能把他救回来的只有你。”邢井盯着金穗的脸，“我只给你一分钟时间，劝他自首。”

“你确定你爱赵峰吗？你不打这个电话，他迟早也会被捕。到了那时，他的下场可是很凄惨。”见金穗已经犹豫了，我补充道。

一分钟的时间很快就过了。邢井放弃了，他一向说一不二，起了身。

“好！”这时金穗突然出声。

我暗喜，替金穗摁了一串号码。免提后，电话接通了。

“喂。”金穗强忍着哭意。

听到金穗的声音，谨慎的赵峰终于说话了。

“你在哪里？”赵峰问，他那边的环境听起来很吵闹。

金穗沉默片刻，对着电话叹息：“我爱你。”

“你不爱我！”赵峰意识到了不对劲，“你被警察抓到了，是不是？”

“我不想失去你，你来自首吧。”金穗的眼泪止不住地滚落。

“就连你都背叛我了。”绝望，心酸，不甘，愤怒，不舍，我从赵峰挂断前的最后一句话里，听出了诸多情绪。

金穗哭得双眼发肿，邢井像是没有情感的机器，冷声问道：“知道赵峰在哪儿吗？”

“不知道。”

“他说过唐芳华在哪里吗？”我又问。

金穗仍然摇头，邢井不再浪费时间，出了讯问室。

“大汪，监测到赵峰的位置了吗？”邢井问大汪。

大汪叹了一口气：“技术组监测到了，他与金穗通话时，位于港区中心。”

邢井下了命令：“出警，抓人。”

大汪带着一队人，立马出动了。

邢井剩下的时间不多了。

“赵峰很聪明，他不会待在原地等你们的。”我说，“唐芳华把赵峰送进精神病院的目的，是为了剥夺赵峰继承的那一部分财产，但今年她不再继续申请了，你认为原因是什么？”

“成功转移了财产。”在我的提醒下，邢井派人调查唐芳华目前的婚姻状况。唐芳华作为赵峰的监护人，在赵峰住院期间，有代管赵峰财产的权利。要想把那些钱占为己有而不被追责，她只能想办法慢慢地转移财产。或许直到今年，她才将那些财产全部转移成功。

警方人手不够，还未正式归队的小汪被大汪留了下来。我拖着沉重的身体回家等候消息。

没过多久，我接到了小汪打来的电话：“雷厉刚才到西岸分局，说要把你带走，还带来一张逮捕令。”小汪提醒我说，“他与检察官交涉过了，这一次我们帮不了你。”

我暗骂一声，挂了电话就出门了。雷厉在西岸分局找不到我，肯定会上门来找人。车子往外开时，一道身影挡在了车前，是徐萧莜，我把车窗打开，探出了头：“别拦着我。”

“鹿远，有些事，我想跟你解释清楚。”徐萧莜说道。

“我没空听，你让开！”我很着急，雷厉随时都会上门来。

徐萧莜不知道我在着急什么，她没有让路，继续摆着一副诚恳的模样说道：“鹿远，我对我所做的事跟你道歉，你可以讨厌我，但有些话我必须和你说。”

我心里更加着急，只得对徐萧莜挥了挥手：“先上车！”

徐萧莜上车后，我直接把油门踩到了底。车速很快，徐萧莜这才感到害怕：“鹿远，你冷静一点！”

我没好气地扫了她一眼：“臭女人，你什么都不知道，闭嘴。”

徐萧莜把安全带系紧，适应了疾驰的速度后，缓缓开口：“鹿远，其实……”

她的话还没有说完，我就一个急转弯。徐萧莜的身体一倾，额头撞在了车窗上。

我紧紧地盯着后视镜，那辆没有车牌的车子又在紧追不舍了。那不是雷厉，警方不可能开无牌汽车。

是之前数次偷偷跟踪我的人！

公路上的车不少，我想加速都困难，我无法将它甩开。不知不觉，我已经把车子开到郊外了。

“谁在跟着我们？”徐萧莜慌神道。

“不知道。”

我并不想到郊外来，那只会让对方更肆无忌惮。但一路上的车子太多，我想转弯都办不到，我是被逼到郊外的。

郊外的路很不平坦，颠簸之下，急速前行的车子好几次险些侧翻。

“我报警！”徐萧莜慌慌张张地拿出了手机。

“这个时候，警察有什么用！”我骂了一声，专心开起了车。

就在我以为终于要把后头的车子甩掉的时候，一颗子弹震碎了后车窗。徐萧莜惊声尖叫，我按着徐萧莜的脑袋，俯身喊道：“把头低下去！”

我的心跳得很快，对方竟然有枪！

31

谁是神经病

我努力控制着方向盘，又是一声枪响，轮胎被击中，车子失去了平衡，眼看就要翻下路边的大坡，我立刻踩了刹车。一阵天旋地转，车子原地打了好几个转，猛地撞上一棵大树后，才摇摇欲坠地停了下来。

我的额头被磕破了，手臂也出了血。情况危急，顾不上那么多了，我拉着徐萧莜跑下车，脚下一滑，我们相拥着摔下长坡。

徐萧莜的脚崴了，我只能扶着她，一瘸一拐地继续往前面的树林跑。

好几声枪响在树林里回荡，子弹不停地在丛林间穿梭。

天太暗了，我们被一块大石头绊倒，我的心沉到了谷底，我知道，我们跑不掉了。我护着徐萧莜，回过头看到了一个手里持枪的高大身影。他的穿着很狼狈，借着微弱的光，我看清了他的脸。

竟然是个外国人。

我微微一愣，惊讶道："你是史蒂芬的人！"

外国男人大笑："鹿远，你很聪明，但是你即将死了。"

看来，史蒂芬贩毒的案子还有漏网之鱼。我没想到，当时随便的一句指证给我招来了杀身之祸。

"你盯了我很久吧，终于要动手了吗？"我扶着徐萧莜站了起来，表面上我还能保持冷静，心里早已急得如同热锅上的蚂蚁，我极力思考着脱身活命的办法。

外国男人持枪一步一步地朝着我们走来："鹿远，因为你，哥哥被抓，我也被警察通缉，这都是你害的！"

这个外国人居然是史蒂芬的弟弟。

"关我什么事！"我能明显感觉到，徐萧莜恐惧到发抖，"是邢井抓的人，你怎么就没胆去找他报仇！"

外国男人冷笑道："别着急，你死了，我会去找他。"

外国男人不再废话，突然开枪了。我一把推开徐萧莜，子弹在我们之间穿过。我和徐萧莜都倒在了地上，男人把枪口对准了我，我喘着粗气："你杀了我，你以为你就能够活？！贩个毒有什么了不起，你非要成为杀人犯吗？"

外国男人愣了一下，又笑道："你说得很有道理，但你们死在荒郊野岭，谁知道是我杀的？"

"有句话，叫纸包不住火。"趁他不注意，我随手抓起了身边的一块大石头朝着男人扔了过去。

男人躲避不及，额头被砸出了血。他被激怒了，我想起身抢枪，却被男人一脚踹倒在了地上。男人毫不犹豫地再次开枪，那一刹那，我仿佛看到一颗带着火的子弹，朝着我飞来。我的瞳孔收缩，还没有做好迎接死亡的准备。

但是，我的身体却一点都不疼，徐萧莜挡在了我的身前！她倒在我的怀里，我的手里一热，摸到从她身上涌出的血。

男人见没打中我，又要开枪。

"等等！"我竭力嘶吼。

男人停下了手里的动作："你还有什么遗言吗？"

"袁珊的账户给我打钱，也是你搞的鬼？"我问。

男人仍旧笑着，一副胜券在握的样子："你很聪明。"

"你知道，电影里的反派，每次占了优势，为什么最后还都丢了命吗？"我察觉到熟悉的气息，冷静下来继续吸引男人注意力。

男人饶有兴致地反问道："为什么？"

我的声音陡然一冷："因为，反派的话，太多了。"

又是一声枪响。

枪不是男人开的。

子弹穿过了男人的脑袋，他没来得及哼一声就断气了。

邢井带着不少警察赶到了，枪是邢井开的。多亏徐萧莜在车上的时候报了警。

邢井冲到我的身边，立刻让人把徐萧莜抬了起来。

我刚想上前，邢井就迎面给了我一拳。我猝不及防地就被邢井打翻在了地上。我擦了擦嘴角，好不容易才站稳："你有病啊！"

"这是第二次了。"邢井的语气很吓人。

我明白邢井的意思，邢井身边的人又一次因我而受伤，上一次小汪险些丧命，这一次是徐萧莜。我担心徐萧莜，不想理会邢井，想绕过他，邢井又把我拽了回来。

"鹿远，我警告你，你自己想送死，没人拦着你，但是你如果再拖累我身边的人，我不会放过你！"邢井说完才恶狠狠地松手。

徐萧莜很快就被送到了医院，我和邢井在病房外等候了很久。一见医生走出来，我和邢井都焦急地问徐萧莜的情况，听到医生报平安后，我和邢井悬着的心终于放了下来。

徐萧莜中弹的部位是肩膀，子弹已经被取了出来，伤情并不严重。

我和邢井都想进病房，医生把我们拦下来了。"伤口刚处理完，不要太多人进去，以免病人感染。"医生说道，"谁是鹿远？"

我立马站出来："我是。"

"病人让你进去。"医生说完就离开了。

我扬扬得意地对着邢井笑了笑，他没什么表情，目送我进了徐萧莜的病房。徐萧莜正躺在病床上，她的脸色苍白，就连嘴唇都有些发白了。我坐到了她的身边："我对你来说，到底算什么？目的不纯地刻意接近我，却又为我挡子弹，我们刚认识没多久吧？"

"现在，你能听我解释了吗？"徐萧莜的声音有些微弱。

徐萧莜替我挡子弹的画面闪过脑海，我对她点了点头。

“老师的死，有问题。”徐萧莜一开口，就让我惊讶了。

我没有插嘴，徐萧莜对我说起了她的疑虑。

秦海的死因是煤气中毒。据徐萧莜说，当年，她下课回到秦海的住处后，刚打开门，就闻到了非常刺鼻的味道。她在客厅找到已经昏迷的秦海，把他拖到了房外，尽管警察和救护车都及时赶到了，可秦海还是没能再睁开眼睛。

徐萧莜还来不及和秦海说一句道别的话。

警方调查过后发现，秦海的住处没有任何人潜入的迹象，更没有打斗的痕迹。警方在秦海住处找到一封遗书，那封遗书只有寥寥几笔，和徐萧莜简单地道了个别。通过笔迹鉴定，遗书被认定是秦海生前亲手所写。再加上对现场痕迹的种种分析，警方得出了秦海自杀身亡的结论。

徐萧莜依稀记得，秦海生前最后几天一直都闷闷不乐，有时连饭都不吃。徐萧莜问他发生了什么事，秦海却不肯回答。虽然秦海死前的情绪的确有些异常，但徐萧莜仍然不相信秦海会自杀。在徐萧莜的印象中，秦海专心学术，把自己的生命和健康看得比什么都重，这样的人是不会轻易放弃生命的，徐萧莜根本找不到秦海自杀的理由。

“既然一切证据都显示你的老师是自杀的，你为什么觉得有问题呢？”我问道，“这和你接近我有什么关系？”

话才刚出口，我忽然明白了。徐萧莜第一次到我家摸查之后，又提出要去鹿唯天的家，她显然是想从我这儿查到鹿唯天的一些线索。

“你觉得你老师的死和鹿唯天有关系！”

徐萧莜证实了我的推测：“直觉告诉我，老师绝对不是自杀。”说着就从床上坐了起来，她忍着肩头伤口的痛楚，“老师死前一个星期，在客厅接了一个电话，我从老师口中听到了‘鹿唯天’这个名字。”

但在秦海发现徐萧莜后，他暂停了和鹿唯天的通话，让徐萧莜赶紧回房。徐萧莜说，当时秦海的表情很怪异，对着电话的时候，脸上既有怒意，又有乞求。当时徐萧莜没有放在心上。直到秦海死了，徐萧莜才后悔当时没有偷听秦海和鹿唯天的通话内容。

事后，徐萧莜将这条线索告知警方。警方上门询问鹿唯天的时候，鹿唯天否认了。警方查了通话记录，的确发现那天秦海和人通过电话，但对方使用的却是公共电话，身份无法查证。

最终，因为证据不足，警方没有立案。

鹿唯天的否认让徐萧莜盯上了他，她知道鹿唯天在撒谎，事情必定有隐情。但在秦海死后不到一年，鹿唯天也因病去世了，她所有的调查只能终止。这个结一直埋藏在徐萧莜的心里。

我的出现让徐萧莜燃起了希望，她想通过接近我来调查鹿唯天，查明秦海的死因。

“所以，你就选择了欺骗我是吗？”我问。

徐萧莜苍白的脸上透露着无奈：“鹿远，我不了解你，我怕你知道我的意图后，会直接远离我。”

“你猜错了。我对鹿唯天没有感情，如果他真的和你老师的死有关系，我会帮你。”如若不是那天发现了鹿唯天和秦海同框的照片，我都不知道鹿唯天竟然和秦海相识。鹿唯天是一个商人，秦海是著名的法医，秦海的年纪也比鹿唯天大一些，谁也想不到这两个人有交集。

徐萧莜感激地一笑，继续说了下去。

徐萧莜也是在秦海死后，才查出这两个人曾经是朋友，他们早在二十多年前就认识。

“你先养伤，伤好后，我会帮你，就当是还了你的救命之恩。”我安慰她道。

“你能原谅我吗？”徐萧莜问我。

我笑着：“你都肯为我送命了，我会不原谅你吗？美女法医，向来只有我骗女人的份儿，你是头一个骗我的女人。”

“鹿远，对不起，我是有自己的目的，才走到你的身边。”徐萧莜躺在床上，双眸盯着我，“我也问过你，你来到我的身边，是不是也有别的目的。”

我陷入了深思，这瞒不过徐萧莜的眼睛。

“我看得出来你不喜欢我，我不明白你为什么会追求我。”徐萧莜继续说道。

我的思绪复杂，出病房时，邢井已经走了，一路上我都在思考徐萧莜说的话。

最开始的时候，有那么几个瞬间，我在徐萧莜的身上看到了辛岚的影子，特别是徐萧莜穿上辛岚常穿的碎花长裙，把一头长发散落在胸前的时候。

这么多年了，我太想念辛岚了。可我也知道，就算徐萧莜的身上有再多辛岚的影子，她终究也不是辛岚。

失魂落魄地回到了家里，刚要关门，有人冲上来抓住了我的手，是小汪。她满脸着急：“听大汪说你们出事了，到底怎么了？”

“本来没什么事，现在有事了！”我龇牙咧嘴地说，小汪正好按住了我的伤口。

小汪赶紧松手，扶我回了屋里，见我身上有伤，她更加着急了。

没想到，最终会为我着急的，竟然是小汪。心头一暖，我挠了挠头，收起了复杂的情绪，对小汪笑道：“没事，差点死了而已。”

随后，我把发生的一切都告诉了小汪。小汪听完脸都吓白了，她轻轻抓着我的手，一个劲儿地道歉，小汪的手很凉，她从大汪那里听到消息后，就一直在这里等着我回来。

我看着小汪焦急的眼神，忽然觉得她比任何时候都要可爱。

被我盯久了，小汪有些尴尬，这才赶紧把手给缩了回去，脸红扑扑的。

昨日的风波已经过去，第二小组又专心部署侦查了。大汪带人到技术组给出的方位后，赵峰果然已经逃之夭夭。到了西岸分局，我一进门就看到了坐在办公室里的雷厉。见到我，他站了起来。我暗骂一声，转身要跑的时候，雷厉大声喊住了我：“鹿远，你胆子这么小啊？”

雷厉的激将法奏效了，我转过头看着他：“怎么，你又想来抓我？昨晚那个外国男人可亲口承认了账户的事是他搞的鬼，徐萧莜可以作证。”

雷厉耸了耸肩："你逃过了一劫。不过，你最好不是袁珊的同伙，否则，我迟早会抓你进监狱。"

雷厉说完，有几个人抬着担架走了过来，上面躺着被邢井当场击毙的外国男人，雷厉是来取尸体的。邢井在文件上签了字后，大汪就对雷厉说："雷警官，尸体你带走吧。"

"下手真狠，也不给我留个活的。"雷厉抱怨后，接着对邢井发难，"邢组长，'木乃伊凶杀案'可引起了媒体高度关注，你还没抓到真凶呢，希望你尽快破案，还死者公道，别辜负了公众的期待。"

邢井不带情绪地回答："不劳费心。"

邢井的手下调查了许久，终于查到了唐芳华的近况。由于前夫的死亡，唐芳华与前夫的婚姻关系自动消亡。这些年，唐芳华并未再度登记结婚。警方好不容易才查到，唐芳华与另外一名男人共同居住。虽未登记结婚，但在两年前他们已经举办过婚礼，属非法同居关系。

唐芳华和赵峰关系紧密，她一死，赵峰难逃干系，所以赵峰将她留到了最后处置。唐芳华是悲剧的始作俑者，也是赵峰最恨的人。赵峰一定会抢在警方将唐芳华保护起来之前杀死她。

天上扬着雨丝，一队警车鸣起了警笛，拥堵的岛区大道上，所有车辆都给警队让出了道。

我发现邢井握住方向盘的双手，轻轻颤抖着。

"你在紧张？担心L抢先杀了赵峰，还是担心赵峰抢先杀了唐芳华？"我问。

邢井恢复了从容："你知道，那些人为什么自称是裁决所吗？"

"为什么？"我接过邢井的问题。

"他们自认为能够裁决每一个人的命运。在他们的裁决下，有人死了，有人活着。死，他们要决定死法；活，他们要决定活法。他们能让人贫困潦倒，会让人一夜暴富；可以让人成为杀手，让人成为罪犯，让人走上他们决定的道路。被他们盯上的人，将不再有选择命运的权利。”

“就像赵峰一样？他被困精神病院，被仇恨蒙蔽双眼，所以裁决所让他真的成了疯子？”我问。

“引导式犯罪”在我的脑海里一闪而过。L说过，他与凶手见过面，裁决所指引赵峰犯罪需要通过心理引导。诱导人往往不会非常明显地去教唆对方犯罪，而是要通过一些手段，让犯罪的念头潜移默化地在凶手心头滋生。

这非常可怕，我确定，裁决所犯罪集团里有擅长心理引导的高手。

“也像你一样。”邢井意有所指地说。

我们到了一片别墅群外，远远地看见别墅群里浓烟滚滚，直上天际，着火了！

大汪大惊：“好像是唐芳华男人的家。”

当我们赶到唐芳华家门外时，大火已经烧透了半栋别墅，空气里弥漫着一股浓重的汽油味。火势蔓延太快了，虽然不少人提着水桶来灭火，却只是杯水车薪。

警方的运气很差，原先飘雨的天空，此时也放晴了！

“包围封锁别墅群，抓捕赵峰！”

邢井下命令后，夺过一个人手里的水桶就往身上浇，随后头也不回地冲进熊熊烈火中。

小汪和大汪眼睁睁地看着邢井冲进了火堆，看着他们也想冲进去时，我拉住了他们：“他命大，没那么容易死，你们还是想办法把赵峰抓住吧。”

火势刚起，赵峰应该还在附近。

我的提醒让大汪冷静了下来，他担忧地扫了一眼就带队搜查去了。这时一个女人不顾众人的阻拦，拼命要往火海里冲。

小汪拉不住她，周围警察见状一起出力才勉强将她扣住。

她哭喊着：“我的女儿在里面！”

女人是唐芳华！

32

世界疯了

所有人都愣住了，邢井冲进火堆里是想救唐芳华，没想到唐芳华竟然在外面。

“芳华，你不是刚把孩子带出来吗？”围观的人里有人说道。

唐芳华满脸恐惧，似有难言之隐。

“怎么回事？”我问刚刚说话的人。

那人告诉我，二十多分钟前，他看到唐芳华抱着孩子急匆匆地从家里跑出来，唐芳华走的是小路，这个人也是刚好经过碰巧看到。

“怎么回事？”我问唐芳华。

唐芳华遮遮掩掩，半天说不出话来。唐芳华和赵峰的父亲在婚姻存续期间并没有生育，女儿是她和现在这个男人生的。

恍惚间我明白了一切。

“让我进去！”唐芳华乞求道。

“告诉我，赵峰在哪里？”我怒声呵斥。

见被我识破，唐芳华颤颤悠悠地指了一个方向。我立马朝唐芳华指的方向跑去，小汪跟上来了。

当我冲到那儿时，我看到了赵峰，他的身边还有一人，是L！

L手里持枪，正对着赵峰的脑门。我从怀里掏出一把小刀用力地朝着L掷去。L侧身一躲，小刀从他的脸颊划过，赵峰趁机翻墙逃跑，我对小汪说：“小汪，拦住他！”然后径直扑向了L。

L很快稳住身形，把枪口对准了我，我的额头冒出了冷汗。感受到枪口凌厉的杀意，我没有停下脚步，咬紧牙继续朝L冲去。

我在赌，L不会开枪！

L很诧异，他似乎没想到我竟然连命都不要了。我赌赢了，L不会杀我，至少在他给我的期限内，他不会取我性命。L最终还是收起了枪，一脚踢在了我的胸膛上。

被踹倒在地后，我捂着胸口剧烈地咳嗽。

“很不错，查到了这里。”L远远站着，“不必惊慌，我对赵峰的裁决不是杀死他。”

我腾地站起身：“你想干什么？”

“两个因不可得的爱情而心生邪念的学生，他们的结局是在未踏足大千世界前就死亡；戴着虚伪面具的好男人，他的下场是声名狼藉，以死谢罪；囚禁了爱人数年的医生，永远蹲在阴暗大牢里感同身受，将比死亡更痛苦。”L的目光如炬，“叛逆的女学生，该为她的忤逆付出代价；饱受折磨之苦的女人，我许她得以解救，重获自由；为爱疯狂的女护士，将为她的愚蠢懊悔终生。”

L像是来自地狱的判官，小海和鸡尾、钱森、任达生、林美、方凌珏、金穗的命运，一一被他宣判。

“少说大话了！今天你带不走赵峰。”

“是世界疯了，还是他疯了？他将在清醒和疯狂的地带，被心头的魔鬼永远鞭打，这是他命运的归宿。”L说了一句我听不懂的话。

之前的动静引起了其他警察的关注，L意味深长地望了我一眼：“期待我们的下一次见面。”

L翻墙离开了。

庆幸的是，小汪把赵峰从墙上拽了下来，在赶来的警察的帮助下成功地扣住了赵峰。

警察把赵峰押到了着火的别墅前。消防车还未赶来，火越来越大，邢井生死未卜。别墅群里花草丛生，火势可能会进一步蔓延。

被警察扣住的赵峰和唐芳华的反应耐人寻味。唐芳华低着头，不敢看赵峰，赵峰怒视唐芳华，嘴角带着疯狂的笑。

“你怎么知道，唐芳华会知道赵峰在哪里？”小汪拍着身上的尘土问我。

“因为这火，是唐芳华放的！”众人听到我的话都大吃一惊，唐芳华没有否认，把头埋得更低了。

从唐芳华先前的表情和举动，我已经猜出了来龙去脉。倘若我没有猜错的话，此刻，别墅里不仅有唐芳华的女儿，还有唐芳华的现在同居的男人。

几年前，唐芳华为了得到赵峰父亲的财产，设计杀害了赵峰父亲。如今，唐芳华故技重演，又想制造一起火灾，得到现在同居的男人的财产。

“唐芳华，你是不是早就知道，‘木乃伊凶杀案’的凶手是赵峰？”我问。

一切都是因唐芳华而起的，赵峰几个月前出院，“木乃伊凶杀案”连续发生，钱森和任达生接连出事，别人猜不到凶手是谁，唐芳华作为当事人一定知道。

她早就知道这是赵峰的报复。由于做贼心虚，她不敢报警，但没有心存侥幸，而是早早地策划逃亡。她也不想就此放弃现在同居的男人的财产，于是以意外事故之名制造了一场火灾。虎毒不食子，她事先抱着自己的女儿，偷偷摸摸地走小道，把女儿安放好后，才回去放火。

她没想到的是，赵峰正监视着她的一举一动。鉴于警方已经出警，赵峰改变了计划，他没有直接杀死唐芳华，而是趁着唐芳华回去放火的时候，把唐芳华的女儿偷偷抱回了别墅里。当大火烧起来后，唐芳华却发现女儿不见了。之后撞上了赵峰，她明白了一切，又火急火燎地想赶回来救女儿。

“怎么样，我说得对吗？”我问赵峰和唐芳华。

二人既没有承认也没有否认，我知道，我的推测八九不离十了。

“赵峰，告诉我L的所有信息，我拖他来为你陪葬。”我拍着赵峰的肩，“裁决所里，有哪些人和你见过面，他们是怎么引导你开展复仇计划的，他们的目的是什么？”

我为了这起案子所做的努力，都是为了这一天，赵峰瞟了我一眼，没有说话。

我火了："他刚刚要杀你，你还护着他们吗？"

赵峰就像是一个聋子一样目不转睛地盯着唐芳华。

良久，赵峰才说话："唐芳华，你杀了我的爸爸，害我在那样的地方被囚禁了整整五年，今天，我终于亲手报仇了！"

唐芳华不敢回应，焦虑地望着火海。

这时有人兴奋地喊道："老板出来了！"

大门处，火焰和浓烟里出现了一道身影，果然是邢井。他的上衣被烧毁，之前因受伤而缠住手臂的纱布也被烧成灰烬。他的身上，不仅很多旧伤都裂开了，还添了不少新伤，邢井却连眉头都没皱一下。他一只手抱着一个看上去还不满一岁的女孩儿，另一只手拖着一个早就昏厥过去的男人。唐芳华看到自己的女儿还活着，激动得眼泪纵横。等救下的两个人被警察安置好后，邢井慢慢地朝着我们走来，他的目光空洞，来到我们面前时，他终于支撑不住朝着我倒来，我下意识地扶住了他。

恍过神来后，我暗骂了一声，松手了。邢井倒在了地上，小汪扶住邢井，骂道："鹿远，你轻点！"

消防车和救护车姗姗来迟。赵峰的复仇计划终究还是功亏一篑，他被带上警车时，不断地叫嚣怒骂着唐芳华。

"唐芳华，你也要坐牢！"赵峰喊得有些无力了，"你再也看不到你的女儿了！"

女儿获救后，唐芳华也像个疯女人一样骂骂咧咧："你有什么证据？我没有杀你爸爸！火也不是我放的！"

大汪见二人对骂，非但没有阻止，还示意其他警察，让他们说完。

我看透了大汪的心思，这是他的策略。

"怎么了？"我偷偷问大汪。

大汪神情严肃地说道："事情有变。"

骂战愈演愈烈，赵峰歇斯底里："是你害了我，你知道那样的地方，有多可怕吗？"

"你这个疯子！"唐芳华如同泼妇一样，"你有病，你必须被关在那样的地方！"

"我没有病！"唐芳华的话刺激着赵峰的神经，"是你贿赂了任达生和钱森！"

唐芳华一听，愣了好一会儿："没有，他们根本就没有收我给的钱！"

我突然想起质问金穗的那句话："你那么确定，他真没有精神病吗？"

这个消息让赵峰手足无措了，他气势弱了一下，还嘴道："你骗人！"

大汪这时候肯定地对他说："她没有骗人。"

因为就在刚才，局里传来了对任达生的最新讯问结果。提起唐芳华的贿赂一事，原本印象模糊的任达生，彻底想起来了。唐芳华的确试图贿赂他和钱森，可是他们并没有接受。

赵峰误打误撞看到唐芳华给两位医生递信封的一幕后，就大觉不妙逃走了。向金穗证实两位医生收了贿赂的女护士，也怕招惹麻烦，扫了一眼便走了。

他们都没有看到，之后任达生和钱森拒绝了唐芳华的贿赂。事后，他们怕被人说闲话，主动向医院领导报告了唐芳华贿赂的事情。医院的几个领导都可以证明。

这超乎众人预料。

而且因为出了贿赂一事，医院高度重视对赵峰的精神病鉴定。因此，当年参与精神病鉴定的医生，除了钱森和任达生两个人，还有其他多名专科医生。只因程序需要，最终在鉴定书上签字并对外公开的专科医生，只有任达生和钱森两个人。

这个消息对赵峰来说，无异于晴天霹雳。

事实上，赵峰的躁郁症早已病入膏肓，他找错了人，杀错了人。

赵峰不愿意相信，他崩溃了："不，我没有病，我没有病！"

"为爱疯狂的女护士，将为她的愚蠢懊悔终生。

“是世界疯了，还是他疯了？他将在清醒和疯狂的地带，被心头的魔鬼永远鞭打，这是他命运的归宿。”

L的审判，不断在我耳际盘旋。

大汪叹了口气，怜悯道：“先带回去，尽早申请新的精神疾病鉴定。”

犯罪嫌疑人被带走了，大火被熄灭了，一切重归平静。

几天后，岛区从严冬的鞭笞下挣脱了出来，开始回暖。

我兑现了诺言，“木乃伊凶杀案”结束后，小汪回去继续任职了。

岛区媒体铺天盖地地报道着“木乃伊凶杀案”，舆论将精神病强制治疗制度的漏洞推上了风口浪尖。

新的精神病鉴定结果出来了：赵峰身患重度躁郁症，他的精神疾病从五年前开始，一直未被治愈，如今愈演愈烈。

赵峰得知这个结果后彻底疯了，他被送到了另外一座城市的疯人院，我再也没能见到他。

又过了些天，徐萧莜给我打了个电话，她说：“鹿远，你尽快到西岸分局来一趟。”

我微愣了一下：“怎么了？你不是要调任北岸分局了吗，去西岸分局干什么？”

徐萧莜没有说原因，只是强调：“你尽快来一趟吧。”

我刚走到家门口，手机再一次响了。这一次是个陌生号码。

“鹿远，我是雷厉，请你马上到西岸分局来一趟。”给我打电话的是雷厉。

“又要干什么！”我蒙了，“你是北岸的警察，也让我到西岸分局干什么？”

雷厉同样没有说明原因就把电话挂断了。

几乎在同一个时间，他们都让我到西岸分局去，我有些摸不着头脑，心里很是不安。

到了西岸分局里，我先到法医室找了徐萧莜。大伤初愈的她，脸上还没有太多血色。

“伤好了吗？”我问，“怎么这么快就出院了？”

“鹿远，你能不能给我采一点血？”徐萧莜忽略了我的问题，直接问道。

我一怔：“采我血干什么？”

“你先给我抽一点，我有很紧急的事。”徐萧莜焦急的神情让我更加不安了。

我揣测道：“和调查鹿唯天的事有关系吗？”

得到我的同意后，徐萧莜一边采血，一边说：“去北岸分局之前，西岸分局里还有一些案件需要我确认。”

“我都同意帮你调查你老师的案子了，你还要调任北岸分局？”我又问道，但她只顾采血，没理我。采完后，她匆匆离开了，看起来非常着急。

我又去了第二小组的办公大厅。

雷厉也在这里，而且看起来，他等了我很久了。见到我来，他放下了手里的茶杯。

“有话快说。”我不耐烦道，“又要来抓我？”

“传你去北岸太麻烦了。我想请你告诉我，袁珊出国前的那个晚上，你在哪里？”雷厉的语气严厉。

“家里。”我回答。

“谁可以证明？”雷厉就像在审问犯罪嫌疑人一样。

“西岸分局重案第二小组的警官汪晓雨。”

雷厉打量了我一会儿，去找小汪确认了很久后，才离开西岸分局。

邢井又站在落地窗前眺望着远空。他的背影，看上去有点儿孤寂。

“鹿远，你和老板到底有什么解不开的仇？”小汪不知道什么时候到了我的身边，她又一次请求，“你能告诉我，关于洛洛的所有事吗？”

“我和他的仇是解不开的，除非他死了。”

“为什么一定要这样呢？”小汪叹息着。

“你就那么确定，他是个好人吗？”

小汪嘟起了嘴：“就因为你们当年的小打小闹，你就说老板不是好人吗？”

“小打小闹？他的身上，还有很多秘密。慢慢地，你们就会发现，这个破案王，没有你们想象中那么完美，反而劣迹斑斑。”我甩下了这句话转身离开。

又过了数天，我家的大门再一次被毁，L再度潜进了我家。

桌上整整齐齐地放置着一沓警察考试的资料，资料边贴着一张字条——“裁决正式开始”。

“封孔狂魔案”和“木乃伊凶杀案”结束了，但我心情依旧沉重。一切都没有结束，漫长的战役才刚刚打响。

我把字条揉成了一团，我不会让任何人再像当年的鹿唯天一样控制我的自由，决定我的人生。

我不安地度过一个晚上，被门铃声吵醒。打开门，外面站着徐萧莜。

一见面，徐萧莜便严肃地说道：“鹿远，我告诉你一个消息，希望你能撑住。”

“从前几天起，你就怪怪的，到底怎么了？”

“还记得之前我对你说过，从桥底捞起的那具残缺女尸吗？”

“记得，面目全非，手足全断，无法辨认是谁。”

“现在查出来了。”徐萧莜小心翼翼地说。

我忽然猜到了。

“是袁珊。”徐萧莜还是把这个名字说出了口。

我的心情很奇怪，不是难过，也不像是欢愉。

我无数次地期盼着袁珊死去，当她真的死了，我并没有预想中的快意。

“不可能。”我回答，“那具尸体被捞起来的时间，是袁珊出国前一个晚上。北岸分局的人还在机场查到了袁珊的登机记录和落地记录，她如果在之前死了，那出国的人是谁？”

“鹿远，你别激动。”徐萧莜关切地看着我，“警方也正在调查，这很不可思议，可是，在雷厉有所怀疑后，我抽了你的血，做了母子DNA亲子鉴定。

那个人，的确是袁珊。”

我摆着手，笑出了声：“我没有激动。”

送走了徐萧莜，我一个人徘徊在拥挤的街道上。我在思考，这一切到底是怎么回事。

鹿唯天，可能和秦海的死有关。

袁珊，诡异的死亡，北岸分局还在秘密调查她。

我不敢想象自己究竟出生在怎样的一个家庭里。

当我回过神来的时候，天黑了。岛区的霓虹灯很美，我漫无目的地走着。远处，一道熟悉的身影，慢慢地朝着我走来。

碎花长裙，发丝飘飘。

是辛岚。

我苦笑，这道永远不会再跟我说话的身影，已不知是第几次出现在我的幻觉里。

“鹿远。”